Palomas

KEILA OCHOA HARRIS

Palomas

GRUPO NELSON
Una división de Thomas Nelson Publishers
Desde 1798

NASHVILLE   DALLAS   MÉXICO, DF.   RIO DE JANEIRO   BEIJING

A menos que se especifique lo contrario, las citas bíblicas usadas
son de la Santa Biblia, Versión Reina-Valera 1960
© 1960 por Sociedades Bíblicas en América Latina,
© renovado 1988 por Sociedades Bíblicas Unidas.
Usadas con permiso.

Tipografía: *Grupo Nivel Uno, Inc.*
Diseño de la portada: *Design Source Creative Services*
Diseño de la presentación original: * *2006 Thomas Nelson, Inc.*
Fotografía de la portada: * *iStock / Dreamstime*
Ilustración de la portada: *Dan Thornberg*

ISBN: 978-1-60255-036-0

Nota del editor: Esta novela es una obra de ficción. Los nombres, personajes,
lugares o episodios son producto de la imaginación del autor y se usan ficticiamente.
Todos los personajes son ficticios, cualquier parecido con personas vivas o muertas
es pura coincidencia.

Impreso en Estados Unidos de América

08 09 10 11 12 RRD 10 9 8 7 6 5 4 3 2

PRÓLOGO

GAT-HEFER, 806 A.C.
«Halló gracia ante los ojos de Jehová».
Génesis 6.8

Amitai solía decir que la vida se componía de días buenos y malos; tristemente, los malos solo podían empeorar. Y desde que abrió los ojos esa mañana, percibió un aroma diferente, un hedor que provenía del noreste, tal vez de Damasco que caía ante el ejército asirio; pero Gat-hefer se encontraba lejos, o por lo menos no lo suficientemente cerca para contagiarse de la tragedia. Por esa razón, Amitai diría después que el Todopoderoso había elegido a su familia para la desgracia.

Mientras se lavaba en la fuente, notó que Miriam, su esposa, caminaba con más lentitud que de costumbre. Su abultado vientre se hinchaba con el paso de los días, anunciando a la criatura que no tardaba en nacer. En eso, escuchó los alaridos que provenían del pueblo. Le resultaron inconfundibles los gritos de guerra y horror que se mezclaban con el balido de las ovejas y las risas de los niños jugando.

Pensó rápido, aun cuando el pecho le galopaba a la par de los caballos que se aproximaban a gran velocidad. Dio órdenes a todos y a nadie, pero sus primos, sus hermanos y hasta sus padres, captaron la urgencia en su voz. Los niños y las mujeres debían refugiarse en las bodegas donde guardaban el aceite de oliva. Su padre, para mantenerlo en las mejores condiciones, había construido esa habitación debajo del nivel del suelo, al lado del molino donde trituraban las aceitunas, y cuya puerta solo se notaba si uno sabía dónde buscarla.

Amitai aguardó hasta que la cabeza de Miriam se perdió en la oscuridad del sótano para continuar la huida. Revisó si faltaban otras mujeres o niños, pero solo se topó con los rostros de los treinta hombres, entre siervos y parientes, que esperaban sus indicaciones. No tenía tiempo para ponerse a analizar por qué todos lo miraban a él, hasta que comprendió la tragedia. ¡Su padre no estaba allí! Antes de cavilar más sobre el asunto, envió a los siervos a traer palos, azadones, cualquier instrumento de defensa. Él y sus hermanos apretaron el mango de sus pequeñas dagas, contemplando con terror el horizonte que no tardó en poblarse de jinetes.

Contó a quince, pero ellos montaban ágiles criaturas adornadas con cintas y hasta campanillas que tintineaban en son de burla. Amitai palideció cuando el filo de sus armas brilló con los rayos del sol, comprendiendo que sus diminutas dagas no detendrían los golpes de esas espadas largas y puntiagudas. Luego, en fracción de segundos, reconoció su procedencia. Era una banda asiria, probablemente desertores o un grupo de salvajes, que no conforme con el botín de Damasco pretendía conseguir más riquezas o un rato de diversión.

Uno de los jinetes corría en su dirección. Amitai alzó su daga con la intención de herir el cuello del caballo pues no se le ocurría qué más hacer.

«Todopoderoso, Dios de Abraham, Isaac y Jacob, ten piedad de mi familia».

Elevó una plegaria por su mujer encinta, por el primogénito que aún no nacía y por su padre, dondequiera que el viejo anduviera. El asirio, con sus barbas rizadas y flotantes, se inclinó hacia delante para arrancarle la cabeza o atravesarle el corazón. Entonces Amitai hizo sus cálculos y en el momento adecuado, se tiró hacia la derecha. Se tragó un puñado de polvo, pero nada se comparaba a saberse vivo. De inmediato se incorporó para enfrentar al asirio que había abandonado su montura para liquidarlo a pie. Pero por suerte, o ayuda divina, Amitai acertó nuevamente y se dobló a la derecha, llevando su mano con fuerza al vientre del enemigo, y hundiendo en él la hoja de su navaja. La sangre brotó en un chorro y la impresión de verse sorteado lo distrajo. Así que Amitai, con la izquierda, le golpeó el codo y el asirio soltó la espada.

Amitai jamás había imaginado que una espada pesaría tanto, pero haciendo uso de todas sus fuerzas, la levantó en alto y el mismo peso lo ayudó para dejarla caer sobre el cuello del enemigo, que murió al instante. Amitai secó el sudor de su frente, luego contempló la escena. Dos de sus siervos se desangraban en el suelo, el resto combatía al enemigo con resolución. Pero en su distracción descuidó su espalda y solo sintió el empujón certero que lo tumbó al piso. Un agudo dolor, como si una abeja gigante lo hubiera aguijoneado, atravesó su abdomen. Se llevó la mano al costado y sintió la humedad.

Tendido sobre la heredad de sus padres, la tierra que su tatarabuelo Zabulón había ganado en la repartición efectuada por Josué, Amitai se debatió entre la vida y la muerte, contemplando al mismo tiempo la masacre de su gente y su tierra. Con un ojo medio cerrado y el otro lagrimoso, fue testigo de su peor pesadilla. Los asirios, con sendas carcajadas, se concentraban más en los árboles que en los seres vivientes. El pecho de Amitai ardía al contemplar el placer con el que aniquilaban el trabajo de tantas generaciones al cortar troncos, uno tras otro, en una danza fúnebre y macabra. De una manera programada y cruel, arrancaron el fruto de la tierra. Hirieron el corazón de los olivos, dejándolos sin vida, y matando también una parte del alma de Amitai. Los asirios les robaban catorce años, los que necesitarían para volver a disfrutar de aquellos árboles productivos y frondosos.

Entonces, al divisar la silueta de su padre en una colina, presintió que lo peor aún estaba por venir. El viejo había ido por Egla. Quiso gritarle, pero su boca seca se lo impidió. Deseaba prevenirlo, prohibirle que se acercara, ordenarle que diera media vuelta y corriera en dirección opuesta. Al lado de su padre se veía la pequeña Egla, su hermana menor y el deleite de la familia. Egla era la niña de los ojos de su padre y de su hermano mayor. Amitai prácticamente la había criado, debido a los diez años de diferencia que los separaba, y no conocía un gozo más profundo que el de escucharla cantar.

Ella solía cuidar los rebaños, por esa razón había salido más temprano que la mayoría. Pero ahora, padre e hija, descendían la ladera con ceños fruncidos, ignorantes del peligro que se cernía sobre ellos. Amitai se recargó sobre sus codos.

«¡Cuidado!» logró articular con una voz rasposa.

Pero un asirio los había visto. Gritó algo en su lengua, luego se dirigió colina arriba a todo galope. El padre de Amitai levantó las manos, pero con una patada el asirio lo derribó. Amitai trató de moverse, pero sus brazos se negaron. De cualquier modo, no lo habría podido evitar, pues el asirio se balanceó hacia la izquierda y en un solo movimiento cargó a Egla. El sollozo de la chica viajó a la distancia.

«¡Amitai!»

Él intentó incorporarse una vez más, pero sus miembros ya no respondieron. El asirio sujetaba a Egla y maniobraba con su montura al mismo tiempo. Su destreza era obvia, y Egla no logró resistirse. El asirio llamó a los otros, que huyeron en dirección al este y así, el silencio regresó con la misma prontitud con que la alarma había llegado. Si acaso, Amitai percibió gemidos y el goteo de una jarra que se había quebrado en el techo.

Las lágrimas se agolparon en sus ojos; la impotencia lo consumió. Maldijo a los asirios, le rogó a Dios que sus dientes se cayeran y sus entrañas fueran consumidas por gusanos. Se debatió entre la conciencia y la inconciencia, advirtiendo vagamente las manos que lo transportaban a la sombra de la casa, lo curaban y vendaban, pero repasando en su mente una y otra vez la escena que jamás lo abandonaría: los ojos suplicantes de Egla mirándolo a él, solo a él, con los brazos extendidos y el cabello cubriéndole la boca que llamaba su nombre.

Hasta esa noche comprendió que su herida sanaría, que sus hermanos sobrevivirían, que su padre solo presumía algunos moretones y que su esposa había dado a luz en la bodega. Todo se confabulaba con malos augurios para su hijo. En un mismo día habían perdido los olivos y a Egla. En un solo día los asirios habían destruido sus ilusiones y su futuro. El fruto del campo se recuperaría, pero ¿volverían a ver a Egla? ¿Qué le harían? Conocía las historias de raptos y violaciones. ¿Se atreverían a convertirla en una mujerzuela más de Nínive?

¿Por qué? ¿Por qué el Altísimo lo castigaba de esa forma? Y entonces, del modo más extraño, Amitai desvió la mirada a la ventana que su padre había mandado poner en el techo de la casa de adobe, y aun cuando mucho después lo atribuiría a una alucinación provocada por el dolor, el miedo y el agotamiento, creyó advertir que las estrellas se movían hasta formar una paloma. Su mente viajó hasta la historia de Noé, que su padre solía contar alrededor del fuego. Las palomas traían buenas noticias. Quizá algo bueno había ocurrido a pesar de tantas tragedias y, a raíz de esa visión, tomó la única decisión coherente de ese mal día que solo había empeorado, y nombró a su primogénito Jonás, o paloma.

Primera parte

«La maldad de los hombres era mucha en la tierra».

Génesis 6.5

1

Zuú miró el cielo estrellado con las manos detrás de la nuca, recostada sobre el techo de su casa. Su madre la reprendería por perder el tiempo en fantasías, pero conversaba con la tía Ziri-ya en la planta baja, así que no la sorprendería soñando. En eso, las estrellas se movieron hasta formar una figura que dejó a Zuú boquiabierta. ¡Una paloma! Lo tomó como buen augurio, ya que su nombre significaba la paloma de Ishtar.

Aplaudió con la sencillez de una niña de seis años que trataba por todos los medios de mantener en secreto el mundo privado que construía en su interior. Zuú sencillamente amaba la vida y lo que le obsequiaba en cantidades desproporcionadas. Se consideraba la pequeña más afortunada de Nínive, quizá porque nada le faltaba. Tenía a la diosa como su protectora y a una madre de esbelta figura, cabello oscuro y piel blanca. Su hermana menor había heredado la perfección de sus facciones y sus ojos de ébano. Ambas se robaban todas las miradas, pero Zuú no las envidiaba, ya que ella poseía la marca de su padre, unos ojos claros, entre verdes y grises, que a pesar de no hallarse en el rostro más agraciado, brillaban cuando reía.

Y como un favor adicional del dios Asur, amo y señor de la tierra, Zuú contaba con una amiga especial: la esclava que su abuelo había capturado años atrás, y que primero había cuidado de Nin, su madre, y ahora se encargaba de sus dos hijas. Cuando Egla anunció que poco a poco perdía la vista, Tahu-sin, el padre de Zuú, amenazó con deshacerse de ella. ¿De qué les servía una nodriza ciega? Era una boca más que alimentar y no eran ricos. Pero Nin se había negado. No se desharía de la criada hebrea hasta que Ishtar lo decidiera. Su padre la acusó de sentimental; Nin se mantuvo firme ya que solo le quedaban la tía Ziri-ya y la criada hebrea como el último vínculo con su pasado.

Zuú suspiró al recordar aquella discusión. Cada vez sus padres peleaban más, con gritos y golpes que sacudían la casa de adobe con una furia que hería la ternura de sus años mozos. En eso, Zuú escuchó unos pasos que reconoció enseguida y corrió para ayudar a Egla. La anciana se acomodó sobre un banquillo.

—¿Qué haces acá arriba? Tu tía ya se fue y tu madre anda preguntando por ti. Si no fuera porque el perro mordió sus nuevas sandalias, ya estaría aquí jalándote las orejas. Ese animal es un peligro. Se lo dije a tu madre desde que Tahu-sin tuvo la gran idea de comprarlo.

—Pero papá lo convertirá en un gran cazador, de esos que acompañan al rey cuando van por leones.

—¿Cazador? Si lo único que ese perro hace es dormir y comer. Ven acá.

Zuú se acurrucó en su regazo.

—¿Me cuentas una historia? —le pidió.

—Un día de estos tu padre cumplirá su promesa de echarme por todo lo que te enseño. ¿Cuál quieres?

—La de David y el gigante. ¡No! Mejor la de Noé. Me gusta la parte de la paloma.

Egla lanzó una carcajada.

—¿Papá vendrá esta noche? —quiso saber Zuú antes de perderse en ese mundo de folclor hebreo que su nana le enseñaba. El ejército había regresado tres días atrás, pero su padre aún no pisaba la casa, presa de las intensas celebraciones que la tierra de Asur celebraba en honor a la victoria de su ejército.

—Yo creo que no tardará —respondió Egla. Zuú recostó la cabeza sobre el hombro de la anciana mientras escuchaba el conocido relato que había memorizado en su corazón desde los dos años. Aún no empezaba la parte más emocionante que trataba sobre los animales, cuando el golpe en la puerta las sobresaltó. Su padre había regresado. Egla tanteó a su alrededor en busca de su bastón. Zuú reconoció su temor, al igual que el aroma penetrante que su padre traía en ciertas ocasiones y que solo pronosticaba problemas.

—Ve por Erishti y tráela a mi habitación.

Zuú bajó las escaleras de puntillas y vio a su padre quitarse la malla del uniforme, mientras que su madre le reclamaba su ebriedad. ¿Por qué no los había visitado? Seguramente se había ido a emborrachar con sus amigos o a visitar el templo de Ishtar en busca de diversión. Su padre solo gruñía, forcejeando con el cinto que se le había atorado. Toda esa distracción permitió que Zuú cargara al bebé hasta los brazos de Egla.

—Erishti tiene hambre. Ve por algo antes de que empiece a despertar.

A Zuú le daba pavor regresar a la habitación de sus padres, pero reconocía que si no alimentaban a la pequeña, esta armaría tal escándalo que empeoraría el humor de su padre. Tahu-sin estaba echado sobre la cama; Nin daba vueltas por la habitación repitiendo la letanía de siempre.

—¿Quieres mis felicitaciones? Te has ido a gastar todo el botín en cerveza y mujeres, cuando tus hijas y yo pasamos penurias. El esposo de mi hermana trae más cosas de Babilonia en un viaje de negocios que tú de una guerra. ¡Por eso no salimos de pobres!

—¿Qué quieres, mujer? ¿El palacio del rey?

Nin entrecerró los ojos con verdadero odio:

—Quiero un poco de decencia de tu parte. Los únicos que resultan beneficiados de las guerras son los comerciantes y las prostitutas. No traes ni una sola moneda de bronce.

Zuú se escabulló detrás del cofre donde guardaban su ropa y subió las escaleras hasta el último peldaño sin ser detectada. De inmediato buscó un tazón con leche y algunas uvas. ¿Dónde estarían los sobrantes de pan? Los encontró en la boca del perro. Bien había dicho Egla que ese animal era un fastidio.

Balanceando en una mano el tazón y en el otro el racimo de uvas, pegó su cuerpo contra la pared para equilibrarse, consciente de que una caída sería tremenda porque si sus padres la descubrían le preguntarían para quién eran las uvas, añadiendo a Egla a su lista de malas decisiones y considerando el echarla de la casa. Eso, más que cualquier cosa, destruiría a Zuú, pues Egla simbolizaba la única estrella en el firmamento de esa paloma sin rumbo fijo. Mientras avanzaba paso a paso, pensó en la historia de Noé, que según su tía Ziri-ya se llamaba Utnapishtim. La paloma había contado con una importante misión. ¿Cuál sería la de Zuú? Por lo pronto, debía llevarle algo de comida a su hermana.

Llegó a la planta baja. Solo restaban unos metros hasta el pasillo que conducía al cuartito de Egla, pero la parte más difícil se aproximaba. Su madre alzaba los brazos como si quisiera volar. Tahu-sin se encontraba frente a ella en una posición desafiante, con los puños sobre las caderas y la barba temblando de rabia. Zuú admiraba los rizos en las barbas de los hombres de Asur que no había visto en los vecinos egipcios, y según Egla tampoco la tenían los hebreos. Sin embargo, con la luz de las velas formando sombras siniestras contra la pared y con esos ojos acuosos posados sobre su madre, Tahu-sin se transformó en un demonio, uno de los espíritus que aterraba las noches con sus trucos y malas intenciones. Solo le faltaban las alas, la cola de escorpión y las garras de águila.

Por instinto, dirigió su mirada a la estatuilla del viento del suroeste que colgaba de la puerta. Era igual de horrenda que su padre, así que elevó una plegaria a Ishtar, cuya imagen se hallaba frente a donde Zuú se ocultaba. Le rogó a la diosa que la protegiera del peor argumento de la historia. Entonces Tahu-sin sujetó los hombros de Nin para hacerla callar, pero ella no se dejó. Continuaba gritando a todo pulmón las ineptitudes de su marido, su mala suerte por haber sido entregada a un ser tan vil y despiadado, en tanto Tahu-sin la sacudía como a paja.

—¡Por el trueno de Adad, mujer! ¡Detente!

Pero Nin le encajó las uñas en el pecho y logró extraerle sangre.

—¡Te odio! ¡Te odio! —lloraba con una furia incontrolable.

Zuú se cubrió los ojos. El miedo no le permitía moverse, y se hubiera tapado los oídos a no ser porque traía la leche y las uvas. Le extrañaba la actitud de su madre, que no solía perder la compostura de ese modo. Cierto que en ocasiones vertía su ira sobre el perro que ensuciaba el techo con su excremento o le lamía los tazones, pero Zuú jamás la había visto tan enloquecida. Hasta diría que un par de espíritus malignos se habían apoderado de sus padres.

Los insultos volaban sobre su cabeza. Él le decía ramera, mentirosa, avara. Ella le apodaba inútil, holgazán, mediocre.

—¿Qué quieres de mí, Nin?

—Que te mueras —contestó ella con furia.

—Pues lo mismo te deseo.

El aullido de su madre atrajo la atención de la chiquilla, que se asomó sin medir las consecuencias. Su madre había palidecido, retrocediendo unos pasos con el susto reflejado en sus pupilas dilatadas. La mano de Tahu-sin sostenía un arma cuyo filo brillaba tenuemente con la promesa de una tragedia.

—Tahu-sin, espera…

—Ya estoy harto de ti. Prefiero la guerra a vivir bajo este techo. ¿Crees que yo no hago nada bien? Pues tú no te quedas atrás.

—Aguarda…

Pero Tahu-sin había cruzado la línea de la cordura y se abalanzó sobre ella. Años después Zuú se preguntaría si Tahu-sin se había visto en medio de una batalla, confundiendo a su madre con el enemigo. Sin embargo, no había explicaciones ni pretextos. Tahu-sin degolló a su madre con un solo y certero movimiento, producto de la práctica y la ceguera del odio. La sangre brotó en un chorro, salpicando la cama, el suelo y las paredes. Zuú se mordió la mano para no gritar. Las lágrimas se agolparon en sus ojos y su visión se distorsionó.

Al principio solo escuchó el terrible silencio, luego los gemidos de su madre, hasta que se extinguieron. Cuando Zuú tiró el tazón de leche, Tahu-sin reaccionó. Su mirada se transformó de odio a sorpresa y finalmente a horror. Se miró las manos ensangrentadas al tiempo que arrugaba la cara en una mueca de dolor.

—No grites, no hagas ruido —le dijo Tahu-sin en un susurro. Irguió el pecho y repasó la habitación con indecisión. Después se puso en cuclillas y encaró a Zuú—. Yo no quise hacerlo. Fue un accidente, ¿entiendes? Pero si me quedo aquí, me juzgarán y… Debo marcharme. Cuida de tu hermana.

Con la eficiencia militar que lo caracterizaba, recogió sus cosas, se vistió la armadura, empacó unos cuantos mantos y joyas que Nin guardaba en una caja de mimbre, y se echó agua en los brazos. Zuú no le quitaba la vista de encima. ¿Por qué se marchaba? Ella debía despertar a su madre.

La sacudió con fuerza, pero ella no despertó. El llanto de Erishti cruzó la noche. Zuú alzó los ojos y contempló las estatuillas de la diosa Ishtar y el dios Asur, pero lo único que la consoló fue el murmullo de la voz de Egla que rezaba sobre el cuerpo inerte de Nin y se balanceaba al compás de una canción en su lengua: «Vive bajo el abrigo del Altísimo y bajo la sombra del Omnipotente. Él con sus plumas te cubrirá, y debajo de sus alas estarás seguro».

Y así, con la imagen del Dios de Egla en forma de una paloma gigante que la protegía bajo sus alas, se puso de pie y abrió la puerta de su casa. Alguien debía ir por la tía Ziri-ya y avisarle que estaban en problemas.

* * *

Bel-kagir jamás regresaría a la casa de sus padres, se prometió después de un mes en la casa de guerra. A sus once años, nada resultaba más fascinante que ese lugar donde compartía habitación con otros dos niños durante las noches y aprendía a cabalgar y a usar la espada, el arco y la flecha y la jabalina. Esa mañana, había visto de lejos al *turtanu*, el comandante del ejército imperial. Su imaginación desbordaba con visiones de sí mismo vistiendo una túnica azul y verde bordada con hilo de plata, igual que el general.

Así que prestó suma atención a sus clases, en las que un veterano de guerra les enseñó lo que significaba su privilegiada posición.

«Los hombres de Asur somos amantes de la agricultura. El dios Asur nos ha regalado tierras fértiles que producen cebada y viñedos en abundancia. Pero ustedes, hijos de nobles y príncipes de los pueblos, tienen el deber innegable de defender lo que nuestros ancestros han construido. El esplendor de nuestra civilización solo se mantiene bajo el régimen de la espada. Tienen el derecho, hijos de Asur, de sentirse superiores a las demás razas pues han sido elegidos para castigar a los que no veneran el nombre de los dioses y para engrandecer la patria que él ha escogido para sí mismo».

Con ese espíritu de conquista, Bel-kagir se dirigió a los establos y por primera vez no le incomodaron sus aburridas tareas. Los establos del rey presumían más de cien caballos, enormes sementales que imitaban la misma arrogancia de sus jinetes. A Bel-kagir le tocaba acarrear los manojos de paja y los sacos de cebada para alimentarlos. A medio día comía una sencilla merienda y por la tarde continuaba con su entrenamiento.

Pero cuando por fin bajó la espada de madera con la que practicaba y estiró los brazos, un mensajero se presentó ante su entrenador, que solo arqueó las cejas y se encogió de hombros. El esclavo se postró ante Bel-kagir. Él lo reconoció; pertenecía a su familia.

«Amo Bel-kagir, su padre, el gran Madic, siervo de Asur, solicita su presencia esta noche para cenar con él y su esposa Bashtum».

Toda la emoción de aquel día se desvaneció por completo. Prefería mil veces compartir historias de guerra con algunos soldados mayores o jugar con sus compañeros que soportar a sus padres; pero sabía que no contaba con otras alternativas, así que arrastró los pies hasta la litera que lo condujo al barrio donde vivían. La casona de dos pisos, con jardines a la moda babilónica que colgaban de las paredes, y con una tropa de esclavos que atendían su menor capricho, le parecía tétrica en comparación con el bullicio que hervía en las barracas. Su madre siempre estaba pendiente de las normas sociales y los chismes del palacio, su padre solo hablaba de sus negocios de telas y su influencia sobre el rey. No conversaban de cosas más triviales y entretenidas que le interesaran a un niño de su edad como las cacerías de leones o las cicatrices de los héroes.

Avanzó hasta el salón principal donde sus padres acostumbraban comer. No le sorprendió el cuadro: Madic bebía cerveza oscura en una copa de oro, escuchando con atención a una esclava que tocaba un arpa con dedos delgados. Bashtum, recostada sobre almohadones, comía unos higos, mientras que dos esclavos agitaban sus abanicos de pluma de avestruz para refrescarla. El lugar seguía igual de elegante y suntuoso, con pisos de mármol, paredes grabadas y alfombras costosas.

—Bienvenido, hijo —lo saludó Madic.

—Te has tostado con el sol —lo reprendió su madre—. Debes tener cuidado o al rato estarás más negro que un egipcio.

Él no esperaba menos de ella, que lucía extraordinaria con sus ojos maquillados y su nueva túnica de seda.

—¿Y cómo vas en tus clases?

Si realmente les interesara, Bel-kagir no omitiría detalle sobre sus experiencias con la jabalina o su caballo predilecto, pero consciente de que se trataba de una pregunta de rutina, contestó simplemente:

—Todo bien.

Bashtum ordenó que les sirvieran de comer, lo único rescatable de una noche con sus padres ya que allí podía disfrutar de cordero asado o pescado frito, a diferencia del pan y la fruta que componía su austero almuerzo militar. Masticaba la comida con lentitud para no tener que conversar, lo que no hacía falta ya que sus padres discutían si debían adquirir un nuevo caballo o no. De pronto, su madre se dirigió a él.

—Tenemos nuevos vecinos, Bel-kagir.

—¿Qué pasó con Eshardón y Ziri-ya?

—Ellos siguen en su casa, pero han traído a dos sobrinas a vivir con ellos. La menor es una belleza. La grande me pareció un tanto extraña, con sus ojos claros tan paliduchos.

—Su padre mató a su madre —le confió Madic en tono conspiratorio—. Fue una tragedia que sacudió la ciudad, pero supongo que no te llegó el rumor. El padre huyó, para colmo, porque debió haber sido castigado con toda la fuerza de la ley.

A Bel-kagir le intrigó lo de los comerciantes que se disputaban el puesto de productores de vino más importantes de la región. Hasta su padre admiraba sus viñedos cuando los visitaba, y decía que Ziri-ya contaba con una mente sagaz que la había convertido en la principal proveedora de las tabernas. Pero a Bel-kagir no le gustaba Eshardón, con su vientre abultado por beber tanta cerveza y sus ojillos de víbora. Tampoco le simpatizaba la señora Ziri-ya, a quien calificaba como poco atractiva, de baja estatura, pecho grande y una expresión dura que según Bashtum provenía de su incapacidad de concebir hijos.

Sin embargo, antes de marcharse a la casa de guerra, en tanto su padre ordenaba sus negocios y su madre se bañaba en su recámara, Bel-kagir subió a la azotea, su rincón preferido de la casa. Desde allí podía contemplar el cielo estrellado, la ciudad dormida o de fiesta, dependiendo de la ocasión, y aunque las murallas de Nínive se alzaban imponentes, a veces percibía las siluetas de las colinas que vigilaban la tierra de Asur.

Pero su propósito no era soñar despierto, sino espiar a los vecinos. Un enorme jardín separaba las casas de Madic y Eshardón. Ziri-ya había puesto un estanque con lirios en medio de los árboles frutales y los arbustos que atendía celosamente cada mañana. Ese día no se había preocupado por la casa, vertiendo sus energías en engalanar el pequeño paraíso de su creación. Si Bel-kagir se acomodaba en la esquina, vería todo a la perfección. Pero aun más, si se arrimaba por la pared saliente, podía escalar la enredadera y bajar al jardín sin ser detectado. Lo había hecho unas cuantas veces para robarse unos dátiles, pero en esta ocasión solo deseaba un poco de información.

Con mayor agilidad que en el pasado, producto de su entrenamiento físico en el ejército, tocó el suelo enladrillado en forma de dos círculos que atravesaban el jardín. A pesar de que caía la noche, una serie de antorchas alumbraba el camino que lo condujo hasta la casa. Se ocultó detrás de unos arbustos y localizó a Eshardón y a Ziri-ya, quienes bebían vino y conversaban. Avanzó hacia la derecha, y entonces divisó una habitación amplia en donde una mujer, probablemente ciega por su forma de abrirse paso, perseguía a una pequeña de tres o cuatro años. En verdad era hermosa. Su madre no le había mentido al declararla una pequeña versión de la diosa Ishtar, con caireles oscuros, unos ojos preciosos y una boca delicada.

Un ruido lo alertó. Giró y se topó con la otra niña, la mayor. Era delgada, alta para su edad y con ojos que se le figuraron del color del agua del estanque.

—¿Quién eres? —quiso saber ella. No parecía asustada, solo curiosa.

—Soy Bel-kagir, hijo de Madic. Tu vecino —sonrió.

Ella también le regaló una sonrisa y Bel-kagir se tranquilizó. No lo traicionaría. Sabía que las niñas, o más bien las mujeres, según le habían enseñado algunos de sus compañeros de armas, apreciaban un cumplido y una sonrisa.

—¿Te veré seguido?

—No lo creo. Entreno en la casa de guerra. No vivo con mis padres.

—¡Qué pena!

Ella pareció verdaderamente compungida.

—Debo irme.

Bel-kagir no deseaba arriesgarse más de la cuenta, así que se escurrió entre los matorrales. Hasta esa noche en la barraca se acordó de algo. No le había preguntado su nombre.

2

La carreta traqueteaba por el sendero polvoriento y Zuú rebotaba en la parte trasera, consciente de que estaría más cómoda si ella y Erishti no hubieran insistido en traer a Egla con ellas; pero no imaginaba pasar unos meses sin la esclava hebrea, así que los tíos se habían rendido ante sus súplicas. Se dirigían a los viñedos para pasar una temporada fuera, ya que la tía Ziri-ya andaba mal de salud y el aire fresco le caería bien. El tío, por su parte, deseaba aumentar sus hectáreas y ya proyectaba algunas transacciones que satisfacerían su hambre de poder.

Zuú solo se entristecía porque no verían a Bel-kagir por un par de meses, pero le fascinó salir de Nínive y conocer la campiña. Nada se comparaba con la gran ciudad, sin embargo, le agradaron las villas y los poblados, así como los pastizales que acompañaban al Tigris en su eterno andar. Los viñedos del tío se encontraban más allá de Asur, por lo que las dos niñas llegaron bastante cansadas. Aun así, Zuú examinó los alrededores con ojo crítico y su corazón cantó. ¡Estaban en el paraíso!

Los labrantíos de rastrojo amarillo se extendían hasta el horizonte y la casa de campo no era de ladrillo, sino de piedra, al estilo hitita según le explicó la tía, pues así recibían la luz del sol a cualquier hora del día. Zuú y Erishti se apropiaron de inmediato de la habitación más grande y los tíos accedieron. De hecho, solo bastaba una caricia o un beso para que el tío se derritiera ante Erishti. A Zuú le incomodaban las miradas penetrantes de Eshardón, y sospechaba que el modo en que tocaba a su hermana no era el más apropiado, pero Erishti la reprendía ante sus insinuaciones. El tío no era malo, sino tonto. Había que sacar provecho de la situación. ¡Increíble que a sus nueve años Erishti fuera tan perspicaz y madura! Lo mismo decía Bel-kagir cuando jugaban juntos en el jardín. Ella andaba en los once, y él en sus quince, lo que lo hacía conocedor y experimentado.

Esa noche junto al brasero, comieron pan recién horneado con cerveza fría; les sentó de maravilla. Zuú no favorecía la cerveza ni el vino, sino que prefería el agua cristalina que Egla le recomendaba para su salud, pero esa noche quedó presa del encanto de la región y bebió de más. Una sensación extraña recorrió su espalda, lo que la hizo sentir liviana y sin preocupaciones. Quizá lo mismo sucedió con Erishti que abrió la boca para quejarse:

—Es mejor la casa de Nínive. No hay nada como tu jardín, tía.

Eshardón andaba visitando unos amigos, así que las tres compartían el fuego y los espantos de la noche.

—Lo sé. A mí tampoco me gusta el campo, pero a veces no tenemos otras opciones, querida. A tu madre tampoco le gustaba. Supongo que somos mujeres citadinas.

El comentario incomodó a Zuú, pues su padre había sido un hombre de montañas, amante de la cacería, la naturaleza y la vida sencilla. Si bien Erishti había decidido borrarlo de su mente, Zuú no podía. Por esa razón había conservado al enorme perro negro que Bel-kagir había prometido vigilar. Ambos compartían el cariño por ese bruto animal que, solo cuando se enfadaba, mostraba verdadera ferocidad.

—Cuando sea grande, quiero ser una esposa del rey o su concubina —dijo Erishti con una mueca de satisfacción.

La tía chasqueó la lengua:

—Eliges la muerte, querida. El harem no es el lugar de fantasía que te imaginas. Se me figura más bien a una prisión con barrotes de oro y paredes de piedras preciosas, pero una cárcel al fin y al cabo. Las mujeres allí se asfixian, y si no se matan unas a otras, intrigan para que sus hijos lleguen al trono o no sean hechos eunucos por el capricho de sus oponentes. No, Erishti, no sabes lo que dices. Las mujeres que entran al harem no vuelven a pisar las calles de Nínive, ni a salir de la ciudad. Son esclavas del rey, y su vida se confina a eunucos y rivales.

—¿Qué es un eunuco?

Erishti se recostó sobre la piel de león que el tío guardaba como trofeo de una cacería, y contempló a la tía cuyo rostro se había ruborizado.

—Son hombres diferentes. Han sido… preparados para convivir con mujeres.

—¿No son como los demás?

—No. Y ya no preguntes más. No me gusta hablar del palacio.

—Yo solo quiero tener riquezas y joyas alrededor. ¿Te acuerdas de esa litera que vimos el otro día, Zuú? La reina traía un vestido hermoso, con anillos en cada dedo y brazaletes en el brazo, un collar resplandeciente y muchos esclavos sirviéndola. Eso es lo que quiero.

—No era la reina —le recordó Zuú—, sino una de sus hijas.

Erishti aplaudió:

—¡Tanto mejor!

—Ya basta. No sueñes con lo que no puede ser. Y si tanto deseas las riquezas, los dioses te las concederán si obedeces a tu tía. Así que ven y dame un masaje.

Erishti rió ante la broma, pero obedeció presurosa. Zuú las contempló un largo rato. La tía amaba a Erishti, al igual que el tío. Zuú en ocasiones se consideraba una extranjera en su propia casa, repleta de esas fantasías que concebía en su mente y que solo su papá había comprendido. A diferencia de Erishti, no anhelaba tesoros ni belleza, sino la quietud y la paz que solo encontraba en el jardín de su tía, rodeada de flores y aves cantarinas.

La situación mejoró al otro día cuando el tío les mostró sus propiedades. Erishti detestó el calor, los insectos zumbadores y la tierra que ensució sus pies, propiciando que el tío la despidiera bajo el cuidado de un esclavo. Erishti le guiñó el ojo a Zuú, pues había planeado ese truco desde la mañana. Quería pasar el resto del día con la tía Ziri-ya, untándose un mejunje creado por las mujeres de la región que supuestamente aclaraba la piel. El tío exhaló con fastidio.

—Mujeres. Solo piensan en trivialidades. Anda, Zuú, puedes volver con tu hermana, si eso deseas.

Pero ella se negó:

—Me interesa entender cómo funciona todo esto.

El tío entrecerró los ojos sospechando, pero después de unos segundos lanzó una carcajada.

—Igual que tu padre. Pero que tu tía no me oiga —le susurró—. Vamos, pues.

Así fue que Zuú conoció los graneros, los establos, los almacenes y las cavas. Se enteró de que el tío poseía muchas ovejas, ganado y caballos. Cosechaba cebada y mijo.

—Debemos ver los viñedos y las huertas. Nos tomará tres horas recorrerlas a caballo.

Zuú se paralizó. Jamás había montado. El tío lo adivinó enseguida exhalando con melancolía.

—Si fueras hombre, te enseñaría a montar. Pero… ¡Qué va! Supongo que nadie se enterará. Eso es, si tú no lo dices. Ven acá, escojamos una yegua con buen carácter.

Zuú jamás se desharía del perro, pero se enamoró de la yegua que su tío le regaló. Le tomó varias semanas aprender a montar hasta que galopó con seguridad y el tío la felicitó. Ya no la miraba como a Erishti, con esos ojos de león hambriento, sino con una especie de respeto e incluso cariño.

—Si tan solo fueras hombre… —le repetía cuando recorrían los viñedos y le explicaba el funcionamiento de los canales de irrigación o el ciclo de la cosecha. Entonces Zuú empezó a formularse una pregunta: ¿Cómo era posible que sus tíos fueran tan ricos y sus padres tan pobres? La nueva relación con su tío la animó a cuestionarlo en voz alta.

Eshardón se rascó la barriga mientras se detenían a beber agua del arroyo. Los caballos pastaban cerca, el cielo despejado no les mostraba clemencia, así que buscaron la sombra de un árbol para conversar.

—Dos cosas marcan el destino de las personas, sobrina: los dioses y la suerte. Los dioses determinaron que tu madre fuera hermosa, pero la suerte le brindó un esposo que simulaba más promesa. Cuando tus abuelos eligieron los esposos de sus hijas pensaron que tu tía se llevaba la peor parte. Siempre he sido gordo y aficionado a la cerveza, pero la bebida nunca me dominó como a tu padre. Es un misterio para mí cómo algunos pierden la cabeza con una copa de vino, y otros bebemos hasta hartarnos, pero no cometemos las mismas indiscreciones. Son los dioses los que controlan todo, Zuú. Tú y tu hermana le pertenecen a la diosa Ishtar; algún día sabremos qué pide de ustedes.

Cuando esa noche le repitió su conversación a Egla, la esclava meneó la cabeza con pesimismo.

—Mi pueblo cree otra cosa.

Las carcajadas de Erishti y el tío traspasaban las paredes, pero Zuú no se inmutó. No le importaba que ellos jugaran del otro lado, consciente de que el tío la quería de un modo diferente y menos peligroso. La tía probablemente ya dormía pues se había quejado de un dolor de cabeza, por lo que Zuú y Egla charlaban tendidas sobre sus lechos.

—Para nosotros la vida se va formando a través de decisiones. Nuestro Dios, pues sabes que solo tenemos uno, alabado sea su nombre, nos castiga o premia de acuerdo a nuestras resoluciones. Él pregunta, nosotros respondemos, y eso va marcando nuestro destino.

—Entonces, ¿qué hiciste mal? ¿Por qué eres esclava?

Zuú comprendió que había ido demasiado lejos cuando los ojos sin luz de la anciana se humedecieron. Sus labios temblaron y cambió de arameo a hebreo, una lengua que Zuú había aprendido bajo su tutela.

—No lo sé, Zuú. Lo he meditado durante años y aún no lo comprendo. Pero apenas ayer me vino esta idea. Mi familia cultivaba olivos.

Yo me encargaba de los rebaños, pero mi padre se enorgullecía de nuestro huerto.

—¿Cómo son los olivos?

—No son árboles tan interesantes como los cedros, ni tan abundantes como las vides. Sus ramas son tortuosas, sus troncos rugosos y flacos. En primavera producen pequeños racimos de flores blancas que anuncian el fruto, pero carecen de otro atractivo. Sin embargo, el aceite de olivo se vende bien, y es utilizado para cocinar y encender lámparas. Las aceitunas condimentan la comida; mi madre las preparaba con vinagre y sal. Pero nunca olvidaré mi primera lección sobre los olivos. Salí de la casa muy temprano para acompañar a mi madre, que ordeñaba las cabras. Mi padre y mis hermanos habían colocado mantas debajo de la copa de uno de los árboles y sostenían unas varas muy largas. Entonces, comenzaron a golpear las ramas. Yo pensé que destruirían al árbol, pero mi madre me explicó que así tiraban los frutos para llevarlos al molino. Cuando detecté algunos olivos que habían rodado fuera de las mantas, corrí a recogerlos, pero mi madre me detuvo. Me explicó que debíamos dejar los sobrantes para los pobres, como indicaba la ley.

Egla guardó silencio y Zuú se impacientó. ¿Qué tenía que ver esa historia con el destino del hombre?

—Tal vez —Egla siguió con voz pausada—, la historia de mi pueblo es como la de un olivo. Crecimos en medio del desierto, torcidos y curvos, sin el atractivo de Egipto o la fuerza de Asiria y, aun así, nuestro Dios nos eligió. Pero para obtener nuestro fruto ha tenido que golpearnos con la vara de su disciplina. Nuestro Dios no tolera el pecado. Él no tiene por inocente al culpable.

—Se me hace un Dios demasiado severo.

—Lo es, pero ¿qué se puede hacer cuando uno tiene un olivo? La única manera que da su fruto, el cual es agrio y no dulce como la uva, es con los golpes.

—¿Qué tiene que ver eso contigo?

—Supongo que nada. O quizá yo sea uno de esos olivos que han rodado fuera del manto. Tal vez no fui destinada al molino, sino a los pobres.

Zuú no entendió nada y decidió dejar el tema por la paz. Cuando Egla se ponía filosófica lo mejor era darle su espacio, por lo que estiró los brazos, aspiró la humedad de la brisa vespertina y se impregnó del hermoso paisaje, el que nunca desearía abandonar, pero que finalmente haría motivada por dos cosas: Bel-kagir y el mastín que había pertenecido a su padre.

* * *

Bel-kagir y Zuú jugaban con el perro, lanzándole un hueso que él devolvía con el hocico.

—¿Y qué tal el campo? —le preguntó el muchacho.

—Hermoso. No sé qué más decir.

Rara vez Zuú tenía más palabras, se dijo Bel-kagir, aunque no lo repitió en voz alta. Le agradaban sus nuevas vecinas y, aun cuando no lo confesaría en voz alta, mucho menos entre sus compañeros de armas, había recuperado su niñez en el jardín de Ziri-ya. En ocasiones utilizaba la puerta delantera, pero generalmente se deslizaba por la enredadera contigua y el perro de Zuú lo recibía con ladridos amistosos.

—Me gusta Trueno —dijo Bel-kagir sacudiendo el pelo del mastín que lamía sus manos. Aguardaban a que Erishti saliera de la casa pues se encontraba peleando con Egla. La criada deseaba que la chica terminara su clase de cocina antes de correr a jugar y perder el tiempo, pero Erishti podía ser más testaruda que cualquiera.

A Bel-kagir le agradaba, y mucho. Se le figuraba la niña más hermosa del mundo, y aunque admiraba los ojos de Zuú y su serenidad, prefería a Erishti, con sus arranques violentos, sus conversaciones monopolizadoras y su adorable rostro. Le bastaba contemplarla durante horas para volver al cuartel satisfecho.

Como todo soldado, ya había experimentado su primer encuentro con el sexo opuesto, pero dentro de él comenzaba a surgir la inquietud que su madre le transmitía en cada conversación. Pronto debería casarse, o por lo menos empezar a pensar en una esposa. Claro que Bel-kagir deseaba ir a una guerra primero, conseguir botín y disfrutar de su juventud, pero tarde o temprano se vería forzado a tomar una decisión, y la carita de Erishti aparecía en su mente cada vez que contemplaba la posibilidad de casarse.

—¡Por fin me libré de Egla! —declaró ella triunfante. Sus mejillas sonrosadas combinaban con las flores del huerto—. Por más que se lo digo, no me hace caso. No necesito aprender a cocinar porque me casaré con un hombre rico que me dará los suficientes esclavos para realizar todas esas labores. ¿Cómo estás, Bel-kagir?

—Bien, Erishti. ¿Te gustó el campo?

—¡Por supuesto que no! Me aburrí a muerte. Zuú se la pasó montando esa yegua parda que le regaló mi tío y visitando los viñedos, pero yo no encontré nada interesante que hacer.

Bel-kagir contempló a Zuú de reojo. Ella se había sonrojado y contemplaba sus uñas.

—¿Sabes montar, Zuú?

Erishti se llevó la mano a la boca:

—¡Qué lengua tan floja tengo! Perdona, Zuú. Pero no te preocupes; Bel-kagir no se lo contará a nadie. ¿Verdad que no lo harás? No quiero robarle las posibilidades de encontrar pretendientes a mi propia hermana debido a mi indiscreción. Aunque no veo nada de malo en que una mujer cabalgue.

Él sonrió ante la verborrea de la pequeña, pero analizó a Zuú nuevamente. Ella poseía un cuerpo firme y fuerte, en comparación con Erishti que cuidaba su nívea piel y simulaba fragilidad. La imaginó sobre un corcel, galopando al aire libre y con su cabello castaño y largo volando en libertad, no con esa trenza que siempre traía.

—Pero cuéntanos de ti. ¿Qué ha pasado en la ciudad?

—El rey no se decide. Estoy preparado para ir a mi primera batalla y él se demora con las órdenes.

—Es peligrosa la guerra —dijo Zuú con seriedad—. Podrían herirte.

Erishti suspiró:

—Estoy de acuerdo con Zuú. La guerra es terrible.

En eso, Egla interrumpió su conversación. Había derramado aceite, y como no veía, temía resbalarse. Erishti quiso saber por qué no le pedía ayuda a alguna de las esclavas, pero Zuú decidió ayudar a su nana, y se excusó. Bel-kagir le pidió a Erishti que cantara algo. La pequeña cantaba con una voz dulzona y privilegiada que competía con el canto de un ruiseñor.

—Estoy cansada, Bel-kagir. Además, te sabes todas las canciones. Ya me has escuchado muchas veces.

—¿No me vas a complacer aunque sea con una estrofa?

—No lo sé.

Él la sujetó de la mano y Erishti clavó en él sus pupilas oscuras. Él le rogó que le concediera su pequeño deseo.

—Está bien, Bel-kagir. Pero será una canción de las que Egla nos ha enseñado.

Y entonces empezó:

—«Así como un venado sediento desea el agua del arroyo, así también yo, Dios mío, busco estar cerca de ti».

Pero Bel-kagir no podía pensar en los dioses, sino en lo mucho que deseaba estar cerca de Erishti.

—Tu voz hechiza —le susurró.

Entonces él se agachó y besó sus labios. No supo por qué lo hizo, pero notó que Erishti, en lugar de apenarse, lo enfrentó con una sonrisa coqueta.

—Debes irte —le dijo con sencillez y corrió a los brazos de Egla.

Bel-kagir se sentía confundido, así que volvió a su casa y decidió acompañar a su madre al mercado. ¿Qué había sucedido? No se arrepentía de haber besado a Erishti, pero no comprendía la reacción de la niña. Zuú se hubiera puesto de mil colores, pero Erishti parecía haber esperado su reacción, y quizá hasta la había precipitado. Afortunadamente, los ruidos de la ciudad lo distrajeron. Los esclavos bajaron la litera en el área central y Bashtum decidió caminar para conseguir lo que buscaba.

Él conocía la ciudad como la palma de su mano, pero esa mañana se dedicó a observar a las mujeres. Vestían las ropas de muchas tierras, verde, azul, amarillo y hasta rojo, el color del luto, lo que indicaba a las viudas o las que acababan de perder un familiar. Los velos escondían los rostros de la mayoría, salvo de las concubinas y prostitutas. ¿Qué pensarían? ¿Qué cruzaba por la mente del sexo opuesto? Por ejemplo, Bel-kagir no entendía por qué su madre regateaba con el comerciante, peleando unas cuantas monedas de cobre por una tela que a él no se le hacía especial. Según el vendedor lo era, lo que elevaba el costo, así que su madre no paró hasta conseguirla. ¿Qué le veían a un trozo de tela? Él discutiría por un caballo, pero no por un trapo.

Bel-kagir reconocía a los hebreos y los hititas por sus ropas, a los egipcios por sus rostros afeitados, pero nuevamente se angustió al reconocer que los hombres, sin importar su nacionalidad, caían presa del encanto de las mujeres. Lo había visto con sus propios ojos más de una vez en las tabernas a las que visitaba con frecuencia. Y precisamente en ese momento se le antojó un trago. Se había hecho aficionado a la bebida, algo que casi todos compartían en el ejército, pero su madre no aprobaba su afición, así que debía aguardar hasta perderla de vista.

—Vamos a la sección de esclavos. Necesito alguien para que ayude en la cocina —dijo Bashtum después de salirse con la suya.

Bel-kagir no planeaba pasar más de una hora en el mercado, mucho menos comprar un esclavo, pero su madre apretó su brazo cuando el vendedor presentó a uno de ellos:

—Su nombre es Nabussar, de Babilonia. Joven, fuerte y educado.

—Seguramente su familia se endeudó y terminó de esclavo —le dijo Bashtum en un susurro—. Proviene de buen linaje.

—Es un esclavo, mamá. ¿Cómo lo sabes?

Bashtum apuntó a su postura y sus dientes. Bel-kagir sabía que los dientes de un caballo reflejaban su edad, pero ¿de un hombre? Sin embargo, Nabussar le intrigó. Se mantenía erguido y con la mirada perdida en el horizonte, como si no le importara lo que sucedía a su alrededor, desinteresado de su destino o de la gente que lo rodeaba. Bashtum amaba todo lo babilónico. Incluso había colocado una pequeña estatuilla del dios Marduk en su habitación para no ofender al dios que, según ella, era superior al resto. De Babilonia también importaban la moda, la arquitectura y el arte. Muchos anhelaban hablar y escribir la lengua sumeria o el acadio, la lengua de los dioses.

—Cómpralo para ti —le insistió Bashtum.

—¿Y qué haré con él? Solo los príncipes tienen esclavos en las barracas.

—Yo lo mantendré en la casa hasta que te cases o lo necesites. Es una buena inversión, hijo. Créeme.

La idea de su madre no sonaba tan descabellada. Se acostumbraba que los esclavos trabajaran para sus amos y les entregaran sus ganancias. Bashtum proponía ofrecer sus servicios a su esposo. El esclavo seguramente sabía leer y escribir, lo que lo entrenaría para aprender a manejar propiedades y el negocio de Madic, el que finalmente Bel-kagir heredaría por ser el único hijo. Lo que nuevamente le trajo a la mente lo incomprensible del sexo opuesto. Si su padre comerciaba telas, ¿por qué Bashtum había comprado esa seda? Lo preguntó en voz alta, a lo que Bashtum sonrió.

—Hay que conocer a la competencia para vencerla. Tú no sabes nada de negocios, Bel-kagir, por eso necesitas a ese esclavo. Tu padre y yo lo prepararemos, y así no te quedarás en la ruina cuando nosotros ya no estemos.

Así que Bel-kagir aceptó la propuesta. Su madre se encargó de la transacción y él la acompañó hasta la puerta. Se negó a almorzar con ellos, consciente de que su día de descanso había terminado y pronto sería requerido por su general. Solo hizo una cosa más antes de marcharse, y fue escuchar la dulce voz de Erishti que surgía del jardín y que lo perseguiría durante sus noches solitarias en la casa de guerra.

3

Zuú se sentía nerviosa. Las manos le sudaban y los dientes le castañeaban sin control. Había esperado más tiempo del acostumbrado para cumplir con la diosa, pero el encuentro ya no se podía posponer. Egla se había opuesto: «Es una práctica indigna y bárbara para una mujer. ¿Cómo lo permiten?»

Pero la tía Ziri-ya no se había dejado intimidar: «Quédate con tu Dios, Egla. Nosotros tenemos los nuestros. Somos los elegidos de Asur, y toda mujer de nuestra sangre debe presentarse ante la diosa y ofrecerle este momento».

Así que Zuú y Erishti, de quince y trece años respectivamente, llegaron al templo de Ishtar, un complejo de edificios y jardines cerrados, una ciudad en sí misma, donde se veneraba a la diosa. Cerca de doscientas hijas de Ishtar servían allí, con el doble de sirvientes y eunucos, aquellos hombres especiales que había mencionado la tía en la casa de campo.

Erishti no dejaba de observar los alrededores, insistiendo que no había nada degradante en servir a Ishtar, la diosa del amor y la fertilidad. De hecho, consideraba a las sacerdotisas unas mujeres privilegiadas. Zuú, sin embargo, no compartía su emoción. Le intimidaban esos hombres llamados eunucos. Bel-kagir le había insinuado que de niños eran mutilados para poder trabajar en el harem del rey y en los templos donde las mujeres no temerían su presencia. Ella ignoraba a qué se refería exactamente, pero la expresión de Bel-kagir le había transmitido dolor y compasión por esos seres humanos que al parecer carecían de opinión para convertirse en especiales. Tampoco le impresionaban las hijas de Ishtar, aun cuando se les honraba en la calle, en los templos y hasta en el palacio. Parecía que un aura de castidad las cubría, a pesar de que parte de sus ritos requerían perder su virginidad.

Por esa razón, Egla se había opuesto a tal iniciación. Según ella, su Dios daba honra a la mujer que se guardaba para su marido y le dedicaba solo a él sus caricias. Jamás hubiera imaginado a Sara, una de sus heroínas hebreas, llevar a cabo ese ritual que se requería de toda mujer de la tierra de Asur. De hecho, le había contado la noche anterior que en una ocasión, a punto de ser difamada y tocada por un rey pagano, Dios mismo había intervenido para librarla al enviar una plaga contra el pueblo del rey. Todo porque su esposo, un tal Abraham, había mentido y preferido encubrir su relación que perder la vida.

«Todos los hombres son igual de cobardes», había escupido con desprecio.

La tía también insistía en que los hombres eran unos cerdos; por lo que rodeada de tan malos pronósticos sobre el sexo opuesto, Zuú temblaba. Desafortunadamente no contaba con otra alternativa. Ella no era hebrea, sino una hija de Asur que agradaría a la diosa como lo había hecho su tatarabuela, su abuela, su tía y su madre.

Erishti no dejaba de parlotear sobre lo que una de las criadas de confianza de su tía le había dicho el día anterior:

—Algunas de las servidoras de la diosa amontonan grandes fortunas y luego se retiran. Unas cuantas se han casado con hombres importantes y hasta han concebido hijos. Pero nada les roba la dicha de haber pertenecido a la diosa durante unos cuantos años. Ella siempre premia a sus hijas, Zuú. Deberíamos considerarlo.

—Yo solo vengo de paso —le aclaró Zuú con seriedad.

Erishti la miró de reojo:

—Con ese humor, solo ahuyentarás a los hombres y te quedarás aquí más días de lo que deseas.

Zuú sintió un bochorno, pero decidió dejar el tema por la paz. Demasiadas preocupaciones tenía por lo que les esperaba como para discutir con su hermana. Así que las dos continuaron su caminata hasta las escalinatas designadas para el ritual. En el templo no había ebriedad ni vergüenza, sino un ambiente de orden y hermosura. Todo era bello, desde las paredes decoradas con escenas del viaje de Ishtar al inframundo, como columnas talladas con flores y pintadas de colores pálidos. Olía a incienso y una mezcla de perfumes que atontaba los sentidos. Las hijas sagradas de Ishtar se paseaban con tranquilidad y experiencia, reconociendo a los viajeros que venían en busca de un buen augurio y a los hombres del rey que deseaban una noche sin presiones ni la locura de las tabernas.

El sol empezaba a desaparecer, lo que le produjo un retortijón en el estómago. El momento se acercaba. Una de las hijas de Ishtar les señaló unas gradas donde otras muchachas aguardaban con paciencia. Erishti y ella se acomodaron sobre la franja azul que se combinaba con otra amarilla para darle vida al recinto. Zuú no examinó en ese instante a los transeúntes, sino a las otras mujeres. Algunas miraban a la derecha y a la izquierda con nerviosismo, otras sonreían abiertamente y unas más, de hecho las menos bonitas, bostezaban con aburrimiento, quizá imaginando el futuro tan incierto que les brindaba la diosa, pues no podían marcharse hasta que algún varón las escogiera.

La calle de Ishtar, la más recta de la ciudad, se extendía hasta volverse un punto en el horizonte. Zuú deseó que fuera Bel-kagir quien apareciera en ese instante, pero entregarse a un conocido sería el peor pecado que podría cometer contra la diosa. Ishtar le daba su bendición a la virgen que entregaba su virginidad a un extraño, a un hombre al que vería una sola vez y no más. Si cumplía, la Dama Envuelta en Hermosura brindaría a la mujer fertilidad y un hombre viril. Pero Egla no lo veía así:

—Es una vergüenza, un rito pagano, ajeno a mis costumbres.

La tía Ziri-ya lanzó una carcajada.

—Y dime, esclava, ¿acaso mis compatriotas no te exprimieron cuando te capturaron? Se dice que los soldados son de los peores.

Zuú sintió gran miedo y rencor al escuchar la burla en las palabras de su tía, pero Egla se había limitado a suspirar:

—Mi Dios me protegió. Siempre lo ha hecho. No dejará que nadie me toque, a menos que Él lo quiera.

La tía le dio la espalda:

—Vieja bruja.

Zuú deseó que el mismo Dios de Egla la protegiera esa noche, pero dudaba que una deidad hebrea se ocupara de una chica en Nínive. Por esa razón, cada pueblo veneraba a sus propios dioses.

En eso, una sombra las cubrió a ella y a su hermana. Ambas levantaron la barbilla. A pesar de traer el velo reglamentario, se les concedía utilizar las telas más transparentes para revelar sus facciones y atraer a los hijos de Asur. El hombre frente a ellas era alto, fornido, con una cicatriz en el brazo derecho, pero su barba peinada y perfumada, así como su mirada decidida, lo volvían apuesto. Jamás se compararía a Bel-kagir, se dijo Zuú. No conocía un muchacho más apuesto que él, pero tampoco consideraría repugnante al extraño. Sin embargo, él no la veía a ella, sino a su hermana.

El hombre le extendió la mano. Erishti no se veía inquieta sino divertida. Aceptó la moneda de plata, luego lo siguió a las entrañas del templo. Zuú no pudo más que admirar la delicadeza con que Erishti flotaba, llamando la atención de los presentes, moviendo sus manos enjoyadas y sus ojos luminosos con la elegancia de una diosa. Bien podría pasar por Ishtar en esos instantes, pero ¿ella?

—Dama del Cielo, que sea rápido.

Pero el sol continuó su descenso y Zuú tuvo que encender su lámpara de barro para que los hombres vieran su rostro. El frío de la noche descendió sobre ella y aunque algunas se arrimaron para calentarse, o durmieron en sus sitios, o se calentaron cerca de un brasero, Zuú permaneció ajena a las risas, los cantos de las sacerdotisas y en unos minutos, dejó de pensar en el futuro, concentrándose en el pasado. Se vio a sí misma sobre la yegua a la que había nombrado Rayo, para hacer juego con Trueno, el mastín de su padre. Recordó el aroma de la cebada, la textura de las uvas prensadas y la calidez de la brisa del campo. Quizá hasta sonrió, hundida en sus memorias, pues una voz atravesó la distancia.

—¿Algo te divierte?

Alzó la mirada y contempló a un hombre mayor, de cabello encanecido y barba recortada. No se le figuró un hijo de Asur, pero tampoco un hitita, un egipcio o un hebreo. Él le tendió la mano, así que ella aceptó la moneda de plata y lo siguió adentro. Depositó la moneda en el cofre de la diosa para agradecerle su fortuna y un eunuco los recibió. El hombre canoso le entregó una moneda de oro, así que el eunuco les brindó un brasero y los condujo detrás de una cortina que él mismo cerró. El hombre colocó su manto sobre el suelo y Zuú se quitó el velo. Quería llorar y huir de allí. Deseaba volar y abrazar a su yegua, trotar por los pastizales y olvidarse de ese olor a cerveza combinado con el incienso que ardía de la lámpara que hacía sombras en las paredes.

Entonces, de la nada, se dirigió al cielo:

—Dios hebreo, usted que cubre a su pueblo con sus alas, líbreme de este hombre.

—Abre los ojos, hija de Ishtar. No te haré daño —el hombre lanzó una risita—. Estás titiritando.

Tomó su manto y ella se envolvió en él.

—La diosa debe estar jugando conmigo. Me siento muy mareado. Quizá la cerveza que bebí estaba adulterada, qué sé yo —bostezó ruidosamente—. Venía dispuesto a… tú sabes, pero… Dime, ¿podrás darme un masaje?

Zuú le había dado muchos masajes a la tía Ziri-ya y a Egla, que padecía de reumatismo en cada músculo de su cuerpo. El hombre se tendió boca abajo, por lo que Zuú trabajó su espalda hasta que él se relajó. La música de unas flautas penetraron el diminuto espacio y Zuú trabajó con sus dedos sobre los nudos en la espalda del hombre.

—Seguramente adivinaste que no nací en Nínive ni en Asur, aunque he vivido más años en Nínive que en mi aldea natal. Provengo de más allá de Palestina, de unas islas donde se conocen otros dioses y otras costumbres. En Creta veneramos al toro…

De pronto guardó silencio y Zuú pensó que se había dormido, pero luego siguió:

—La diosa de la fertilidad es curiosa. Hoy que conseguí una flor tan hermosa, mi cuerpo me traiciona. Trabajo en los establos de su majestad, porque soy bueno con los caballos. Pero las mujeres saben poco de estos animales…

Zuú decidió no abrir la boca, sino presionar más duro.

—Fueron tus ojos los que me atrajeron. Cuando viajé a las ciudades de los grandes dioses como Zeus y Afrodita, vi otras mujeres con ese color. Son especiales…

La respiración del canoso se fue regularizando hasta que empezó a roncar. Zuú dejó que unas lágrimas rodaran por sus mejillas al comprender la magnitud de lo que había acontecido. Alguien, tal vez el Dios de Egla, la había escuchado y le había concedido su deseo. La diosa Ishtar le había fallado aquella noche en que su padre había asesinado a su madre, pero este nuevo Dios no la había traicionado. Así que aprovechando el sueño que embargaba al hombre, se deslizó por la cortina y abandonó el templo de Ishtar con una sonrisa. Ante los demás, diría que había cumplido. A ese extraño no lo vería jamás; nadie podría echarle en cara no haber obedecido a la diosa. ¡Se había salvado!

* * *

Bel-kagir buscó al hombre de los caballos que lucía bastante tranquilo a pesar de la inminente guerra.

—¿Tuviste una noche divertida? —le preguntó con insolencia.

El canoso respondió:

—No me creerías si te lo contara. Visité el templo de Ishtar.

Bel-kagir lanzó una carcajada, aunque un aguijón traspasó su vientre. Anoche Zuú y Erishti habían ido al ritual de la diosa, mientras él se quedaba en su cuarto, torturándose y preguntándose quién sería el extraño que las despertaría al mundo. Él hubiera ido, pero dos cosas lo detuvieron. Primero, la guerra y sus preparativos, pues debía obedecer órdenes y concentrarse para el primero de sus enfrentamientos ya que a diferencia de otros soldados, empezaba tarde su participación en el arte de Bel. Y segundo, el miedo de enfadar a la diosa lo frenó. La Dama del Cielo decretaba que las vírgenes se debían entregar a un desconocido, no a un amigo de la infancia ni a un vecino.

Los desfiles del ejército eran impresionantes, y Bel-kagir se preguntó si Zuú y Erishti saldrían a las calles para despedirlo. Él vestía su uniforme verde, con la ilusión de verse coronado de gloria después de la guerra y esperando que su destino lo alcanzara en Babilonia. Había dejado a Nabussar a cargo de sus negocios, rogando que el babilonio no lo traicionara sino que fuera leal. También pedía a los dioses que protegieran a sus dos vecinas para que a su regreso, cargado de un suntuoso botín, se casara con Erishti. Eso lo había comentado con su madre la tarde anterior.

—¿Una de ellas? Pero son huérfanas, Bel-kagir.

—Y ricas —dijo con aplomo.

Bashtum lo había considerado unos segundos.

—Heredarán a sus tíos, tienes razón. Y las propiedades que poseen son valiosas, sin olvidar el comercio de vino y cerveza. Me parece un buen trato, hijo. Además, son educadas, no tan feas, ¿y a cuál prefieres?

—A la menor.

—Por supuesto —sonrió Bashtum con malicia—. Quieres a la más hermosa. Con esa voz seguramente ha enviado a un espíritu maligno para que te atormente. Su *sedu* te persigue. Pero, escucha, cuando se trata de construir un hogar, te haría más bien la firmeza y la serenidad de la mayor.

Bel-kagir hizo una mueca. No le repelía Zuú, pero era demasiado seria.

—Una mujer fuerte te hará un hogar y cuidará de tus hijos. Para otro tipo de necesidades hay tabernas y el templo de Ishtar.

—Mamá…

—Está bien. Es solo mi opinión, pero respeto tu elección. Hablaré con Ziri-ya ahora que te marches para que a tu regreso se consume el matrimonio lo antes posible.

Así que con esa promesa latiendo en su pecho, Bel-kagir avanzó en medio de los otros cien soldados de su compañía. Se encontraba al final de la procesión, por lo que las trompetas solo eran un murmullo en la distancia, la carroza del rey una fantasía y cuando cruzaron las puertas de Nínive, muchos habían vuelto a sus casas, fatigados por aplaudir y celebrar. No vio a ninguna de las dos chicas, pero sabía que en poco tiempo volvería.

Desafortunadamente, sus planes se vinieron abajo. Bel-kagir no aprendió las artes mayores de la guerra, sino las penalidades de sitiar una ciudad. Durante diez meses el ejército de Ashur-dan III acampó a las afueras de la orgullosa Babilonia, la cual se negaba a ceder. Bel-kagir y el resto extendieron sus tiendas en el valle, lejos del alcance de flechas o jabalinas enemigas; cavaron zanjas para secar el Eufrates y dejar a los babilonios sin agua; recogieron las cosechas del enemigo y mataron el ganado. Y aun así, Babilonia se negó a cooperar.

De vez en cuando, para no aburrirse, Bel-kagir se unía a bandas de soldados que asaltaban ciudades vecinas, pero amenazar a mujeres y niños, o acuchillar a campesinos, no traía honor ni satisfacción, solo unas monedas extras o un poco más de comida. La espera resultaba más drástica de que lo que Bel-kagir había imaginado. Escribía cartas que nadie contestaba ni leía, o que si Zuú o Erishti respondían, él no recibió. Su *rab kisir* los mantenía ocupados como todo un veterano. Sigilosamente los enviaba a espiar al enemigo, o les pedía excavar aquí y allá para atrincherar tropas, u organizaba sesiones de insultos para enfurecer a los altivos babilonios que amaban su ciudad. Y para sorpresa de Bel-kagir, algunos de sus compañeros de armas temían atacar la ciudad sagrada pronosticando que les vendrían malos augurios o demonios nocturnos para castigar su atrevimiento.

«Marduk es más grande que los otros dioses», le contó uno. Bel-kagir no le creyó. Todos defendían su territorio, y así como Asur velaba por su pueblo, el dios Ea cuidaba de Bel-kagir. Ea era el dios que en su nacimiento lo había bendecido por la posición de las estrellas, según había leído un *baru* en el hígado del toro que ofreció su padre. Por lo tanto, Bel-kagir le rogó a Ea ver un poco de acción y regresar a Nínive para desposar a Erishti. Si no hubiera sido por el *elkalli* o mensajero de su *rab kisir*, Bel-kagir se habría vuelto loco de desesperación. Pero Nagi Adad era un hombre cómico, con su barba maltrecha, un muñón donde debía haber estado la mano izquierda y unos dientes podridos que no cesaban de intrigarlo.

—Un sitio es lo peor que una ciudad puede recibir, Bel-kagir —le explicaba por las noches—. Es preferible morir en combate que someterse a la locura del encierro, pero estos babilonios creen que dentro de sus murallas su dios los protegerá. ¿Sabes qué pasa? Se mueren de hambre. Primero usan todas sus provisiones, luego roban al vecino o a sus mismos familiares. Más tarde cocinan perros, gatos, ¡todo animal disponible! Finalmente, cuando la desesperación los ataca y ya ni las ratas salen de sus madrigueras, se comen unos a otros. Fríen a sus propios hijos.

Bel-kagir no lo creyó:

—Yo jamás haría eso. Es un acto salvaje y no de seres humanos.

—No digas «no», muchacho. Solo el gran Asur sabe si algún día Nínive vivirá la misma pesadilla, y cuando eso suceda, no contaremos con muchas opciones. Por eso le ruego a la Diosa del Cielo, nuestra Dama Ishtar, que me conceda abandonar este cuerpo por medio de una espada o una jabalina enemiga, que por inanición o asfixia.

Bel-kagir supuso que el manco exageraba, pero un año después de haber pisado la ribera del Eufrates, el ejército de Ashur-dan III cavó una brecha en uno de los muros y los soldados entraron a tropel para liquidar al enemigo. Bel-kagir corría detrás de sus compañeros, pues lo habían colocado en la retaguardia debido a su inexperiencia. Sujetaba el mango de su espada con firmeza, atento a los cientos de obstáculos en su camino, desde las piedras de la pared hasta todo tipo de basura. Pero nada lo preparó para la escena que atestiguó atravesando el muro interno de la ciudad. Bel-kagir tuvo que frenar ya que los hombres frente a él lo hicieron. Se abrió paso para contemplar lo que dejaba atónitos a sus compañeros, y se cubrió la nariz por la peste que viciaba el aire.

Una acidez en su estómago casi lo obligó a vomitar, pero se obligó a no hacerlo. Un mundo de cuerpos, quizá diez mil según los cálculos de Nagi Adad, se pudría en la enlodada ribera del río. Los cadáveres de cualquier edad y sexo se amontonaban en toda clase de posiciones. Ratas y aves de rapiña se daban un festín, y cuando Bel-kagir identificó un cráneo con gusanos dentro, no lo pudo evitar. Corrió hacia el hueco de la pared y vació su estómago. No le importaba la humillación o las burlas de sus compañeros. Entonces se percató de que no era el único, sino que muchos más se le unían.

«Basta de niñerías. ¡A pelear!», gritó su *rab kisir*.

Solo para huir de allí, Bel-kagir obligó a sus pies que salieran de ese sitio de horror y escalaron escombros rumbo al templo de Marduk, donde les correspondía vencer la última resistencia del rey suplantador. Desafortunadamente, los babilonios conocían bien su ciudad, así que se toparon con una lluvia de flechas enemigas, y Bel-kagir tuvo que evadirlas con rapidez. Encontró un escudo tirado, perteneciente a los babilonios, y con él cubrió su rostro y su pecho mientras intentaba mantener el paso del resto. Antes de poder blandir su espada, sus compañeros ya habían matado al adversario, por lo que él se concentraba en recorrer la distancia que le marcaban. De pronto llegaron a la gran plaza de los templos, donde unos cuantos babilonios se disponían a luchar por su vida. Entonces Bel-kagir tuvo su primer encuentro.

Un babilonio le salió por la derecha con la espada en alto; su rostro famélico y sus ojos vidriosos no lo hacían menos peligroso, así que Bel-kagir plantó ambos pies y se inclinó en posición de ataque, como le habían mostrado. Se deshizo del escudo y encaró al enemigo. El babilonio se movía en línea recta. Bel-kagir realizó cálculos mentales antes de girar un poco a la izquierda y asaltarlo con un golpe certero que chocó contra la otra espada. Pero a pesar de su mala nutrición, el babilonio era fuerte y astuto, y en un segundo embate le sacó la espada de la mano. Bel-kagir palideció. El tintineo del metal sobre el suelo le pareció la nota más fúnebre de su vida. Pero aún tenía su daga en el cinto, la que extrajo con un solo movimiento segundos antes de que el babilonio lo atacara de nuevo. Logró lastimar su mano derecha y el babilonio también aflojó su apretón sobre el mango de su espada.

Cada uno se afianzó de la muñeca del otro, luchando en el piso y rodando para ganar el control de la espada. La daga de Bel-kagir se había perdido, pero no sus esperanzas. Y la disciplina y el duro entrenamiento de tantos años surtieron efecto. Bel-kagir dejó de pensar en su muerte o en Nínive. Enfocó sus esfuerzos en ganar esa partida, como en los juegos de la escuela, y utilizó todas sus artimañas hasta descubrir la debilidad del enemigo cuya resolución goteó hasta dejarlo deshidratado por el esfuerzo. Entonces Bel-kagir le arrancó la espada con la que le cortó la cabeza. Escuchó el rasgueo de la piel y el crujido de los huesos rotos, vio la desesperación en las pupilas del babilonio y olió la fetidez de sus entrañas. Lo había hecho. Había matado a su primer enemigo, y curiosamente, se sentía bien. Un escalofrío, parecido al de su primera borrachera o su primera noche con una mujer, recorrió su espalda. Había vencido. Había sorteado la muerte y salido triunfante. Con un grito de victoria se puso de pie y rajó el vientre de otro babilonio que se aproximaba. Perdió la cuenta después de la octava víctima, pero siguió su danza mortífera hasta que saboreó la sal y la sangre en sus labios y oyó la bocina que anunciaba la capitulación de la ciudad.

Los sacerdotes la entregaron a Ashur-dan, y los soldados de Asur bajaron sus armas, no sin antes contemplar la carnicería que poblaba el piso. Bel-kagir se puso sobrio más rápido que si hubiera bebido dos barriles de cerveza. Cuando distinguió el cuerpo inerte de uno de sus compañeros de infancia, el peso de la muerte lo envolvió de nueva cuenta. Pero después de una noche de tortura, el rey permitió que su ejército le diera una lección a la arrogante población que se había atrevido a desafiarlo. En jaurías los soldados se desplegaron para robar, pillar, violar y masacrar familias enteras. Bel-kagir no se despegó de Nagi Adad, que no solo sabía matar con elegancia y sin tanto regadero de entrañas, sino que conocía dónde encontrar los mejores objetos de valor.

Durante cinco días continuó la locura, hasta que con un saco lleno de copas de oro, monedas de plata y estatuillas de Ea, Bel-kagir se detuvo por órdenes del rey. Ashur-dan III anunció que la marcha a Nínive, donde pasaba una temporada, se iniciaría al día siguiente, y con el rey traidor, un tal Musbiz Marduk encadenado y arrastrado por la guardia real, comenzó la procesión.

Bel-kagir no sabía muy bien qué sentir ni qué pensar. Las imágenes de los cuerpos muertos lo asaltaban, así como la expresión en el rostro de su primera víctima. Se decía que Asur no sancionaría los pecados de sus hijos que solo defendían su tierra, incluso se inflaba de orgullo al recordar su destreza con la espada y el buen presagio de tener vida después de que tantos otros habían sido enterrados en Babilonia. Sin embargo, en ciertos momentos la inutilidad de su existencia lo golpeaba. Deseaba hallarse en brazos de una mujer que lo consolara, y mujeres no faltaban, así que una noche, Nagi Adad le trajo una esclava, una hermosa egipcia.

«Ten, Bel-kagir. Para que olvides tus temores».

Bel-kagir dejó que le cocinara, que cargara sus pertenencias y atendiera a sus heridas, pero no la tocó. La guerra no había sido lo que había soñado, y ni el viaje en barcas por el Tigris lo animó. Quizá ya nada lo haría.

4

Zuú se colocó el velo lo más rápido que pudo. Desde hacía dos días el ejército había llegado a la ciudad y Bel-kagir aún no la visitaba. Bashtum le había dicho que estaba en guardia, así que planeaba verlo esa mañana. Se oscureció los párpados, aprovechando que su tía ya le había dado permiso de maquillarse y se humedeció los labios. Egla adivinó lo que hacía y chasqueó la lengua dos veces para llamar su atención.

—No corras tras él como animal en celo.

Solo porque la respetaba, Zuú no dijo más. No le había contado cómo el Dios hebreo la había salvado aquella noche en el templo de Ishtar; algo la detenía cada vez que intentaba confiarle sus más grandes temores. Quizá se debía a la influencia que su tía ejercía sobre ella pues le recordaba constantemente que Egla solo era una esclava, y para colmo de males, hebrea. Los hebreos no eran más que un grupo de agricultores que aún vivían de sus glorias pasadas y temían la ira de su único e invisible Dios. Así que Zuú optó por agradar a su tía y al mismo tiempo mantener contenta a Egla.

—Solo quiero festejar con todos los demás.

—¿Celebrar que tu ejército destruyó una ciudad y que miles murieron de hambre?

Zuú arrugó la nariz. En Nínive solo corrían las noticias del botín abundante. Nadie mencionaba muertes, y finalmente, ¿no se trataba del enemigo? Esta vez Zuú no controló su lengua:

—Vamos, Egla. ¿Lloró tu pueblo por los que murieron en Jericó?

La anciana resopló con enojo:

—En mi país se respetan las canas.

—Aquí también, pero no las de una esclava.

Y, con eso, salió de la habitación consciente de que la había herido, pero no estaba dispuesta a dar marcha atrás. Zuú solo pensaba en que pronto se casaría y nada le robaría su felicidad. No olvidaría jamás la tarde en que Bashtum había llegado con la propuesta. La tía Ziri-ya había aceptado de inmediato y desde entonces Zuú se preparaba para convertirse en la esposa de Bel-kagir. Había supuesto que un año tardaría mucho en pasar, pero entre tantos preparativos, los meses volaron mientras ella mejoraba su técnica de bordado, escribía con mayor fluidez y seguía a la tía Ziri-ya como una sombra para aprender el manejo de un hogar.

La fecha estaba dispuesta para el 10 de Adar, así que en las semanas restantes concluiría su adiestramiento. Los tíos le darían de dote un maná de plata, tres sirvientes, su ajuar y algunos muebles, entre ellos, una cama, bancos, arcones y muchas telas. Y ese pensamiento apresuró sus pasos al centro de la ciudad donde se exhibía al rey traidor.

Zuú no estaba preparada para el espectáculo y antes de buscar a su prometido, se quedó paralizada delante de la jaula de hierro donde un hombre sucio y desnudo, con una corona clavada a su cráneo con clavos de cobre, gritaba y se sacudía en plena demencia. Sus conciudadanos le lanzaban piedras, lodo o excremento, burlándose, insultándolo y maldiciendo a Babilonia. Pero Zuú no sintió alegría, sino una profunda pena ante el hambre en sus ojos y sus aullidos de animal que suplicaban piedad a los dioses. Ella sabía que aún faltaba lo peor, la lenta tortura de ser desmembrado y luego empalado o hervido en aceite. Durante su niñez, la tía había prohibido que Eshardón llevara a sus sobrinas a dichos actos cívicos, pero ya pasaba de los dieciséis y pronto se casaría; era una mujer que no necesitaba tratos infantiles, pero que tampoco estaba preparada para tal crueldad.

Afortunadamente, distinguió a Bel-kagir que custodiaba el flanco derecho de la jaula. Se abrió paso entre la multitud hasta plantarse frente a él. Bel-kagir lucía cansado y pálido.

—Bel-kagir.

Él giró en su dirección y reconoció sus ojos verdes.

—¡Zuú!

—¿Cómo estás?

—No aquí —dijo él mirando de un lado a otro y sin perder su postura de soldado—. Iré esta noche al jardín.

—Pero mis tíos y tus padres han sido invitados al banquete del rey.

—No te preocupes. He estado de guardia demasiado tiempo; las visitaré a ustedes.

Los gritos y la proximidad de un general interrumpieron la plática, así que Zuú se alejó con alegría y preocupación. Bel-kagir no había mencionado nada de la boda. Además, ¿por qué había hablado en plural? Dichas cuestiones la mortificaron el resto del día hasta que la noche cayó sobre Nínive y los tíos y los padres de Bel-kagir se despidieron de ella, engalanados, perfumados y dispuestos a beneficiarse de la mesa del monarca. Las mujeres cenarían con la reina, los hombres con el rey, y ampliarían sus negocios, se enterarían de los chismes reales y comerían hasta perder el conocimiento.

Zuú despidió a Egla, enviándola a su habitación para que sus comentarios no la inquietaran, y se sentó en el banco más cercano al estanque con las manos dobladas sobre el regazo. El ladrido de Trueno le informó que Bel-kagir descendía por la pared. Ella aspiró profundo y sus miedos se desvanecieron cuando él la abrazó con cariño.

—¡Cómo las extrañaba!

Se había bañado y su olor masculino aceleró su pulso. Bel-kagir no era el hombre más apuesto de Nínive como ella y su hermana habían creído, pero nadie competiría con sus cejas pobladas, sus pestañas rizadas y su boca dulce.

—Y ¿dónde está Erishti?

La pregunta comprimió su corazón como si una mano gigante lo triturara.

—¿No lo sabes?

—De hecho, ni siquiera he tenido tiempo para conversar con mis padres, porque recién cruzamos las puertas, me asignaron a la jaula del loco.

Zuú no debía pensar mal de nadie, pero el miedo rondaba cerca, sigiloso como duende, amenazante cual demonio.

—Mi hermana es ahora una sacerdotisa en el templo de Ishtar.

No quiso analizar la expresión de Bel-kagir, pero percibió cómo sus músculos se tensaron y su respiración se aceleró.

—¿Cuándo? ¿Por qué?

—Ella lo decidió después de la noche de nuestro ritual. La aceptaron de inmediato. Ella tiene el don, Bel-kagir. La diosa la eligió para sí.

El silencio de Bel-kagir la desconcertó.

—Tengo sed —dijo él después de un rato. Zuú estaba preparada. Bel-kagir ya no era un niño, sino un hombre, por lo que lo llevó a la sala de descanso y le sirvió una copa con el mejor vino de Eshardón. Bel-kagir saboreó la bebida—. Es lo mejor que he tomado en toda mi vida. Tu tío es un experto.

—Viene de nuestros propios viñedos —le confesó ella con orgullo.

Después de que casi vació el jarrón, Bel-kagir se tranquilizó y se tendió sobre los almohadones. Zuú se colocó a una distancia considerable.

—Así que Erishti le pertenece a la diosa —masculló con voz gruesa.

—Mejor cuéntame de ti.

—¿Qué quieres oír? ¿Lo terrible que es ver cuerpos y más cuerpos apilados como estiércol? ¿Quieres que te cuente sobre los olores o los gritos, mis compañeros muertos o esos babilonios que se mataron unos a otros para comer un poco de carne?

Zuú no había esperado tal ira, pero la confirmación de las sospechas de Egla traicionó su voz.

—Entonces es cierto.

—¿Qué es cierto? —le preguntó él casi gritando.

La guerra lo había cambiado. Bel-kagir no era el mismo muchacho soñador que vivía para ese momento de gloria en que vencería a sus enemigos, sino un hombre perseguido por los fantasmas de los difuntos.

—Lo siento.

La mirada de él se suavizó y cerró los ojos.

—No, Zuú, yo lo siento. Ven acá.

Ella se dejó abrazar y decidió que no había mejor lugar en la tierra que en el hueco de su hombro.

—No hablemos más de la guerra ni de tu hermana. Más bien, cuéntame una historia.

—¿Una historia?

—La de David y el gigante que cuenta tu esclava. Es mi favorita.

Y así Zuú le narró las aventuras del joven pastor que mataba leones y osos para defender a sus ovejas, hasta que un día, con tan solo una piedra y una honda había matado a un hijo de Anac. Bel-kagir se puso de pie.

—Resulta increíble lo que los hebreos inventan. ¿Asesinar a un hombre de casi tres metros con una piedra? ¡Imposible! Pero sigue siendo mi preferida. Debo irme, Zuú. Gracias por la copa.

Y sin una palabra más, saltó la pared y se perdió en las sombras. Zuú se quedó frente a la enredadera, sollozando en silencio y rogándole a la diosa Ishtar un poco de compasión. Solo había comprendido una cosa: Bel-kagir no sabía que ella era su futura esposa.

* * *

Nabussar lo aguardaba en su habitación.

—¿Dónde te habías metido? —le preguntó Bel-kagir con fastidio—. Te he estado buscando todo el día.

—Lo siento, amo, pero su padre me mandó a unos negocios en el otro extremo de la ciudad.

—Pretextos —reclamó Bel-kagir cuya cabeza amenazaba con explotar. Una serie de imágenes lo asaltaron, desde cadáveres vivientes hasta la ausencia de Erishti—. Por cierto, traigo una esclava egipcia que dejé allá afuera. Ve por ella, consíguele dónde quedarse y ponla a hacer algo, lo que sea, no me importa.

—Sí, amo.

Se recostó sobre su lecho y trató de ordenar sus pensamientos. Erishti vivía en el templo de la Diosa del Cielo, no con sus tíos. Eso facilitaría sus encuentros, pero ¿podría casarse con ella? Debía hablar con su madre para enterarse de los detalles. ¿Por qué no estaba allí? Al parecer todo le salía mal. Dejó escapar un gemido y la voz de Nabussar lo asustó.

—¿Está enfermo, señor?

—Pensé que ya te habías ido. Dame algo para este dolor. Estoy muy cansado y algo borracho. Ese vino que me sirvió Zuú era excelente.

Nabussar salió y regresó al instante con una copa de plata. El olor no lo emocionó.

—Es muy bueno, señor. En mi ciudad lo usamos para aliviar toda clase de males.

Bel-kagir arrugó la frente. ¿Y si lo envenenaba? Nabussar tendría toda la razón para hacerlo. Bel-kagir había destruido su ciudad, matado a sus compatriotas y exhibido a su rey. Sin embargo, se empinó la bebida consciente de que sin Erishti, la vida no valía la pena. Pero para su sorpresa, el brebaje le cayó bien y a los pocos minutos había aclarado sus pensamientos.

—Dime, ¿hay algo qué hacer mañana? Tengo varios días libres antes de volver a la casa de guerra.

—Bueno, amo, ya preparé las habitaciones que usted y su esposa ocuparán después de la boda, pero necesito su aprobación.

Bel-kagir se pellizcó para ver si aún seguía vivo. ¿Boda?

—¿De qué hablas?

—El 10 de Adar usted y la señora Zuú se casarán.

Ni siquiera una amenaza de muerte lo habría alterado tanto como la noticia. ¿Zuú y él? ¿Y qué de Erishti? ¡Todo carecía de sentido! ¿Qué ocurría? Se puso las sandalias, un manto y abandonó la casona con Nabussar a sus espaldas, pero lo envió de vuelta y recorrió solo la calle de Ishtar. Debía hablar con Erishti cara a cara.

El templo de la diosa bullía de actividad, ya que como la Señora de la Guerra, merecía las ofrendas del pueblo y mimaría a los soldados que habían procurado la protección de sus hijos e hijas. No se detuvo frente a las vírgenes que cumplían con su ritual, ni saludó a sus compañeros de armas, sino que atravesó los jardines hasta la sección donde las sacerdotisas atendían a los más acaudalados. Sus ojos pasearon por una y otra, hasta posarse en el rostro que le había dado ánimos en los días de tedio y matanza.

—¡Bel-kagir!

Erishti lo había reconocido. Vestía el traje azul y amarillo que caracterizaba a las hijas de Ishtar, luciendo su cabello largo y lustroso que enmarcaba sus preciosos ojos, pozos de oscuridad y pasión. Él la apretó entre sus brazos.

—Erishti. ¿Qué has hecho?

Ella lo apartó unos centímetros.

—Debemos hablar, pero no aquí.

Le hizo una seña al eunuco que la atendía, un hombre de piel oscura y mirada poco amistosa.

—Necesito un lugar privado, Siko.

Él asintió y los condujo a una de las cámaras más alejadas. Quedaron protegidos por cortinas selladas y ambos se acomodaron sobre unos almohadones bordados.

—¡Qué rincón tan exquisito!

—Digno de una de las servidoras de Ishtar —Erishti rió con sus dientes perfectos y su sonrisa musical.

—¿Por qué, Erishti? ¿Acaso no sabías que planeaba casarme contigo? Se lo dije a mi madre.

Ella sacó un racimo de un platón y le convidó unas uvas.

—Tu madre me lo dijo, pero mi destino ya estaba sellado. He sido elegida por la diosa, Bel-kagir. No puedo desobedecer. El día de mi ritual, la diosa me lo dijo. Soy suya.

—Pero…

Ella lo tomó de la mano:

—Zuú será una buena esposa. Escúchame, Bel-kagir. Concédeme ese privilegio.

Bel-kagir trató de encontrar a la niña que había conocido. Los rasgos eran los mismos, pero se le figuró más madura que su hermana. En sus ojos brillaba la seguridad y la experiencia, la pasión y la altanería. Seguía siendo hermosa, pero en sus ademanes percibía cierto conocimiento superior que lo empequeñecía.

—Aquella noche, la diosa me llamó. Después de cumplir con el ritual, me detuve frente a su imagen para agradecer su ayuda. Entonces tuve una visión, la primera de muchas. Contemplé a la Diosa en todo su esplendor, y cuando abrí los ojos, el *maxxu*, el hombre santo, me miraba. Él fue quien me dijo que la diosa me esperaba. Al otro día leyó los astros, comparándolos con los augurios de mi nacimiento. Mi madre lo sabía, pero como murió, nunca me lo transmitió. Como comprenderás, no puedo rechazar el llamado. ¿Tú lo harías?

Él la escuchaba con fascinación. Era hermosa e inteligente, una digna hija de Ishtar.

—El *maxxu* habló con mis tíos y ellos estuvieron dispuestos a entregarme. Me puse un collar de piedras azules, aún lo recuerdo. Zuú lloraba, pero ya sabes que mi hermana es muy sentimental. Nunca olvidaré mi primer canto.

Y lo entonó para él:

—«Grandiosa Ishtar, que reina sobre el universo,

Hermosa Ishtar, creadora de la humanidad,

Que camina delante del ganado, que ama al pastor.

Sin ti los ríos no correrían,

Sin ti los canales se secarían».

Prosiguió con entusiasmo:

—Comenzaron las pruebas que representan las aventuras de Ishtar. Robé el sagrado *me* de Enki-bel y lo lleve a Uruk. Llegué a Dumuzi para culminar con el matrimonio sagrado, y luego descendí al inframundo por tres días hasta volver a mi nueva vida. Soy la hija de Ishtar, Bel-kagir. ¿No lo ves?

—Solo sé que no podré casarme contigo —dijo él incorporándose y abrochándose el manto. Ella lo abrazó por detrás.

—No, Bel-kagir. No podemos casarnos, pero yo amo este lugar y esa vida de…

—¿Lujos? Eso es lo que siempre deseaste. Yo pensaba colmarte de esclavos y joyas, como las que siempre quisiste. El botín que traigo te pertenece.

—Bel-kagir —lo enfrentó con dulzura y con su aroma lo ablandó—, no podemos ir en contra de los dioses, pero Ishtar es buena. Aunque te cases con Zuú, siempre tendremos una relación especial, ahora mucho más profunda y bendecida por la diosa.

—No sé a qué te refieres.

—No temas, mi apuesto Bel-kagir. El día que la diosa lo indique, vendrás a mí para que te instruya en los secretos de Ishtar. Yo seré tu diosa.

Él la besó como lo hiciera años atrás. Ella lo detuvo.

—Tiene que ser en el momento preciso. Ahora, debo ir a trabajar.

Siko, el eunuco, lo escoltó hasta la puerta, y Bel-kagir no supo si sentirse halagado o insultado. Solo sabía que su dolor de cabeza había aumentado.

5

Zuú despertó de madrugada y se escabulló al jardín. La luna se desvanecía con el avance del sol que empezaba a iluminar a Nínive. Se acomodó sobre la hierba fresca bañada por el rocío y quedó absorta observando la lucha entre las tinieblas y la luz. Ese día era el más importante en su vida. Deseaba disfrutar su último día como doncella, antes de iniciar su vida de casada, y quería ordenar sus pensamientos.

Colocó las manos con las palmas hacia arriba para recibir la bendición de la diosa Ishtar, pero solo pensó en el Dios de Egla, quien la había liberado hacía mucho de lo que ella tanto temía. ¿La escucharía si le pedía algo esa mañana? Intentó recordar algún canto hebreo para suavizar sus temores, evocando aquella figura mental que tanto le había ayudado de niña, la de una paloma gigante que la protegía bajo sus enormes alas. Se acordaba de la casa de campo donde vivían las gallinas con sus crías. Los pollos encontraban refugio bajo las alas de sus madres, y el tío hasta le había dicho que en cierta ocasión, durante un fuego, las gallinas habían muerto calcinadas, pero salvando a sus polluelos bajo su protección.

«Tienda sobre mí sus alas, Dios desconocido», oró con todo respeto.

En eso, las voces de las mujeres de la casa la despabilaron. Debía prepararse. Nunca había sido objeto de tantas atenciones ni tanto revuelo, así que se dejó consentir. La tía dictaba órdenes mientras que las siervas iban y venían entre risas y bromas. Incluso las esclavas se regocijaban con Zuú, y ella solo lamentó que Erishti no se encontrara allí para acompañarla.

Primero la bañaron en mirra y áloe. Ella se relajó dentro del agua tibia y las picantes esencias que impregnaron su cuerpo, tal como las reinas. La tía Ziri-ya le confió: «Si bien el harem es una cárcel, gozan de los mejores ungüentos. A veces me gustaría gastar más en cosméticos».

Zuú se sorprendió. La tía ahorraba cada moneda de cobre, cada pluma de ave que caía en el jardín y, por lo mismo, ignoraba que soñara con unos cuantos lujos. No le gustaba maquillarse, ni gastar en telas como la madre de Bel-kagir. En realidad, Zuú conocía muy poco a aquella mujer práctica y emprendedora, la madre sustituta que Ishtar le había dado.

Al baño le siguió el maquillaje. Las esclavas tiñeron sus manos y sus uñas con gena. Le dibujaron diseños complicados a lo largo de sus brazos, incluyendo el árbol sagrado que cubría su antebrazo derecho y desembocaba en ramas que atravesaban sus dedos, con diminutas rosetas aquí y allá en tonos azules y púrpura. Luego le empolvaron las mejillas, oscurecieron sus cejas y pintaron sus labios. Cuando se contempló en el espejo de cobre no se reconoció a sí misma. Sus ojos verdes contrastaban con las sombras oscuras de sus párpados, haciéndolos más claros que de costumbre, pero el efecto resultaba atractivo. Una de las siervas hititas cepilló su cabello hasta lustrarlo, atreviéndose a pintar unos mechones con unas gotas de una sustancia morada que también le agradó.

El vestido que Bashtum le había elegido, de la mejor calidad y textura, se entallaba a su cintura y, sobre la superficie lila, brillaba el hilo de oro. Zuú jamás se había sentido tan hermosa y agradecida. Un poco antes de la hora de salir de la casa, Zuú tuvo dos encuentros.

El primero fue con Erishti. La honrada hija de Ishtar, escoltada por su eunuco y una esclava, la aguardaba en el jardín donde olía los pétalos del jazmín. Se sobresaltó al verla, y Zuú se sonrojó.

—Te ves distinta.

Su admiración se mezclaba con cierta irritación, la que captó en sus labios comprimidos.

—Gracias por venir, Erishti. Significa mucho para mí.

Ella se encogió de hombros:

—Solo me pude escapar unos minutos. Sabes que las hijas de Ishtar no debemos mezclarnos en los asuntos de las mujeres comunes.

Erishti había cambiado desde aquella noche del ritual. La notaba más altanera, con una sed de riquezas y comodidad que la cegaba de las cosas más naturales como el casamiento de una hermana.

—Dame la bendición de la diosa —le rogó en un impulso.

Erishti abrió los ojos con sorpresa, luego asintió.

—Por supuesto. Es mi deber. —Cerró los ojos y la tomó de las manos. Zuú se sorprendió de que a pesar del calor, Erishti se sintiera fría—. Yo soy Ishtar de Arbela, hija de la tierra de Asur. Yo soy la gran partera que te ayudó en tu nacimiento, quien te amamantó y decretó tu vida. Desde mi habitación celestial te vigilo, no te abandonaré. Te ayudaré a cruzar el río sin peligro. Destruiré a tus enemigos.

Zuú contempló a su hermana. Erishti tenía los ojos cerrados y su tacto se había enfriado. Detectó unos círculos oscuros alrededor de sus ojos y una ligera hinchazón, como si hubiera llorado o no hubiera dormido en días.

—Escucha, Zuú, no prestes atención a las voces del mal. Aléjate de ellas porque tú eres mía. Solo mía. Si no me honras, la traición teñirá tu hogar y tu corazón.

Zuú se puso de pie al instante, seguida por una Erishti pálida y asombrada ante sus propias palabras.

—Fue la diosa, Zuú. Lo aseguro. Ella me habla, me susurra todas las noches. A veces no me deja descansar…

Sus ojos se habían humedecido y su hermosura se apagó. Zuú deseaba echarla fuera para que no contaminara el día de su boda, pero no se atrevió. Fue Erishti quien se marchó, no sin antes hacer la seña de la diosa y decirle:

—Que Ishtar te dé prosperidad.

Zuú había quedado tan turbada que visitó a la vieja Egla, que no ayudaría en la boda debido a una tos que la irritaba desde días atrás. Las manos cálidas, aunque rugosas de la anciana, le proporcionaron mayor paz que las de Erishti.

—Mi pequeña Zuú, pronto serás una esposa.

—Egla, tengo miedo.

—Por supuesto que lo tienes. Es normal. Yo también me sentiría preocupada, pero sé fuerte, palomita querida. ¿Me permites bendecirte?

La anciana posó sus manos sobre la cabeza de Zuú. Ella se sintió ligera y amada, lo que no había captado de parte de Erishti ni de la diosa.

—El Todopoderoso, el Dios de Abraham, Isaac y Jacob, te haga una mujer como Rahab y Rut, las cuales, a pesar de ser extranjeras, edificaron la casa de Israel. Jehová te bendiga y te guarde; Jehová haga resplandecer su rostro sobre ti, y tenga de ti misericordia; Jehová alce sobre ti su rostro y ponga en ti paz.

Zuú se obligó a no llorar para no dañar su maquillaje, pero sabía que esa bendición la cubriría de la maldición de la diosa. No entendía muchas cosas, solo que el Dios de Egla no buscaba su mal, sino su bien.

—Debo irme, Egla.

—Una cosa más, Zuú. En mi pueblo tenemos un proverbio que dice: «La hermosura es engañosa, la belleza es una ilusión, la mujer que obedece a Dios es la que merece alabanza». El amor es como una llama que Dios mismo enciende. No hay mares o ríos que lo puedan apagar. Gánatelo con amor.

Zuú grabó aquellas palabras en su corazón. Minutos más tarde, cubierta por un velo del color de las uvas maduras que cosechaba su tío, la familia recibió al escriba que redactaría el contrato, seguido por el astrólogo que revisó sus cartas astrales y leyó los augurios del día 10 de adar. El pronóstico resultó favorable, así que bajo la custodia de un cortejo de mujeres casaderas, Zuú abandonó su antiguo hogar y recorrió el tramo de la calle que daba hasta la casona de Bashtum y Madic.

Viviría tan cerca de los tíos que sería como no haberlos abandonado. Bel-kagir pasaría con ella algunos días, otros estaría en la casa de guerra. La acompañarían Egla y tres sirvientes más, así como los esclavos que Bashtum le había regalado y los dos de Bel-kagir, a quienes Zuú no conocía bien. Pero dejó de preocuparse por el futuro cuando se paró frente a Bel-kagir. Él se balanceaba con nerviosismo, rodeado de sus compañeros del ejército y otros amigos de la familia.

Entonces llegó el momento de quitarle el velo. Él lo hizo lentamente y ella sonrió. Los ojos de Bel-kagir revelaron una abierta admiración. Ella no necesitó más confirmación. Después del contrato hubo baile, música, comida, pero él no dejó de mirarla de soslayo.

—Tus ojos son mágicos —le dijo—, y tu cabello… Eres hermosa, Zuú.

Ella quiso decirle que él era apuesto, varonil, perfecto, pero se quedó muda.

—Veamos si puedo quitarte esa timidez —bromeó él.

Carecía de experiencia en los artes del amor y le había fallado a la diosa. Quizá por haberla timado la noche del ritual, Ishtar la castigaría con maldiciones y torturas, pero el Dios de Egla la protegía. La traición no le robaría esa oportunidad con Bel-kagir. A diferencia del ritual en el templo, Zuú estaba más que dispuesta para cumplir con sus obligaciones de esposa. Así que cuando Bel-kagir la tomó de la mano y la dirigió a sus cámaras de donde no saldrían en tres días, ella se armó de valor y se propuso seguir el consejo de Egla: amar a su esposo.

* * *

Las cosas no marchaban bien para el ejército de los hijos de la tierra de Asur. Bel-kagir no había contado con la astucia de los elamitas, quienes no solo eran expertos en táctica sino que presumían un valor que desconocía hasta el momento. En medio de la batalla, cuando su brazo empezó a debilitarse, observó cómo uno de los fieros enemigos hundía su espada en el vientre de su *rab kisir*. Bel-kagir saboreó la bilis en la boca. ¡Habían perdido a su capitán! Sus pocos compañeros que quedaban vivos, se miraron unos a otros con incertidumbre, pero no podían detenerse o los hijos de Elam los liquidarían.

Sin embargo, Bel-kagir sentía cómo drenaba la fuerza su cuerpo. Varias laceraciones en sus piernas y brazos lo incomodaban, aunque no había recibido una herida realmente seria. Aun así, el sudor empapaba su frente y las gotas corrían empañando su visión. Para colmo, su barba, aún no tan larga como la de otros, se atoraba con su cota de malla metálica por lo que ejecutaba todos sus movimientos con torpeza. El mensajero del *rab kisir*, Nagi Adad, le hizo una señal con su única mano completa; Bel-kagir evadió los sablazos del contrario y lo encaró lejos del ruido de la inminente derrota.

—El *rab kisir* ha caído.

—Lo sé. Yo mismo lo vi.

—No podemos permitir que los hombres se desmoralicen.

—¿Y qué puedo hacer yo?

Bel-kagir no era hijo del rey, ni su bastardo; tampoco contaba con gran experiencia militar ni otros talentos.

—¿Sabes montar? La caballería moverá la balanza a nuestro favor.

Él comprendió la estrategia y corrió al campamento en busca de caballos. Debido a que el rey Ashur-dan III no había considerado la amenaza de Elam como algo primordial, se había quedado en Asur arreglando sus asuntos domésticos con las intrigas del harem, enviando solo una fuerza simbólica al sur de Babilonia. Bel-kagir lamentaba la ausencia de la fuerza principal de caballería y de los carros de guerra, pero haría su parte o moriría al lado del *rab kisir*.

Encontró varios caballos y montó al más grande, un semental negro que había pertenecido a su *rab kisir*. Una vez en su lomo, se sintió más poderoso. La vitalidad del caballo se traspasó a sus poros, por lo que Bel-kagir, después de lanzar un grito, se abalanzó hacia el campo de sangre, seguido por otros corceles que había desatado. Cuando algunos de sus compañeros se percataron de su presencia, tomaron los caballos, recibiendo la infusión de coraje que había empezado a dominarlos.

Bel-kagir se ocupó de los elamitas. Desde su posición resultaba más sencillo adquirir velocidad, sorprender a los incautos y perforar con lanzas y jabalinas los costados enemigos. Terminó con cinco, luego se concentró en los restantes. Su brazo aún le lastimaba, pero el caballo actuaba como parte de su cuerpo y Bel-kagir agradeció su adiestramiento en equitación. Solo un poco más de presión en sus rodillas o un golpe con el pie derecho o izquierdo, y el caballo adivinaba sus intenciones obedeciendo sus órdenes. No supo si en medio de ese brote de tripas y cabezas rodantes, o si mucho después lo soñó, pero la grandiosidad de las vestiduras de los caballos no escapó a su ojo atento.

El corcel negro resplandecía con una capa azul y verde, una máscara púrpura y flecos dorados que compaginaban con su natural salvajismo. Así fue como Bel-kagir finalizó el día, sobre un caballo cansado pero ileso, una espada pintada de rojo en la mano derecha y un rostro negrusco causado por la mugre, la tierra y la sangre seca. El silencio le avisó que los elamitas se habían replegado, huyendo hacia la puesta del sol y, desde su altura, Bel-kagir examinó los cadáveres que cubrían el piso, entre ellos, el de su *rab kisir* y dos amigos cercanos.

No se movió de allí hasta que Nagi Adad lo pinchó con su lanza.

—Despierta, muchacho. Ha terminado. Regresa al campamento para que atiendan esas cortaduras y te den algo de comer.

Bel-kagir desmontó el corcel y no probó bocado hasta que le buscó un poco de paja al animal. Reconocía que sin él no habría logrado nada. Esa noche, el sueño tardó en llegar. Pensó en su matrimonio con Zuú. Su noche de bodas había sido especial, no por novedades o sorpresas, sino por la docilidad y ternura de aquella mujer de ojos verdes.

Luego evocó su despedida y sus lágrimas. No tenían ni un mes de casados cuando el ejército había partido rumbo a Elam y, aun cuando la echaba de menos, no diría que moría de amor. Al contrario, aún se sentía confundido por esa boda tan repentina. En la pasada campaña contra Babilonia había tejido una imagen mental en la que Erishti, y no Zuú, fungía como esposa; algo que poco a poco aceptaba pero no dejaba de lamentar. Por esa razón, la guerra le caía en un buen momento.

Al otro día, sus esfuerzos se vieron recompensados. El *turtanu* le llamó, lo que Nagi Adad mencionó como un honor. El *turtanu*, vestido en todo su esplendor, lo aguardaba en una tienda decorada con almohadones, pinturas y hasta lámparas colgantes. Tapizada con alfombras y mantos, uno olvidaría que se encontraba en pleno desierto. Se inclinó ante él en respeto a su autoridad y el *turtanu* le pidió que se acercara.

—El *elkalli* de tu antiguo *rab kisir* me ha dicho que peleaste bien, Bel-kagir, hijo de Madic.

—El dios Asur ha sido bueno con su siervo, mi señor.

—Y con todos nosotros. Estuvimos muy cerca de una derrota, pero ni Asur ni Ishtar nos abandonaron. Así que, en recompensa por tu valentía, serás promovido. De ahora en adelante, pelearás sobre un carro de guerra.

El corazón de Bel-kagir latió con fuerza. ¡Su sueño se hacía realidad! Ya no formaría parte de la infantería, sino del selecto grupo de jinetes, espadachines y arqueros que viajaban sobre esos carros de metal que aplastaban a quien se interpusiera en su camino.

—¿Tienes alguna petición, soldado?

Bel-kagir apretó los labios:

—Desearía que Nagi Adad me acompañara, señor.

—Eliges bien, Bel-kagir, hijo de Madic. Nagi Adad es un mensajero confiable y con experiencia. Así será.

Asintió con la cabeza, mostrando el final de su entrevista, y con la emoción de su logro, Bel-kagir abandonó la tienda. No tardó en darle la noticia a Nagi Adad.

—Te serviré bien, Bel-kagir. Lo juro por los dioses de la tierra de Asur.

A la semana, después de enterrar a sus muertos, el ejército inició el regreso a Nínive. Bel-kagir montaba el corcel negro, regalo de *turtanu*. En el trayecto, pasaron cerca de la antigua ciudad de Eridú, y Bel-kagir pidió permiso para desviarse unas horas, prometiendo alcanzar al ejército por la tarde. Se le concedió su petición y solo Nagi Adad lo acompañó.

—¿Dónde vamos?

—Al templo de Ea.

—¿Te has vuelto su devoto? —su mensajero sonrió.

—Me ha ido bien. Tengo una esposa y ahora un ascenso. Ea es mi protector desde niño, así que aprovecharé la oportunidad para rendirle honor.

—Supongo que haces bien, muchacho. A los dioses uno debe tenerlos contentos.

Eridú era la ciudad más antigua de la región, la cuna de la creación del hombre sobre la tierra. Nagi Adad, un conocedor de primera, le contó que se le consideraba el centro de la medicina, donde muchos enfermos acudían para visitar a los médicos y sacerdotes que estudiaban y pronosticaban las enfermedades, aliviaban los síntomas con conjuros, encantamientos y canciones, y redactaban sus descubrimientos astrológicos y científicos.

Las historias de Ea vibraban en el alma de Bel-kagir. Se hablaba de su arte creativo al utilizar el barro para formar a hombres y mujeres que labraran la tierra, su falta de dominio propio ante la tentación que las diosas ejercían sobre él y su subsecuente fertilidad; había relatos sobre la confusión de lenguas que causó para que el hombre no se ensoberbeciera; pero la preferida de Bel-kagir era la del diluvio. De no haber sido por la asistencia de Ea, los dioses habrían destruido a la humanidad.

La morada de Ea se hallaba en un zigurat más modesto que el de Ishtar en Nínive, pero los canales de agua dulce que recorrían el recinto le daban un toque atractivo y emocionante. Nagi Adad lo escoltó a las escalinatas donde Bel-kagir presentó parte de su botín. El sacerdote apreció su bondadoso regalo, lo que le propició una oportunidad especial para visitar el santuario principal.

—No creo que sea tu devoción, sino tu insignia del ejército la que te conceden tal honor —le dijo Nagi Adad.

A Bel-kagir no le interesó el motivo, sino el hecho. Penetraría hasta el nicho escondido del dios. El santuario principal se hallaba dentro de un cuarto oscuro de donde brotaban los dos ríos de la vida. Los árboles decorativos simbolizaban lo masculino y lo femenino, abriendo los secretos del señor Apsu, el dueño de los abismos. Y allí, en medio, se levantaba la estatua del dios pez, el amante apasionado, el místico hechicero, el libertador de la humanidad. El señor de la sabiduría y el incansable buscador de la verdad, maestro del encantamiento, la seducción y la salud, le había dado éxito en la guerra y en el matrimonio.

Así que Bel-kagir repitió la plegaria que había aprendido de niño: «Enkidú, como un árbol plantado sobre aguas, su riego da vida a la tierra».

Del fondo del salón surgía el canto del agua que caía por una cascada y rodeaba el santuario. Bel-kagir colocó su frente sobre el suelo y se concentró. Una vez terminado, bebió de las aguas de la vida y al girar, se topó con un hombre siniestro. No podría describirlo de otra manera. Su cabello, distinto a la usanza asiria, se enredaba en rizos desordenados. Una cicatriz marcaba su frente dándole un toque de ferocidad que se mezclaba con un torso de toro, brazos y piernas musculosos, y ojos de fuego. Su piel marchita por el sol no lo hacía un sacerdote, sino un ermitaño o un viajero que había cruzado montañas y valles hasta ese nicho de agua. Bel-kagir se hizo a un lado, en tanto el hombre sacaba una daga de su cinto para hacerse un corte profundo en el antebrazo. Bel-kagir saltó. En las batallas había visto más sangre correr, pero ¿en un templo?

Adivinó que expiaba sus culpas. Dispuesto a marcharse, el hombre lo detuvo con la mano.

—¿Vienes de Nínive?

Bel-kagir reconoció el arameo característico de la gente común de su ciudad, lo que le asombró; habría jurado que se trataba de un fenicio.

—Pertenezco al ejército de los hijos de Asur.

—¿Va todo bien?

—Todo va bien.

El hombre resumió sus rezos y Bel-kagir esperó hasta que se pusiera en pie para indagar su procedencia.

—Yo pertenezco al mar, hijo de Asur. Por eso mi dios es Enkidú, el señor de los mares.

—Pero vivió en Nínive —le dijo con intriga. Notó que la cicatriz en la frente provenía de un arma de filo, no de un remo.

—Los dioses de Nínive me traicionaron. Ishtar me sedujo para luego perseguirme hasta el inframundo como lo hizo con Gilgamesh.

Y con esas palabras se marchó. Bel-kagir había distinguido algo familiar en el hombre, pero no perdería su tiempo con él. Volvería a Nínive, a su nueva posición en el ejército y a su esposa Zuú. Montó el corcel negro y cabalgó con renovados ánimos rumbo a su tierra. Le apenaba que a ese mendigo los dioses lo traicionaran, pero Bel-kagir se sabía consentido por las deidades y nada le robaría su satisfacción personal.

6

Zuú encontró a Muti decorando un ladrillo. Se acercó por curiosidad a la esclava egipcia que pertenecía a Bel-kagir, pero que la había acompañado a la casa de campo de sus tíos mientras en Nínive se desataba una plaga.

—¿Qué haces?

Muti la observó de reojo. Era una mujer de piel oscura, ojos penetrantes y astutos, que no vestía como esclava, sino con distinción y hasta elegancia.

—Son figuras de los dioses que le ofrecerán protección cuando dé a luz, señora.

Zuú tragó saliva. Su abultado vientre de siete meses le recordaba la pronta llegada de su primer hijo. Por esa razón, más que cualquier otra, sus suegros y sus tíos le habían urgido que se marchara lejos de la contaminada ciudad. Bel-kagir se hallaba en el área de la ciudad de Asur, entrenando maniobras militares en carros de guerra, pero Zuú contaba con Muti, Egla y Nabussar. Echaba de menos a sus tíos, que no podían abandonar los negocios, e incluso hubiera preferido tener cerca a su suegra, quien a causa de sus compromisos sociales, se protegía de la peste en el harem del rey.

—Con esto, los dioses librarán al niño de encantamientos y demonios malvados.

Zuú acarició su vientre. No permitiría que nadie dañara a su bebé, pero ¿confiaría en la egipcia?

—Muti sabe hacer muchas cosas, señora. Puede enseñarle cómo alejar los malos deseos de otros.

—Dudo que alguien me deseé mal —rió Zuú—. No tengo enemigos.

Muti no comentó nada sino que siguió pintando una vaca cubierta por estrellas. Zuú sintió deseos de marcharse, pero la inquietud la embargó. La diosa Ishtar se había enfadado con ella al maldecirla el día de su boda. ¿Acaso su hijo necesitaría ayuda de otras deidades?

—¿Qué representa?

—Es la diosa Hathor, la reina del cielo y la gran Vaca que protege a los niños, señora del santuario de las mujeres.

—¿La veneras?

—Yo le servía, señora. Mi madre era sacerdotisa de la diosa hasta que perdimos todo y fui vendida como esclava. Pero sé leer el destino de los recién nacidos y fui entrenada para recibirlos.

—Eres muy joven para ser partera —le reclamó Zuú, que no pasaba de los veintidós años y calculaba que Muti tendría dos o tres menos.

—Mi madre era un oráculo en el templo. Aprendí de la mejor maestra.

Zuú titubeó. Le atraía la propuesta de Muti, pero desconfiaba de ella. A pesar de que Bel-kagir le había jurado que jamás se había acostado con ella, notaba que la egipcia rozaba el brazo de su amo de vez en cuando, y no escondía las caricias que le prodigaba a Nabussar, el esclavo babilonio. Zuú sabía que los esclavos podían hacer lo que les placiera en tanto obedecieran órdenes, pero por algún motivo le simpatizaba Nabussar y no deseaba que terminara con Muti.

Egla, por su parte, detestaba a la egipcia. Se había opuesto a que las acompañara al campo, pero la tía no admitió contradicciones. Una esclava hebrea y ciega no ayudaría a Zuú tanto como una joven fuerte e inteligente.

—¿Qué me aconsejaría tu madre en estos momentos? —le preguntó.

—Si ella viviera, elegiría un día de buenaventura, como el de mañana. En el amanecer, en un lugar oscuro y secreto, quizá una de las cavas donde se deposita el vino, se reuniría con usted. Se requerirían ciertos ingredientes.

—¿Cuáles?

—Existen muchas formas de resguardar a una criatura, pero una de ellas es con el rociamiento de una pócima con agua pura, aceite destilado y leche de una vaca negra.

¿Habría vacas negras en el establo? Era cuestión de investigar.

—¿Y después?

—De eso se encargaría mi madre, si estuviera aquí.

Zuú se acaloró, y aún no empezaba la peor parte de la mañana. Debía montar un rato para refrescarse, pero ¿con esa enorme panza?

—Lástima que tu madre no esté aquí —concluyó.

Sin embargo, alcanzó a escuchar la voz suave de Muti:

—Pero yo sí… señora.

Zuú se refugió dentro de la casa donde Egla hilaba una manta para el bebé. A pesar de su incapacidad visual, sus manos servían con habilidad, así que ya había hecho más de lo que el bebé necesitaría en toda su vida. Advirtió a Zuú y le sonrió dándole la bienvenida.

—¿Hace calor?

—Demasiado. ¡Imagínate cómo estará en unas horas! ¡Y yo sin poder nadar o montar!

—¿Dónde te habías metido?

—Estaba con Muti.

A la mención de la egipcia, Egla resopló:

—Esa mujer solo te mete ideas erróneas. ¿Ahora qué te propuso?

—Nada que te importe, Egla. Yo debo hacer lo mejor para mi hijo.

—Pero eso no implica que acudas a las artes oscuras y mágicas de ese pueblo pagano.

—¡Ya estoy harta del pleito entre ustedes! A mí no me importa la historia particular entre sus pueblos, ni que tu famoso Moisés haya lanzado diez plagas, ni que los egipcios dominen la mitad del mundo. ¡Solo velo por mi hijo!

Egla no se espantó ante su brote de ira, aunque ella misma se sentía sorprendida ante su explosión. No solía perder la paciencia con tanta facilidad. ¿Se debería al embarazo?

—Piénsalo, Zuú. No puedes dedicar a tu hijo a todos los dioses posibles para prevenir desastres.

—Ya sé lo que dirás. Que los dioses son celosos, que por eso eligen a una sola persona como Ishtar lo hizo conmigo…

—Nada de eso —la interrumpió con un tono cortante—. Esos dioses son falsos, Zuú. ¿Cuándo lo entenderás? Son trozos de piedra y madera, tallados por manos humanas, que carecen de vida u opinión.

—Pues a mí no me lo parece. Ishtar es demasiado agresiva para tratarse de un producto de la imaginación.

—Pero eso es lo que es. Ella es lo que sus sacerdotes desean que sea.

—¿Y no sucede lo mismo con tu Dios?

Egla se masajeó las sienes con cansancio:

—Solo hay un Dios verdadero. Si le entregas a tu hijo, lo cuidará. Si no lo haces, el niño estará en peligro.

La desesperación envolvió a Zuú y azotó la puerta. Se dirigió a las cavas de vino, como le había dicho Muti, pero no para realizar un rito sino para huir del calor y la opresión en su pecho. Esas dos esclavas la estaban enloqueciendo. A falta de otras personas alrededor, convivía demasiado con ellas y echaba de menos a su tía y a su suegra. Por lo menos en Nínive pasearía en el jardín o recibiría a los invitados de Bashtum para beber del mejor vino del tío Eshardón. Sin embargo, se encontraba en medio de la nada, con un par de esclavas fanáticas que pretendían atormentarla.

Pues no acudiría a la magia egipcia, ni confiaría en el Dios hebreo, aun cuando no había olvidado ese favor especial que le había concedido la noche del ritual en el templo de Ishtar. Últimamente se le figuraba un acto casual o un golpe de fortuna más que la intervención directa del dios. Él probablemente estaba demasiado ocupado con sus propios asuntos como para fijarse en una mujer como Zuú.

Pero, ¿cómo se libraría del aburrimiento? Aún restaban dos meses de encierro, luego el alumbramiento. Sin ejercicio físico, hastiada de las labores domésticas y fastidiada de sus esclavas más cercanas, no sobreviviría. Curiosamente, el otro esclavo fue su salvación.

Esa noche despidió a Egla y a Muti temprano. Muti la miró con odio, Egla arrastró los pies con resignación. Sabía que Muti la volvería a confundir con sus supersticiones y Egla le contaría algún cuento hebreo para convencerla del poder de su Dios. ¡Todos eran iguales! ¡Todos habían creado al mundo y habían salvado a la humanidad!

Sola, frente a la hoguera, se puso a tararear una melodía, pero no cantaba afinada como Erishti. Se recostó sobre la alfombra de piel de león para contar las estrellas, pero no se veían bien a través del diminuto agujero que dejaba escapar el humo.

—¿Está bien, señora?

Nabussar la contemplaba desde la puerta. La ayudó a sentarse cuando notó su predicamento. El peso la volvía un torpe hipopótamo, decía Muti, y aunque Zuú jamás había visto uno, le había ofendido su comentario. ¡Qué bueno que Bel-kagir no la había visto en semejantes condiciones!

—Gracias, Nabussar. Siéntate. Necesito compañía.

Nabussar no indagó por Egla ni por Muti, un punto a su favor.

—Dime, ¿qué hacen en tu pueblo cuando no pueden salir y divertirse como el resto de la humanidad?

—A usted no le agrada el tipo de diversión que otros practican —comentó Nabussar con seriedad.

A Zuú le agradó su mirada sincera.

—¿A qué te refieres?

—Usted va a fiestas, bailes y mercados porque en Nínive no hay caballos que montar. Lo que más le agrada es vigilar los establos, ayudar con la cosecha, pisar las uvas en el lagar y consentir a Rayo.

Su poder de observación resultó fascinante. Todo eso había hecho Zuú el mes pasado, antes que su panza resultara un estorbo. La conocía mejor que su propio marido.

—Aun así, creo que puedo ayudarla. Conozco un juego sencillo, pero divertido.

—Veamos.

Él se retiró con una reverencia y diez minutos después colocó una caja de madera con ojos pintados en los lados. Nabussar señaló los seis cuadros en dos filas a la izquierda, luego los dos en forma de pasillo que conectaban el tablero a los doce cuadros de la derecha, todos ellos decorados con círculos, estrellas y flores. Le explicó las reglas del «Juego real de Ur» o «Veinte cuadros», su versión más popular. Debía tirar los dados para mover sus piezas en una especie de carrera en la que el primero en regresar a su base salía victorioso. El único contacto se limitaba a los cuadros centrales, pero eso complicaba la partida y le daba un toque de emoción.

—¿Y qué pasa cuando ganas? —preguntó Zuú.

Nabussar se encogió de hombros:

—Todo depende si uno apuesta.

Después de la primera partida, la que Nabussar ganó, Zuú predijo que podría vencerlo pues la suerte jugaba un papel primordial por encima de la estrategia. Así que apostaron unas monedas de cobre, más tarde una manta y al final de la noche, Zuú había perdido un collar de cuentas azules, regalo de su tía. Pero Nabussar se negó a aceptarlo.

—¿Y qué pasará el día que su tía lo descubra entre mis pertenencias? Seré acusado de ladrón y perderé la mano.

Zuú le dio la razón:

—Pero no olvidaré que me ganaste. Quizá luego podamos inventar otra forma de apostar sin arriesgar tu vida.

Y con eso, ella se quedó sola con una sonrisa. Su nuevo pasatiempo borraría el tedio durante unas semanas.

* * *

El aire fresco le infundió vitalidad. La primera impresión de Bel-kagir al llegar a los viñedos de Eshardón no había sido la mejor. Aún detestaba la casa de piedra donde su mujer, sus esclavos, sus padres y los tíos de Zuú se encimaban y se atormentaban unos a otros entre felicitaciones, consejos y remedios caseros. Sin embargo, le agradaba el campo, con sus milpas, sus tallos de cebada, sus viñedos y su cielo azul.

Ea continuaba bendiciéndolo. Había llegado tres días antes del nacimiento de su hijo y ahora Oannes ya presumía siete días de nacido. Lo había dejado en brazos de Muti, muy a pesar de la ciega Egla, pero estaba cansado del parloteo de su madre con Ziri-ya, que ya proyectaban el futuro de la criatura. Bashtum lo veía como el futuro *turtanu*, Ziri-ya como el comerciante más próspero de la tierra de Asur. Y curiosamente, Bel-kagir no pensaba en nada; de hecho, le costaba trabajo imaginar que esa criatura rojiza fuera su hijo.

Según las mujeres, había heredado el cabello oscuro y rizado de Bel-kagir, los ojos de Zuú y la frente del abuelo Madic. Hasta parecía que Madic se alegraba más del nacimiento de su nieto, pues se había mordido casi todas sus uñas mientras Zuú pasaba los trabajos de parto bajo la estricta vigilancia y los buenos cuidados de Muti. Bel-kagir había aprovechado para organizar sus asuntos con Nabussar, pidiéndole cuentas y un reporte de las propiedades de Eshardón. El tío continuaba al frente de los terrenos, pero Bel-kagir sabía que cuando él o Ziri-ya murieran, Zuú y Erishti heredarían todo, así que más valía prevenirse.

Caminó sin rumbo fijo, con el agotamiento de las malas noches de sueño. El llanto del bebé, que comía a todas horas, hacía de Zuú mala compañía, así que se tendió sobre el piso y durmió una siesta. Los tallos lo ocultaban de los trabajadores y las espigas le proporcionaban un techo que lo cubría del sol. No supo cuánto tiempo se quedó dormido, pero despertó cuando su piel le indicó que si no se movía, terminaría más negro que el eunuco que atendía a Erishti. ¿Por qué pensaba en ella? Desde aquella conversación no cruzaba palabra con ella ni la visitaba. Por lo pronto, debía encontrar una excusa para regresar a su regimiento. Quería aprender a controlar mejor a los caballos que tiraban del carro y lograrlo solo, en caso de que el conductor muriera o se accidentara. También debía afinar su puntería pues no resultaba lo mismo lanzar una flecha con los dos pies plantados sobre el suelo que con la vibración de las ruedas en superficies desiguales.

En eso, un ruido lo perturbó. Debido a su experiencia en la guerra se agachó para no ser descubierto, tentando su costado donde no había espada. ¡Qué tontería! ¿Quién lo atacaría? Pero se mantuvo oculto por curiosidad más que por precaución. El jinete era bastante diestro, cosa que no hubiera imaginado encontrar en esas regiones. Tal vez lo recomendaría para el ejército pues costaba trabajo domar esa clase de animales, ya que observó que no se trataba de un caballo común y corriente, sino de un espécimen de color alazán que se fundía con los tonos amarillentos de la cebada.

La imagen se fue agrandando ante sus ojos hasta descubrir que no lo montaba un hombre, sino una mujer sin velo cuyos cabellos castaños revoloteaban sin control. ¡Zuú! Hubiera jurado que se trataba de la misma Ishtar, o de alguna diosa de los pueblos del norte que fulminaban con sus ojos claros. La sorpresa se disipó cuando ella se marchó, pero regresó a la casa de piedra con entusiasmo. Con una madre así, su hijo, cuyo nombre significaba mensajero de Ea, se convertiría en el jinete más importante del reino.

Muti salió a recibirlo.

—¿Desea algo, señor?

A veces esa mujer lo exasperaba. Debía conseguirle un marido, pero ¿a quién? Tal vez Nabussar, aunque el babilonio parecía tener una tendencia a la vida de eunuco ya que nunca mencionaba al sexo opuesto, ni se divertía con las bromas que él le hacía, ni mostraba interés por las esclavas.

—Quiero vino. Del bueno.

Entró a buscar al niño, que dormía plácidamente en los brazos de Egla. Ziri-ya y Bashtum discutían la organización de la fiesta de presentación de su nieto en Nínive, mientras que Madic jugaba *veinte cuadros* con Eshardón. Al parecer Zuú también se había vuelto aficionada al pasatiempo. ¿Dónde había aprendido? Solo se había ausentado unos meses y Zuú ya le parecía una extraña. Además, no soportaba la altivez de Bashtum, la amargura de Ziri-ya, la vigilancia de Madic y el humor de Eshardón. Preferiría estar entre sus hombres, librando batallas y gozando de la cerveza más corriente.

Muti regresó con una copa. El vino no tenía igual, pero la compañía lo agriaba. Finalmente apareció Zuú y los dos salieron a la sombra de un árbol.

—Quisiera que Erishti estuviera aquí —suspiró Zuú—. Ella no sabe que ya nació Oannes. ¿No podrías ir a decírselo, Bel-kagir? Sé que estás inquieto en el campo, y debemos presentar nuestras ofrendas a la diosa.

Bel-kagir trató de disimular, pero la alegría lo consumía. ¡Volver a Nínive y a la casa de guerra! No deseaba parecer demasiado ansioso por partir, pero antes del atardecer, ya había entrado a Nínive. Tomó un baño de vapor, y después de librarse del sudor y el aroma a campo, se perfumó la barba, se puso un manto delgado y se encaminó al templo de Ishtar.

Nada había cambiado en su ausencia. Vio a las doncellas en espera del ritual, a los hombres ociosos buscando compañía y a los sacerdotes de Asur yendo y viniendo con encantamientos y augurios. Se internó en los jardines donde recordaba haber visto las habitaciones de Erishti, pero no dio con ella. Fue Siko, el siervo eunuco, quien lo identificó primero.

—Deseo ver a Erishti.

El eunuco se inclinó y lo guió a una sección más apartada. Por lo visto, él no era el único que había escalado de puesto pues Siko abrió la cortina para revelar una habitación exquisita, con almohadones marrones de diseños geométricos, alfombras vistosas y una mesita con dos copas y un jarrón de vino. Siko sirvió uno de ellos y se lo ofreció a Bel-kagir.

—Ella no tarda.

Bel-kagir se recostó y probó el vino de no tan buena calidad como el de Eshardón, pero bastante aceptable. El aroma de incienso se combinaba con perfumes florales y esencias que lo relajaron. De pronto, la tela blanca se partió en dos y Erishti, vestida como una diosa, lo saludó. Ya no había rastro de la niña, sino de una mujer tocada por la benevolencia de Ishtar. Su cabello negro, cual plumas de cuervo, le llegaba a la cintura. Su piel nívea contrastaba con su vestido de grana, y sus brazaletes y collares de oro la embellecían considerablemente.

—Bel-kagir, has vuelto.

Ella le indicó que no se levantara, sino que se sentó frente a él.

—Tu hermana te envía saludos. Hemos tenido a nuestro primer hijo.

Creyó ver una sombra de dolor en sus pupilas, pero desapareció pronto.

—Me alegra tanto. ¿Cómo le llamaron?

—Oannes. Dio a luz en los viñedos de tu tío. Debido a la plaga, tus tíos consideraron que era mejor alejarla de Nínive.

—Hicieron bien. La plaga mató a mucha gente. Nuestras oraciones tardaron mucho en surtir efecto —dijo con un dejo de tristeza. Bel-kagir sintió deseos de consolarla—. Así que es un varón. Supongo que será tan apuesto como su padre.

—Más bien le rogaré a Ishtar que herede a la hermana de su madre.

Erishti esbozó una tenue sonrisa.

—¿Y Zuú está bien?

Él asintió recordando a su mujer montando la yegua parda. Las dos hermanas, en su propio estilo, eran hermosas.

—¿Y a qué debo el honor de tu visita? ¿Solo vienes a compartir la noticia o buscas una bendición especial para tu hijo? ¿Quizá una oración para Ishtar?

—Ya dejé mis ofrendas. Estoy en deuda con la diosa.

—Me enteré que pronto serás un *rab kisir*, luego te harán un *mar-sarru*.

—Exageras. —Bel-kagir se terminó su bebida imaginando lo maravilloso que resultaría si las predicciones de Erishti resultaran ciertas.

—La diosa es poderosa. Todo lo puede —le susurró ella y se le acercó peligrosamente.

—Eso no lo dudo. ¿Qué debo hacer?

Ella le plantó un beso en la mejilla.

—Empieza dándole gracias a la diosa en persona.

Él comprendió su insinuación, pero recordó que Erishti no era su cuñada, ni una mujer normal, sino una hija de Ishtar, la diosa misma encarnada en ese cuerpo blanco y suave. Nadie lo reprendería; hacía lo que muchos habían hecho antes y harían después. Se entregaría a la voluntad de la diosa y ella lo premiaría. Ni siquiera Zuú lo censuraría, aunque desde ese instante decidió no contárselo jamás.

7

El grito la sacudió. Zuú salió de la casa y se topó con una muchedumbre andrajosa y maloliente.

—¿Quiénes son? —le preguntó a Nabussar.

—Los labradores de su tío, señora. Viven cerca de los viñedos.

En sus cabalgatas, Zuú había visto el círculo de chozas de barro, demasiado pequeño e insignificante para acercarse a investigar. Sin embargo, el llanto de las mujeres la estremeció. Vestidas en túnicas de lana y con chales coloridos sobre sus cabezas, gritaban como plañideras.

—¿Qué quieren?

—No lo sé, señora. No he podido preguntarles.

Zuú resintió la intromisión. Debía partir rumbo a Nínive en unas horas. Ya tenía todo empacado y en la carreta. Oannes estaba arropado, Egla y Muti listas con sus pertenencias como para tener una interrupción de tal magnitud. Pero una de las mujeres se acercó a ella y se inclinó con el rostro a tierra. Zuú tragó saliva. No era una diosa o una reina para recibir tal honor.

—La reconocen como la sobrina del amo Eshardón —le confió Nabussar en un murmullo.

Zuú se mojó los labios resecos. ¿Qué debía hacer?

—Señora —la mujer lloró en un dialecto primitivo pero comprensible—, tenga compasión. Mi hijo... mi bebé...

No pudo continuar debido a la emoción que se atoró en su garganta. Zuú pensó en Oannes, rogando que Muti lo tuviera en brazos y no lo perdiera de vista ni un segundo.

—Los leones han vuelto, señora —le explicó un hombre de barbas grises.

—¿Cuáles leones? —preguntó con voz chillona. Nadie le había contado nada acerca de leones, aunque el recuerdo de la piel que adornaba el salón frente al brasero le preocupó.

—Los leones bajan cuando no encuentran comida. Siempre se llevan unas cuantas cabras, pero esta vez tomaron a su hijo. —Señaló a la mujer que se consumía en desgracia.

Entonces la concurrencia le abrió paso a un hombre que traía el cadáver de un pequeño no mayor de tres años. Su pecho había sido desgarrado y le faltaban las dos piernas. El estómago de Zuú se revolvió, igual que en sus primeros meses de embarazo, así que desvió la mirada y contempló las piedras de la pared. Nabussar ordenó que apartaran esa monstruosa visión de su ama.

—Si no hacemos algo, los leones volverán —insistió otra mujer—. Señora, debemos matarlos.

¿Y ella qué podía hacer? Nabussar la llevó aparte para explicarle la situación.

—Los hombres son buenos cazadores, pero los leones son dos. Sin embargo, si tuvieran un carro o más caballos, lograrían su cometido; antes de que alguien más muera.

—¿El carro? Le pertenece a mi tío y solo lo usa cuando quiere presumir su fortuna ¿Y los caballos?

Además, le aterraba la idea de prestar sus caballos. Su yegua no iría en busca de ningún león, bajo ninguna circunstancia.

—Como usted guste —Nabussar se inclinó y se dirigió a la gente: —Deben marcharse. La señora parte para Nínive. No puede ayudarlos.

Los quejidos la persiguieron dentro de la casa. Muti y Egla la esperaban con Oannes dormido. Cuando vio a su hermoso bebé, el cuerpecito destrozado de aquella otra criatura la torturó.

—¿Cómo es posible que exista tal injusticia? —Las lágrimas brotaron sin control—. ¿Por qué unos mueren y otros no?

—Así lo decretan los dioses, señora —dijo Muti acariciando la cabecita de Oannes—. Pero no hay nada que usted pueda hacer.

—¡No! La vida no puede ser tan injusta. Los niños como Oannes merecen vivir y tener la oportunidad de crecer y tomar sus propias decisiones.

—El pueblo suyo es experto en deshacerse de los niños y las mujeres —susurró Muti, pero Zuú alcanzó a escucharla y la encaró: —¿De qué hablas? Mi pueblo solo cumple con la voluntad de nuestro padre Asur y nuestra madre Ishtar.

—Entonces estoy en lo correcto. Son los dioses quienes deciden quién vive y quién muere. —La sonrisa cínica de Muti la hizo enfadar.

—¿Tú qué opinas, Egla?

—¿Qué quieres oír, Zuú? «Jehová dio, Jehová quitó, sea su nombre bendito».

—¡Pues no estoy de acuerdo! —exclamó muy a su pesar, ya que detestaba las escenas de sentimentalismo—. No seré como ustedes; no aceptaré la voluntad de los dioses como si no hubiera alternativa. ¡No traje a Oannes a un mundo de tanta fatalidad! Los dioses no controlarán mi vida; nadie me dirá cuándo muero, mucho menos por el capricho de la naturaleza. Vamos, Nabussar, necesitamos buenos caballos.

Muti la observó partir con una expresión enigmática, Egla movía los labios en uno de sus rezos y Nabussar la siguió con aprehensión.

—Pero, señora, ¿qué pretende hacer?

—Darles lo que quieren: caballos y un carro. Tú irás en el carro. No confío en nadie más. Yo montaré mi yegua.

—Es peligroso, el amo Bel-kagir no lo aprobaría.

—El amo Bel-kagir nunca está cuando se le necesita.

Se detuvo frente al encargado de las caballerizas, un hombre que había estado con su tío desde tiempo inmemorial.

—Dime, Tiglath, ¿quién es el mejor cazador de la redonda?

—Yo la llevaré con Ernos; él es quien ayudó a su tío cuando atraparon al león que ahora reposa en su sala.

Zuú no midió el peligro de su aventura hasta que los hombres se hallaron reunidos con sus armas y Nabussar sostenía las riendas de los caballos que tirarían del carro. Cuestionó lo sano de su propuesta. Su tía se opondría debido al peligro, su suegra por el «qué dirán» de la sociedad ninivita. ¿Y Bel-kagir? ¿Le importaría? Siempre tenía una excusa para posponer el regreso de su mujer y su hijo: que si la plaga aún no terminaba, que si la ciudad no era segura por la violencia del populacho, que si la casa necesitaba más reparaciones. Oannes ya casi cumplía ocho meses y solo había visto a su padre unos días después de su nacimiento.

El coraje la invadió, así que se colocó la armadura que Nabussar le había conseguido. Vio a los dos perros que los acompañarían, echando de menos a Trueno. ¿Por qué lo había dejado en Nínive? Había sido una tonta. Pero más les valía a los esclavos tratarlo bien y mantenerlo contento durante su ausencia o se atendrían a las consecuencias. Ella misma se asombró de su actitud. ¿Qué había pasado con la Zuú que soñaba en el jardín de la tía? Quizá un demonio había entrado a su cuerpo y por eso actuaba con tal temeridad.

Pero no pudo indagar más, pues Ernos inició la cacería. A Zuú le ordenaron mantenerse en la retaguardia para no estorbar. Los perros indicaban la dirección de los felinos con el olfato, y después de unas horas, Zuú se desesperó. ¡Nunca los encontrarían! Se habían ido como el humo de una fogata. Sin embargo, Ernos había planeado una estrategia y las mujeres se habían colocado en un cerco con antorchas y olores pestilentes que ahuyentarían al enemigo de la zona, de modo que acorralaron a los leones en un valle, cercano a los campos de cebada, y la única otra opción de escape era el río. Por lo tanto, después de una paciente espera, Ernos levantó la jabalina que sostenía y le pidió a Zuú que subiera a una colina para observar de lejos.

El primer león, el macho, era posiblemente viejo, pues salió huyendo de los perros y los caballos desde unos arbustos. Los campesinos le lanzaron flechas y traspasaron al animal de tal modo que Zuú creyó que ninguna extremidad u órgano vital había sido olvidado. Finalmente el león cayó a tierra después de una breve contorsión que le extrajo todo espíritu de lucha. La leona resultó más astuta. Nabussar le cedió las riendas a un muchacho más experimentado y el chico emparejó el carro con la leona que corría a toda velocidad por la planicie, escapando de los aldeanos y los perros que no cesaban de ladrar. Pero fue Ernos quien se llevó el premio.

El cazador salió de la nada con una lanza en la mano derecha. La leona ya presumía varias heridas de flechas, así que no se encontraba del todo completa. Trató de brincar hacia el hombre, logrando un zarpazo al pecho del cazador cuyas ropas se deshicieron, pero no fue gravemente herido. Sin embargo, Ernos aprovechó para encajar la lanza en el pecho de la leona, y con la ayuda de Nabussar, la mató enseguida.

Los aldeanos cargaron los dos cuerpos para organizar una fiesta, mientras que Zuú permanecía congelada en su posición. Los dioses no habían vencido ese día, sino los hombres. ¿O sería que los dioses habían permitido que los leones perecieran? ¿Acaso de pronto sentía compasión por unas bestias? ¡Esos leones habían asesinado a un niño! ¡Un niño que podía haber sido Oannes! Las lágrimas empaparon sus mejillas hasta que Nabussar la sacó de su estupor y la guió de vuelta a la casa.

Zuú canceló el viaje por lo menos unos días hasta reponerse del susto, pero los aldeanos organizaron tal cantidad de celebraciones que se sintió abrumada. Las mujeres le dieron regalos consistentes en comida, telas y cántaros. Los hombres la contemplaron con nuevo respeto, saludándola cuando ella cabalgaba por los alrededores. Supo que si el tío moría, los aldeanos la aceptarían como su ama. Sin embargo, su nueva fama no la consolaba. Una sombra de tristeza y oscuridad se había extendido e ignoraba el porqué. Muti opinaba que se debía a su lejanía de la civilización. Egla la acusaba de haberse rebelado contra la divinidad. Pero Zuú había decidido suspender toda ofrenda a Ishtar o a Asur. No les debía nada ni a ellos ni a nadie. De algún modo, comprendía que vivía más a gusto sin su presencia ni su constante amenaza, así que no volvería a dedicarles su atención, ni su devoción. Ella no necesitaba dioses, ni familia, ni marido.

* * *

Desde que Zuú regresó a la ciudad, Bel-kagir estaba visitando a Erishti de día. Esa mañana, corrió de la urgencia que tenía por verla y abrazarla. Había problemas en el ejército, con divisiones, chismes y desacuerdos, y se murmuraba que un levantamiento rompería la fragilidad de la tierra. Al parecer, el mismo *turtanu* estaba detrás de la conspiración que hervía en la pacífica y ancestral capital de Asur.

Para colmo, en su casa tampoco hallaba paz. La fama de Zuú como cazadora de leones le trajo el desprecio de sus padres, que insistían que no sabía someter a su esposa. Ya no la veía como una mujer dócil y callada, sino como esa amazona que montaba una yegua llamada Rayo y que lo juzgaba con sus temibles ojos verdes. ¿Presentiría que Bel-kagir le era infiel? ¡Pero no lo era! Acudir a la diosa no podría malinterpretarse como adulterio. Aunque ya no veía a Erishti como la encarnación de Ishtar, sino como la bella mujer que era. Ella también lo amaba de un modo muy distinto. Pero, ¿qué diría Zuú al enterarse? ¡Su propia hermana!

No vio a Siko por ningún lado así que se encaminó a las habitaciones de Erishti. El eunuco también andaba con la mirada caída, angustiado por algún mal que a Bel-kagir no le interesaba investigar. ¿Qué problemas podía tener un eunuco? Se libraban de la carga de contar con una esposa e hijos. En eso recordó al pequeño Oannes, ya de dos años.

No olvidaría el día que le había dicho papá, ni cuando había dado sus primeros pasos en el jardín. Zuú, con el permiso de sus tíos, había mandado construir una puerta que conectaba las dos casas para que su hijo jugara entre los árboles cuantas veces quisiera.

¡Basta!, se dijo a sí mismo. Se concentraría en Erishti y nada más. Así que abrió la cortina sigilosamente para no espantarla, y se escabulló al centro donde anidaban los almohadones que había ordenado traer de Babilonia. Escuchó la voz de Erishti, pero no la localizó hasta que se dirigió a la ventana. La luz entraba directamente y se posaba sobre ella, que rezaba frente a una estatuilla de la diosa con los ojos cerrados y las lágrimas recorriendo sus mejillas.

Bel-kagir bebió la escena de su hermosura, pero empezó a prestar atención a las palabras, intrigado por la pasión con que Erishti se mecía:

«Que el señor me dé paz en mi oración,
Que quite el pecado de su sierva.
Concédeme un favor devuelto.
Oh mi diosa, ten piedad de mí;
¿Cuándo escucharás mi oración?
Perdona mi transgresión y mi maldad;
Que los siete vientos se lleven mi quejido.
Que el gusano lo entierre,
Que el ave lo suba al cielo,
Que el río lo destruya».

Bel-kagir conocía esa oración que se realizaba después de un mal sueño. Entonces ella sintió su presencia y abrió los ojos con espanto, sacando de su manto una pequeña daga.

—Soy yo, Erishti. Tranquila.

Ella tardó en reconocerlo, pero al hacerlo, sus hombros se desplomaron y caminó hacia el lecho donde se tumbó con cansancio.

—¿Qué pasa, mi pequeña diosa? —Bel-kagir se acercó a consolarla. Jugueteó con sus caireles, pero ella lo rechazó.

—Hoy no, Bel-kagir. Debes marcharte.

—Pero…

—¡Ya te lo dije! Tengo asuntos más importantes que acostarme contigo.

Eso le dolió, pero Bel-kagir decidió darle una segunda oportunidad:

—Tuviste una pesadilla. Cuéntamela. Quizá te haga bien.

—¿Tú qué sabes de los secretos de los dioses?

Bel-kagir se puso de pie y se amarró el cinto:

—Si eso es lo que quieres, me marcho. Tengo una esposa que me recibirá con gusto. A ella no le tengo que rogar.

Erishti titubeó, pero finalmente lo tomó del brazo y lo obligó a sentarse.

—Perdóname.

—¿Y Siko?

—Lo mandé al mercado por unas plantas. No he podido dormir en días. Estoy desesperada. Los sueños me atormentan y nada parece quitarlos.

—¿Qué sueños? Puedes confiar en mí.

Erishti se sujetó el cabello, luego abrazó uno de los cojines y, hecha un ovillo, platicó con él.

—Siempre veo un río, tan grande que cubre Nínive y sus alrededores. Me rodea mucha agua, pero yo estoy sola en una barca. Las aguas rugen feroces y sé que remo en el mar de la muerte debido a los huesos que flotan alrededor. Según el *baru*, pertenecen a cientos de personas, todos los habitantes de Nínive que murieron antes de nosotros y que morirán después. Cráneos pequeños y grandes, costillas y quijadas horribles. Entonces escucho una voz profunda: «Nínive, tus días están contados. Tu maldad ha colmado mi paciencia». Yo pensé que se trataba de Marduk o Bel, tal vez Asur o Ishtar, pero no reconozco su aspecto. El hombre santo sugiere que es Ishtar en una de sus muchas formas. Pero luego despierto en una playa gris, escoltada por dos leones alados. Y entonces surge el monstruo del mar, con su gigantesca boca de la que sale un hombre con piel de pescado.

—¡Es Ea! ¡Viste al dios Ea! —gritó Bel-kagir con emoción—. ¿Qué más?

—Nada. Todo desaparece y Nínive se vuelve cenizas por una lluvia de fuego. —Su voz se apagó en un murmullo.

—Erishti, no debes temer. Seguramente es un buen presagio ya que Ea es mi dios protector.

—Sabía que no entenderías.

Ella se enfadó y le dio la espalda.

—Pero…

—Los hombres santos piensan que los dioses han abandonado Nínive. Hoy mismo calculan que el cielo se oscurecerá para mostrar la ira de Asur. Lo hemos enfurecido; así que él nos entregará a dioses extranjeros.

Bel-kagir no tenía ganas de continuar con aquella conversación. Erishti estaba exagerando y él sólo había venido para disfrutar un rato de placer.

—Veo que no es un buen día para ti. Será mejor que me marche.

Ella no movió un solo músculo, así que Bel-kagir dejó el templo. Esa tarde, en la casa de guerra, los soldados se encontraban inquietos. Bel-kagir decidió que no ganaría nada tratando de llamar su atención, así que los despidió temprano; que fueran a las tabernas a emborracharse y disfrutar de las mujeres. Quizá de ese modo volverían más motivados a la mañana siguiente. Bel-kagir mismo apetecía del buen vino de Eshardón, y bebería toda la cantidad que se le antojara esa noche.

Zuú lo molestaba diciendo que el exceso lo volvería loco. Pero una mujer no lo controlaría. Sus padres tenían razón. Esa misma noche aplacaría el espíritu altivo de Zuú con unos cuantos golpes, como hacían muchos de sus amigos y hasta su mismo padre cuando la ocasión lo ameritaba.

Entró por la puerta delantera, pero se dirigió al jardín. El mastín lo recibió con su característica fidelidad, pero no halló rastros de su hijo ni de su esposa. En eso, el perro gimió y se echó al suelo, cubriendo sus ojos con las patas delanteras. Bel-kagir arrugó las cejas, luego contempló el cielo. Una sombra se movía sobre el sol, comiéndoselo en una lenta marcha de oscuridad que hizo que las aves del jardín detuvieran sus cantos, que una lechuza y que la casa se volviera un caos.

—¡El fin del mundo! —gritó Muti saliendo de la casa con los brazos en alto. Se echó a tierra y se puso a rezarle a Ra, a Amón, a Isis y a todo el panteón egipcio. Los demás esclavos corrían enloquecidos mientras Nabussar aseguraba la puerta.

Bel-kagir quería detenerlos a todos. Los sabios astrólogos lo habían predicho y el mundo no se acabaría. Pero recordó la pesadilla de Erishti y el mar de la muerte. ¿Sería verdad que los dioses habían abandonado la tierra de Asur? Todo indicaba que algo terrible sucedía, pues bocado tras bocado, el sol se despedía de Nínive. Solo faltaba que Ishtar descendiera en su carroza de fuego o que algún demonio tirara de su cabello. ¿Y dónde estaba su familia?

Zuú y Oannes aparecieron de la nada. Oannes lloraba, así que Bel-kagir lo cargó. Luego abrazó a Zuú, que no se dejó influir por la histeria, pero estaba más pálida que de costumbre. Los tres contemplaron el espectáculo, y por lo menos Bel-kagir agradeció que si moría, lo haría con su hijo en brazos. Y de pronto, quizá por las plegarias en el templo de Ishtar, o por órdenes del rey, el sol resurgió. Fracción por fracción se fue armando nuevamente hasta regalarles su luz y su calor.

—¿Qué pasó? —preguntó el pequeño Oannes.

—No lo sé, hijo. Pero los dioses nos han dado una nueva oportunidad.

—Los dioses no tuvieron nada que ver con esto —replicó Zuú—. Esto ha sido un…

—¿Un qué? ¿Qué sabes tú, mujer?

—Solo sé que los dioses no existen.

Bel-kagir soltó a Oannes. Con una seña llamó a Muti y le ordenó que se llevara al pequeño, que se marchó llorando. Luego alzó la mano y abofeteó a Zuú tres veces. Ella lo contempló con asombro y sus ojos verdes se humedecieron.

—No te permito que blasfemes. No contaminarás a mi hijo con tu incredulidad y tu amargura.

—¿De qué hablas? —susurró ella.

—De ahora en adelante, yo soy quien da las órdenes aquí. Y más te vale que obedezcas, o te extiendo una carta de divorcio y te despides de tu hijo. Y nunca vuelvas a hablar mal de los dioses.

Se dio media vuelta y se dirigió a las habitaciones de su madre. Al subir los escalones, se felicitó. Así debía actuar un hijo de Asur. Zuú no volvería a contrariarlo. Montara caballos o no, Bel-kagir era quien sujetaba las riendas de su hogar.

8

Muti regresó del mercado con el rostro colorado por el agotamiento y el calor. Zuú se resguardaba bajo la sombra de un sicómoro, observando al pequeño Oannes que jugaba con el mastín, al que bañaba con tierra. La esclava egipcia se acercó con aires de grandeza, pues a fechas recientes había adquirido cierta autoridad ya que Bel-kagir le había encargado varias tareas, entre ellas la de vigilar a su esposa y a su hijo.

Zuú se llevó la mano instintivamente a la mejilla. Jamás había imaginado que su esposo sería capaz de golpearla, y no había sido la única vez. Por esa razón, había aprendido a controlar su lengua, sobre todo frente a Oannes, para ahorrarse la vergüenza y la humillación que experimentaba bajo el maltrato de Bel-kagir. Según la misma Muti, Zuú no debería sorprenderse. La egipcia había crecido rodeada de adultos abusivos. Pero a Zuú no le tranquilizaba la explicación y solo el miedo de un divorcio la silenciaba. ¡No sería capaz de apartarse de su hijo!

—Tengo algo que contarle, señora. Lo escuché en el mercado.

Mientras Muti se acomodaba en un banquillo y le pedía a un esclavo un poco de agua, Zuú la aborreció. ¿Con qué derecho se comportaba con prepotencia? Sin embargo, su verdadera furia surgía de la insinuación de los chismes. La última vez que había pronunciado esas mismas palabras, le había referido que Bel-kagir visitaba el templo de la diosa Ishtar con frecuencia. Nadie sabía si lo impulsaba su devoción o se había enamorado de una de las sacerdotisas, como sucedía con tantos otros. Afortunadamente, Bel-kagir se había marchado unas semanas atrás con dirección a Asur, donde el *turtanu* se había levantado en armas en contra del rey Ashur-dan III.

Por primera vez, Zuú se había alegrado por la ausencia de su marido, porque eso implicaría descansar de sus discusiones y golpizas. Pero, ¿qué chisme se le ocurriría ahora a esa mujer de piel oscura y ojos de serpiente?

—En el mercado uno se entera de todo —le sonrió con complicidad—. Hasta podría referirle qué concubinas del rey se odian entre sí, y qué reina trama que su hijo ocupe el trono cuando Ashur-dan III cruce el río de la muerte. Pero sé que no le interesan los líos del harem, así que me ahorraré esa parte de la historia. Lo que le tengo que decir es en relación a su hermana, la hija de Ishtar.

Ante la mención de Erishti, Zuú se enderezó y le prestó su total atención.

—¿Qué pasa con ella?

—Ha estado muy enferma. Algunos dicen que incluso a punto de morir. Los *barus* aprecian a su hermana y alegan que la diosa la tocó de manera especial. Por eso mismo, mataron a un toro, ¡un toro, señora! Su hermana sí que debe valer mucho o no sacrificarían ni una avecilla por ella.

—Pero ¿ya está mejor?

—Tiene días buenos y malos. Debería visitarla.

Zuú lo había decidido desde la primera frase, pero le enojó que la esclava lo propusiera.

—Haré lo que me plazca —dijo entre dientes—. Después de todo, sigo siendo la señora de esta casa.

Muti hizo la señal de mal de ojo. Se marchó sin más y Zuú recordó un proverbio que su tía le había recitado el día anterior: «No honres a la esclava en tu casa; no debe gobernar la recámara como una esposa. La casa dominada por una esclava, es una casa trastornada».

Pero de momento solo le interesó visitar a Erishti y comprobar el estado de su salud. Tomó a Oannes y le puso una túnica limpia, luego buscó a Nabussar para pedirle una litera. No pensaba atravesar Nínive con ese intenso calor, y además, no perdería su dignidad. Mientras Nabussar preparaba a los esclavos, Bashtum se asomó por la ventana.

—¿Te vas, querida?

Su «querida» cargaba más recelo que las insinuaciones de Muti. Zuú sospechaba que habían sido las enseñanzas de Bashtum las que habían inclinado la balanza para que Bel-kagir se convirtiera en un bruto. La noticia de la cacería de los leones se había difundido por la región, exagerándose de boca en boca hasta que muchos juraron que la misma Zuú había atravesado a la leona. Todo eso había avergonzado a la familia de Madic, lo que Bashtum jamás le perdonaría, pero Zuú tampoco le perdonaría haberse inmiscuido en su matrimonio.

—No tardo.

—¿Vas a matar leones? —preguntó con sarcasmo.

—Voy al templo de la diosa —dijo Zuú. Una vez dentro de la litera, corrió las cortinas para conservar la serenidad. Le hubiera gustado acudir a Egla antes de partir, pero la anciana cada vez mostraba más rasgos de senilidad, por lo que la visitaba menos ya que a veces hasta olvidaba su existencia. Además, ¿qué le diría? Zuú ya no creía en los dioses.

Los recuerdos la asaltaron cuando los esclavos bajaron la litera y se topó con la escalinata del templo. Oannes sujetó su mano con miedo, con los ojos bien abiertos frente a semejante edificio. A sus tres años, hablaba poco pero nada escapaba de sus ojos inteligentes. Nabussar pronosticaba que sería un erudito, quizá hasta astrólogo. Bel-kagir lo veía como el soldado más afamado de la tierra de Asur.

Entonces reparó en que su hijo jamás había visto a su tía, así que mientras avanzaban al patio interior, le explicó que tenía una hermana.

—¿Qué hace una tía?

—No sé exactamente, pero supongo que cuida de su sobrino.

—¿Por qué vive aquí?

Porque así lo decidió, quiso decir. En su lugar, le habló de sus deberes con la diosa. Oannes torció la boca, un tic que tenía desde bebé.

—¿Cuál diosa?

Zuú aspiró profundo. Por más que lo había evitado, Muti lo envenenaba con historias de Ra, Egla con sus cuentos hebreos y Bel-kagir con su devoción a Ea. Pero realmente nadie le mencionaba a Ishtar. Antes de contestar, Oannes se distrajo con una mariposa y Zuú evitó el tema. Entonces una sacerdotisa le impidió el paso.

—Los niños no pueden cruzar esta sección.

—Mi hermana está muy enferma. Solo quería traerle a su sobrino.

La mujer meneó la cabeza:

—Es imposible. Los niños no entran aquí.

—¿Cree que traerá un mal espíritu con él? —señaló Zuú al pequeño que reía ante el vuelo del insecto.

La mujer vaciló:

—¿Quién es su hermana?

El nombre de Erishti resultó mágico. La mujer le pidió que aguardara y Zuú la observó platicando con un eunuco alto y fuerte. Él revisó a Zuú de pies a cabeza, luego se acercó con lentitud.

—No sé si su hermana deseé verla.

Zuú se desesperó. ¿Por qué de pronto todos la trataban con la punta del pie? Muti se burlaba de ella, su suegra la espiaba, ¡y ahora debía rogar por una entrevista con su hermana menor!

—La llevaré, pero no prometo nada.

El eunuco guió el camino y Zuú cargó a Oannes para no perderlo. El hombre descorrió una cortina de seda. El aroma a especias y perfumes la embargó, luego admiró la habitación de su hermana, que estaba tendida sobre el lecho, pálida y delicada.

—¿Quién es, Siko? —preguntó con dificultad.

Zuú se plantó frente a ella:

—Soy yo, Erishti. He venido a cuidarte.

Pero el rostro de Erishti se desfiguró con espanto y odio.

—¿Qué haces aquí? ¡Vete! ¡Cómo permitiste que entrara! —le reclamó a Siko.

Todo sucedió en el mismo instante, pero cada detalle se grabó en la mente de Zuú. Erishti gritaba, pero sus ojos no se despegaban de Oannes. Su histerismo había crecido y arrojó un jarrón que se estrelló contra la pared. Siko intentaba sacar a Zuú y calmar a Erishti al mismo tiempo, sin conseguir ninguna de las dos cosas. Mientras tanto, Oannes sollozaba y Zuú repasaba el cuarto una vez tras otra. Algo extremadamente familiar en el ambiente le provocaba nauseas; ¿serían los olores? Creyó ver un manto colgado en una esquina de color verde esmeralda. Lo había visto antes, pero la memoria le fallaba. Y cuando Erishti empezó a lanzar maldiciones, supo que debía huir. Bajó a Oannes para que caminara, protegiendo sus oídos de semejantes obscenidades. Nabussar la esperaba con la litera y, al verla, apremió a los esclavos para volver a casa.

Una vez allí, Zuú bañó y durmió al niño, que no cesaba de repetir que no le gustaban las tías. Hasta que el chico se internó en sus sueños, Zuú se refugió en el jardín. La noche caía sobre Nínive y Zuú no cesaba de lamentarse por la mala relación que tenía con su hermana. ¿En qué instante le había fallado para que de repente Erishti la despreciara de tal manera? Ambas habían sufrido, viendo la muerte de su madre y soportando la orfandad, pero optaron por sendas opuestas, lo que pesaba más que una muerte.

Un ruido la sobresaltó. Los odiosos ojos de Muti brillaron bajo la luna.

—Siento mucho que su hermana no la hubiera recibido. Quizá fue mi culpa, señora. Debí advertirle que no llevara al niño. Verá, su hermana sufrió un aborto. Eso casi le quita la vida.

Con la misma sigilosa entrada, Muti ofreció su salida. Entonces Zuú comprendió todo y se deshizo en lágrimas. Erishti había abortado, por eso no había querido ver a Oannes. Y aun más, supo a quién le pertenecía ese manto verde porque ella misma lo había tejido antes de su boda.

—¡Bruja! —susurró entre espasmos. ¡Muti le había tendido una trampa y ella había caído! Pero, ¿no era mejor saber la verdad? ¡Tres veces no! Nunca sería preferible enterarse de la infidelidad que vivir en la oscuridad del engaño, y para competir con el canto fúnebre de la lechuza, recordó la maldición de Ishtar: «Si no me honras, la traición teñirá tu hogar y tu corazón».

* * *

La batalla contra Asur no se comparaba con las anteriores. El enemigo era el *turtanu*, no un hitita o un babilonio. Además, nadie se arriesgaría a sitiarlo, sino que atacarían a campo abierto. Lo peor se resumía en que el *turtanu* conocía al ejército porque él mismo lo había entrenado. El rey Ashur-dan III los acompañaba, y esa noche habló del valor, la lealtad y las muchas recompensas que les daría a los que probaran ser verdaderos hijos de Asur, algo que Bel-kagir planeaba conseguir a toda costa. Ahora que peleaba en un carro, no dejaría pasar la oportunidad de ascender. Con el *turtanu* en desgracia, las posibilidades se abrían de forma casi infinita.

Por fin amaneció. Muy temprano el nuevo general dictó las últimas instrucciones. Bel-kagir se subió al carro con Nagi Adad, que a pesar de no tener una mano, conducía el carro mejor que cualquiera. También los acompañaba un escudero joven, cuyo nombre Bel-kagir no recordaba. La batalla comenzó con un intercambio de flechas que volaban de un lado a otro causando limitado daño. Los caballos relinchaban con aprehensión. Nagi Adad sostenía las riendas con firmeza, en tanto que el jovenzuelo temblaba de pies a cabeza.

—Así que quieres un nuevo puesto —rió Nagi Adad. Bel-kagir le había confesado sus expectativas.

—¿Será fácil?

—Tan fácil como aprender egipcio.

Bel-kagir arrugó la frente. ¿Había insinuado que sería imposible o debería leer entre líneas grandes posibilidades? No le dio tiempo para indagar, pues el general envió a los carros al frente. Nagi Adad lanzó un grito aterrador y los caballos galoparon sin desviarse a pesar de que un carro enemigo se abalanzaba sobre ellos. Bel-kagir tomó una flecha, tensó el arco y apuntó al conductor enemigo. Aguardó con paciencia la cercanía suficiente para provocar el mayor daño; Nagi Adad le había enseñado que para sobrevivir en una batalla el arma más poderosa era la paciencia, no la impetuosidad; no lanzar hasta acertar, no golpear hasta ubicar el punto más débil, no desviar la vista hasta que el enemigo suspirara por última vez.

Los carros se acercaban. El sudor recorría la frente y la espalda de Bel-kagir. El jovenzuelo sujetó el escudo y trató de pronosticar la dirección de la flecha enemiga. Un poco más, se repitió. Nagi Adad se concentraba en no voltear el carro por las piedras y los cuerpos tirados en el camino, así que Bel-kagir decidiría por su propia cuenta. Cuando lo consideró adecuado, dejó escapar la flecha que voló en línea recta y se clavó en el cuello del conductor del carro enemigo, que soltó las riendas, cayó de lado y los animales, locos de desesperación, provocaron el vuelco total de los otros pasajeros.

Bel-kagir saltó del vehículo y con la espada cortó las tres cabezas que echó a un lado de su escudero, que continuaba titiritando ante la sangre que salpicaba. Nagi Adad gruñó con aprobación. Bel-kagir trepó el carro para seguir la lucha. El *turtanu* se había equivocado al provocar al rey Ashur-dan III. Los más diestros permanecían del lado del hombre elegido por Asur para gobernar; aun más, el *turtanu* no poseía tantos carros ni la caballería.

Así prosiguió la mañana hasta que, al atardecer, las bocinas anunciaron que la acción terminaría por ese día. Bel-kagir durmió mejor esa noche y siguió coleccionando cabezas, hasta que finalmente el *turtanu* fue capturado y Ashur-dan declaró la guerra terminada. No le convenía prolongar la matanza de su propio pueblo, pero les daría una lección a los traidores. Entraron a la antigua ciudad de Asur, la que el dios había escogido como su real morada, y después de congregar a la población frente al mismo templo de Asur, el rey dio una demostración de lo que sucedería con los rebeldes.

Bel-kagir no se olvidaba de que el *turtanu* era familiar directo del rey, pero debido a su indisciplina, sufriría de los peores castigos disponibles en el repertorio asirio. Nagi Adad se acomodó para el espectáculo con una mueca de satisfacción. Bel-kagir se preguntó si estaba perdiendo la sensibilidad. Ya no le incomodaba matar al enemigo ni cortar cabezas. El olor de la sangre y los cuerpos descompuestos no lo inquietaban como su primera vez en Babilonia. Aun más, a veces se imaginaba que algún espíritu tomaba posesión de él y actuaba a través de sus manos y sus pensamientos.

El *turtanu* berreaba y chillaba perdiendo toda la dignidad, quizá porque sabía el castigo que le aguardaba. Bel-kagir sospechó que sería más humano traspasarlo con una espada y dejarlo morir, pero Ashur-dan deseaba transmitir una poderosa lección para que nadie más acariciara la idea de suplantarlo. Los dos verdugos sujetaron al hombre y empezaron a cortarle la piel. Bel-kagir desvió la mirada en más de dos ocasiones, mientras que Nagi Adad masticaba unas semillas y bebía cerveza. Después de pelarle las manos siguieron con el brazo. Bel-kagir jamás había escuchado gritos como los del *turtanu*. Por algún motivo recordó que Zuú, cuando la golpeaba, no abría la boca ni lloraba.

Pero, ¿qué relación había entre el *turtanu* y su mujer? Ninguna. O tal vez toda. Bel-kagir se sentía mal. En algún momento había admirado al *turtanu*, vestido en sus ropas reales y comandando el ejército, como para de pronto regodearse en la desgracia ajena. La multitud contemplaba la escena en absoluto silencio. El rostro de Ashur-dan III simulaba la piedra. ¡El *turtanu* y él eran familiares! ¿Habrían jugado juntos o cazado en términos amistosos?

Poco quedaba del hombre. Su carencia de piel lo convertía en un espectro, un fantasma, un demonio, una imagen deprimente. Pero los verdugos no llevaban prisa, lo que exasperó a Bel-kagir. ¡Que le dejaran una pizca de decencia! Solo restaba la piel del pecho. Bel-kagir suplicó a los dioses que se apiadaran de él, lo que sucedió minutos después. Sus débiles quejidos se extinguieron, luego los verdugos mostraron la piel como un trofeo, pero nadie aplaudió. No se trataba de un enemigo de Asiria, ni de un infiel a Asur, sino de uno de ellos. Cierto que se había rebelado a la autoridad de los dioses y había buscado su propio provecho, pero ¿acaso eso les daba el derecho de condenarlo a tal sufrimiento?

—Debes irte —le indicó Nagi Adad—. El rey ha convocado a sus capitanes en la casa real. Allí le presentarán las cabezas que recogieron durante el día.

Bel-kagir no tenía ganas ni fuerzas. Solo deseaba dormir para no despertar jamás. Sin embargo, se encaminó al salón de oro donde Ashurdan aguardaba. Uno por uno entró a la audiencia para arrodillarse y depositar las cabezas ganadas. Unos escribas registraban los nombres y las cantidades, en tanto que el rey repartía premios y promesas. Bel-kagir fue de los últimos. Le impactó la opulencia del lugar, lo que aumentó sus deseos de un jugoso botín que repartiría con Erishti, su diosa. Las cabezas que se amontonaban en la esquina trasera iban siendo echadas fuera, donde serían quemadas, trasladas a Nínive o enterradas.

Bel-kagir se aproximó con la cabeza inclinada y se hincó ante el monarca.

—¿Nombre y compañía? —inquirió el escriba.

Él respondió.

—¿Cuántas cabezas?

—Diecisiete.

El rey asintió.

—¿Quién eres?

—Bel-kagir, hijo de Madic, ciudadano de Nínive.

El rey nombró la cantidad de oro que debía dársele y Bel-kagir salió con una sonrisa. Desafortunadamente, no olvidó la imagen del *turtanu* desollado hasta que perdió la conciencia después de acabarse casi un barril de cerveza. De regreso a Nínive conseguiría ese vino que Eshardón vendía para no volver a recordar esa escena tan inquietante.

La última noche antes de partir, Nagi Adad le advirtió:

—Ten cuidado, muchacho. El vino es traicionero. Hoy te trata como amigo, mañana te dará una puñalada por la espalda.

Pero Bel-kagir sabía mucho de traición, porque él mismo era culpable, y solo cuando la cerveza embotaba sus sentidos, olvidaba sus temores y sus culpas. Así que no se detuvo cuando pisó su casa, de la que no salió en una semana y solo Muti y Nabussar fueron admitidos en sus habitaciones. No quería que su hijo lo viera así, ni que Zuú lo censurara con sus ojos verdes. Pero en medio de esas horas de coherencia e incoherencia, desvaríos y cordura, una frase de Muti se le quedó grabada.

La egipcia había estado masajeando su espalda con esos dedos hábiles y fuertes que se encajaban en los nudos de sus músculos.

—Descanse, amo. Déjese consentir. Yo nunca lo traicionaré. Aunque otras lo hagan, yo le seré fiel.

¿Otras? ¿A quién se refería? ¿Sabría de Erishti? ¿Hablaría de Zuú? Pronto se enteraría.

9

Zuú reconoció el olor de inmediato. Tomó a Oannes en brazos y lo depositó en los de Egla.

—¿Viene borracho otra vez? —preguntó la anciana.

Ella ni siquiera deseaba contestar.

—El vino muerde como víbora y envenena como serpiente.

—Eso díselo a mi marido.

Quería llorar, pero no le daría más motivos a Bel-kagir. ¿De dónde había surgido su odio? ¿Qué le había hecho?

—Gánalo con tu amor, Zuú.

¿Cuál? Ya no veía a un hombre apuesto, sino a un monstruo. Salió de la habitación sin hacer ruido. Nabussar la observaba desde el dintel de la puerta con ojos compasivos. ¿Por qué no se había casado con un hombre sensible como el esclavo babilonio? ¿Qué le habían hecho a Bel-kagir en la guerra?

Bel-kagir se hallaba tendido sobre los almohadones que decoraban la sala de visitas. Bashtum había decorado la habitación y Zuú lo lamentó. Si ella lo hubiera hecho, habría quitado las pinturas sugestivas en las paredes y los tonos rojos que al parecer solo aumentaban la sed de su esposo. Él hizo una mueca.

—Eres tú. Había planeado visitar a otra persona más placentera, pero mis pies me traicionaron. —Arrastraba las palabras y reía como un tonto. Y para Zuú eso era él: un completo idiota—. No me veas así, palomita. Esa no es manera de tratar a tu esposo. Deberías traerme algo de comer.

Sus ojos empezaron a nublarse, lo que pronosticaba un derroche de ira. Zuú trató de pensar rápido pero estaba cansada de adivinar sus humores, complacer sus caprichos y recibir palizas hiciera o no hiciera bien las cosas. Desde su regreso de Asur, trató de mimarlo, pero nada lo hacía detener su vicio, por lo que Zuú prefirió la derrota.

—¿No me oíste? —la encaró Bel-kagir —. Quiero comer.

—¿Qué se te antoja? —preguntó en tono seco.

—¡Me tratan mejor en las tabernas que en mi propia casa! —Se puso de pie y Nabussar le ayudó a equilibrarse—. Voy a donde sí me quieren.

Cuando lo perdió de vista, Zuú se detuvo en seco. La mayoría de las noches, según le informaba Nabussar o la arpía de Muti, Bel-kagir se internaba en tabernas de dudosa reputación donde mujeres de mala fama lo rodeaban y le robaban su plata y su oro a cambio de bebidas adulteradas y otras cosas que Zuú prefería no imaginar. Pero en otras, Bel-kagir se dirigía al templo de Ishtar, lo que la hizo despertar de su estupor. Si sus sospechas eran ciertas, Bel-kagir tocaría a la puerta de su propia hermana. ¿Lo dejarían entrar al templo en semejantes condiciones? ¿Qué pensaba su hermana de ese hombre hosco y violento que en poco se parecía al niño que las había conocido en el jardín años atrás?

Se puso un velo pesado y grueso, luego siguió a su marido. Sin embargo, Nabussar la descubrió.

—Señora, no permitiré que se arriesgue. No tiene caso.

—Déjame, Nabussar. Debo verlo con mis propios ojos.

—¿Y qué va a ganar?

—No lo sé. Pero pretendo averiguarlo.

En la escalinata, Bel-kagir se detuvo para evitar un nuevo mareo. En eso, Zuú distinguió la silueta de un hombre grande, el eunuco encargado de Erishti que se cruzó de brazos y envió a dos esclavos por Bel-kagir. Ellos lo trasladaron al jardín, donde Zuú se escondió para no ser echada. Simuló que oraba y vio a los esclavos que lavaron la cara de Bel-kagir y lo hicieron recostarse un rato.

Zuú no supo cuánto esperó, quizá una hora, tal vez dos, pero Bel-kagir despertó más compuesto, aunque con ojeras pronunciadas. Entonces Siko le extendió un manto limpio.

—Gracias, Siko. Siempre un buen amigo —dijo Bel-kagir. Zuú se había acercado lo suficiente para escuchar y se arrepintió de haberlo hecho—. ¿Puedo verla ahora?

—Sí, amo. Pero debe ser más cuidadoso. La señora Erishti no tolera sus borracheras.

—Pero a diferencia de su hermana, ella me abre los brazos.

Los dos se retiraron con susurros que se perdieron con los cantos de la medianoche. Zuú se quedó paralizada. ¿Hacía cuánto que ella y Bel-kagir no compartían un momento de intimidad? Después del nacimiento de Oannes siempre había un pretexto, que si la guerra, que si su cansancio, que si el bebé llorando. Se puso de pie ya que una sacerdotisa llamó su atención. Bajó las escalinatas con tristeza, contemplando a las jóvenes que aguardaban a un extraño para cumplir con la diosa. ¿Sería que Ishtar la castigaba por aquella mentira tan lejana?

Se sentó unos momentos y se tapó el rostro con las manos. ¿Qué le sucedía? ¿Dónde había perdido el camino? Recordaba aquellos días montando a su yegua en los campos de cebada, el nacimiento de Oannes y la dicha de criarlo. Repasó sus ojitos del color de la aceituna, sus cejas inquisitivas y sus piernitas torneadas por el ejercicio. Pero ese niño un día crecería y vendría al templo de Ishtar en busca de una virgen. Se marcharía a la guerra y empezaría a beber, a golpear a su mujer como lo hacía su padre, para finalmente vender su alma a los demonios del odio y la traición.

Erishti había perdido un niño. Había hecho bien. Todo era mejor que traer una criatura a ese mundo de dolor y desconcierto. Entonces una mano tocó su hombro.

—Señora —le dijo Nabussar.

—¿Has estado aquí afuera todo este tiempo? —preguntó con sorpresa. El frío invernal no perdonaba a los transeúntes, y ni los braseros calentaban lo suficiente. El esclavo, vestido con una sola túnica, se moriría por congelamiento. Le conmovió el gesto.

Él se agachó frente a ella. Zuú no soportó más y se volcó sobre él con el amargo llanto que ardía en su pecho. Mojó la tela de la túnica de Nabussar, sus ojos se hincharon y le faltó el aire en algunos segundos, pero el alivio también la cubrió. Alguien en esa ciudad se interesaba por ella. Nabussar la apreciaba.

—Estoy mejor. Debemos regresar.

Contempló a Nabussar y leyó en sus pupilas un sentimiento diferente al del interés o la compasión. ¿Acaso había en su expresión un poco de cariño? Pero desechó la idea de inmediato. Ella era vieja, Eristhi joven. Recuperó su papel de señora y avanzó a su lado con la cabeza gacha para que nadie la reconociera.

En el trayecto volvió a aquella noche en que había huido del templo de Ishtar sin perder su virginidad, la que desafortunadamente había entregado a Bel-kagir. Pero alguien esa noche la había protegido. ¿El Dios de Egla? Y hablando de la esclava, ella también la quería, y los tíos. No estaba tan sola. Nabussar abrió el portón y ella se internó en esa casa que le traía malos recuerdos. Desearía cruzar la puertita que conducía al jardín y dormir en su antigua recámara, donde la tía Ziri-ya había puesto una nueva alfombra de piel de león en honor a su hazaña.

Se detuvo frente a la puerta y tocó la madera con su mano. Solo en el jardín se sentía lejos de Bel-kagir. Él evitaba ese sitio como si los árboles le pudieran contagiar la peste. ¿También lo atormentarían los recuerdos? ¿Pensaría en Erishti?

—Dime, Nabussar, ¿echas de menos tu hogar?

Él abrió los ojos con asombro. Zuú nunca había tocado el tema de su pasado o su vida particular.

—Lo recuerdo poco, señora. Este es mi nuevo hogar.

—Pero seguramente dejaste hermanos, padres, una mujer especial.

Él sonrió:

—Ellos me dejaron a mí. Fui vendido por deudas de mi padre.

—Lo siento.

Alzó la vista y contempló las copas de los árboles que superaban al muro. Ser un ave, volar, huir de allí como una paloma para no volver jamás. O más bien llevarse a Oannes con ella, a Egla, a Nabussar.

—¿Alguna vez sueñas con escapar? —preguntó antes de darse cuenta de lo que hacía.

—Señora, yo…

—Dime la verdad, Nabussar. El hecho de que seas un esclavo no te hace menos prisionero que…

—Si me lo permite, su esposo es un tonto. Un proverbio dice: «Quien no aprecia a una esposa, quien no aprecia a un hijo, es una persona deshonesta que no se aprecia a sí mismo».

—Buen proverbio. Pero no contestaste mi pregunta.

Nabussar clavó la vista en el piso.

—Sería bueno para mí escapar, pero perdería lo único bello en mi vida.

Zuú se impactó. ¿Estaría enamorado de Muti? Había escuchado rumores y ella revoloteaba a su alrededor cuando Bel-kagir no andaba cerca. Pero en eso, él alzó los ojos y le transmitió algo especial que Zuú desconocía hasta el momento. La lechuza cantó, la brisa removió las hojas de los árboles y el corazón de Zuú palpitó con fuerza.

Pero un movimiento en la ventana de su casa rompió el encanto. Zuú solo vio la sombra que desaparecía, pero la silueta y el cabello solo podían pertenecer a una persona: Muti.

—Buenas noches, Nabussar —dijo en un murmullo y corrió a su habitación.

* * *

El sol estaba en su apogeo. Bel-kagir bostezó y observó a Erishti, que estaba al borde del lecho, con los ojos abiertos y el cabello cayéndole en cascada detrás de la espalda. Bel-kagir bebió de su hermosura, pero notó que sus labios se movían.

—¿En qué piensas? —le preguntó.

Ella alzó la mano en advertencia. Él, un soldado por naturaleza, prestó atención a cualquier sonido, movimiento u olor extraño. Nada en el ambiente se percibía amenazante. La tarde se extendía sobre Nínive y ni siquiera Siko los había molestado.

—¿Qué sucede, Erishti?

Ella lo miró con recelo:

—La diosa me está hablando. Debo atenderla.

Él se inquietó. La conversación de los dioses era cosa seria, pero no le gustaba la forma en que Erishti tomaba sus responsabilidades. Las sacerdotisas del templo la veneraban, incluso se quitaban de su camino para que ella caminara con más libertad. Siko se había vuelto más celoso de su privacidad y solo permitía que Bel-kagir impusiera sus condiciones; a sus demás visitantes los revisaba o les impedía la entrada a capricho de la diosa. Pero Bel-kagir se sentía incómodo. Algo no andaba bien.

—Ella me habla, Bel-kagir. No debes interrumpirla.

—Pero…

Ella se puso de pie y se cubrió el rostro con las manos. Hacía unos instantes había sido tan dulce, ahora tan seria y reprimida. Bel-kagir no había pasado por alto el hecho de que ya presumía ojeras, pues según Siko había noches que no dormía pues la diosa le enviaba visiones o le hablaba al oído. Bel-kagir desechó las suposiciones del eunuco, sin embargo, se trataba de su primera experiencia personal con las demandas que los dioses exigían sobre Erishti y le provocaba cierta inconformidad. Él obedecía a su cuerpo, más que a los dioses. No dudaba que Ea lo protegía durante las batallas, pero requería de la atención de

Bel-kagir para no distraerse y volverse presa de una flecha errante o un enemigo oculto entre las sombras.

Erishti se inclinó frente a la estatuilla de la diosa. Bel-kagir solía venerarla, pero comenzaba a irritarse. Quizá le encelaba que consumiera el tiempo que Erishti podría dedicarle a él o le fastidiaba esa influencia que ejercía sobre las mujeres, sobre todo en sus hijas y servidoras.

«Perdona mi impiedad, señora», rogaba Erishti de rodillas. «Te he fallado. Perdóname».

Bel-kagir se vistió de prisa. No pensaba quedarse más tiempo con Erishti, furioso con su rechazo y preferencia por una diosa que si bien poseía poderes, ciertamente no respetaba la intimidad de sus allegados. Se encontró con Siko en el jardín.

—Tu señora está teniendo otra de sus visiones —le dijo con una mueca.

Siko se mordió el labio grueso y oscuro. Luego meneó la cabeza:

—No sé cuánto lo resistirá, señor. Mi ama sufre mucho; casi no duerme, come poco. Últimamente la culpa la tortura.

—¿Culpa de qué? ¿Qué pecado ha cometido si es la más fiel de las sacerdotisas de toda la tierra de Asur?

Pero los ojos inquisidores de Siko lo traspasaron. ¡No era adulterio! Erishti era servidora de la diosa, no su cuñada. No venía a ella como a un amante, sino como a la misma diosa. Pero, ¿a quién quería engañar?

—Mantenla vigilada, Siko. Y si necesitas algo, solo dilo.

—Señor, si me lo permite, lo que mi señora necesita es irse de aquí un tiempo. Ella me ha contado acerca de la casa de campo de su tío Eshardón. Le haría bien una temporada de descanso.

—¿Y crees que lo quiera?

Siko negó con la cabeza:

—Solo usted puede convencerla. Ella… lo aprecia.

Bel-kagir comprendió y se marchó con gran preocupación. Le hacía falta un poco de cerveza o vino. Erishti ya ni siquiera mantenía su dotación de buenas bebidas; había perdido todo interés por los lujos que había codiciado de niña. Pasó a una taberna, pero no se quedó mucho tiempo. No le interesaban los servicios de esas mujeres, sino un buen trago. Media hora después, se tranquilizó y decidió ir a su casa. Tenía sueño.

Pensaba en todo y en nada. Si Zuú no estuviera de por medio, raptaría a Erishti y la llevaría a la casa de campo. La cuidaría hasta que sanara y se olvidara de la diosa, volviendo a ser la muchacha vivaracha y pícara que lo había enamorado. Le arrancaría de la cabeza esas voces de los dioses que la acusaban de todo y de nada, su belleza que aún no se desaparecía, florecería como las rosas en el jardín de Ziri-ya, y quizá podría concederle un hijo, como Erishti misma lo había deseado años atrás, cuando le había susurrado una noche que la convirtiera en madre. Hubo rumores de que estuvo muy enferma en una de sus ausencias, pero él había prestado poca atención.

¿Y qué hacer con Zuú y con Oannes? Zuú no escuchaba voces ni se flagelaba por piedad. De hecho, sospechaba que se había apartado de la religión. Y aun así, le temía. No resistía la censura que leía en aquellas pupilas, ni apreciaba su sagacidad y fuerza física. Su esposa, la amazona y cazadora de leones, la mano derecha de Eshardón en los viñedos, el orgullo de su tía por haber producido un niño sano e inteligente, lo intimidaba.

¿Cómo deshacerse de ella? Debía consultarlo con su madre, que en sus conversaciones simpatizaba con su hijo, ya que Zuú le había provocado vergüenza y pocas oportunidades de presumir en la alta sociedad. Madic no la consentía, pero tampoco la despreciaba. Hasta admiraba su resolución y entereza. Pero según las leyes, Bel-kagir podía divorciarse de Zuú. Si levantaba cargos contra Zuú, ella debía tomar un juramento y volver a su casa. Si Oannes no estuviera de por medio, sencillamente le daría el dinero de su dote y la despediría. Sin embargo, si la descubría con otro hombre, ella debía ser arrojada al agua. Aunque había muchas formas de suavizar el castigo. Por ejemplo, le ofrecería la opción de huir, lo que dejaría a Oannes en su posesión.

Un esclavo abrió la puerta y le sorprendió no encontrarse con Nabussar, que siempre estaba al tanto. ¿Dónde andaría? Entonces escuchó las risas y su ira se encendió. En el jardín de Ziri-ya, Zuú y el babilonio jugaban ese aburrido pasatiempo de cuadros, fichas y dados. Las ideas se cruzaron con lentitud y lamentó haber bebido, ya que eso lo hacía más lento. La oportunidad de acusar a Zuú se presentaba en bandeja de oro pero, para colmo, los celos lo consumieron. Recordó cuando Zuú solía reír con semejante soltura en su presencia, con ese brillo en sus ojos verdes que se encendió en su primera noche como pareja.

—¿Qué haces aquí? ¿Me engañas con este babilonio?

Zuú se sobresaltó. Realmente no habían sentido su presencia, y como el perro andaba probablemente en compañía de Oannes, nada los había inquietado.

—Bel-kagir…

—¡Eres una ramera!

Nabussar había palidecido, y de pie, se inclinaba con respeto:

—Amo, no hacíamos nada indebido. Solo jugábamos…

Bel-kagir tiró el tablero; las fichas rodaron por el suelo.

—¡Adúlteros! ¡Ambos deberán morir!

Las lágrimas corrían por las mejillas de Zuú, aunque ella no emitía ruido alguno, ni siquiera un quejido. Nabussar contemplaba el suelo fijamente, pero sus puños comprimidos y una vena que saltaba de su frente le informaron que hacía un esfuerzo titánico para controlarse.

Entonces, se le ocurrió un castigo más, e inducido por la alegría de la bebida, gritó:

—O tal vez te corte la nariz, querida mía. Y tú, Nabussar, deberás volverte eunuco.

Dicho pronunciamiento causó mayor revuelo en los rostros de los acusados. El enojo de Nabussar se transformó en terror. Sin embargo, su comentario despertó algo en Zuú. Ella alzó el rostro con desafío y entrecerró los ojos:

—Mientes, Bel-kagir. En primer lugar, no nos encontraste en la cama, ni tienes pruebas contra nosotros. Y por si no lo sabías, también conozco la ley. Si alguien acusa a una mujer inocente, deberá recibir una marca en la ceja.

Bel-kagir tragó saliva porque comenzaba a perder la ventaja de la situación, pero si bien no podía probar nada en esos momentos, la musicalidad en la risa de Zuú le daba suficiente poder para herirla, lo que no dudaría en hacer. Dio un paso hacia ella y la tumbó con una sola bofetada; Nabussar se movió en su dirección, pero Bel-kagir gritó instrucciones y cinco esclavos acudieron, incluidos dos que pertenecían a Eshardón.

—¡Aprésenlo! Me ha faltado al respeto.

—¡Mientes, Bel-kagir!

—Es mi esclavo, Zuú. Puedo hacer con él lo que se me venga en gana. Llévenlo al encierro.

Arrastraron fuera a Nabussar, que no forcejeó, solo le envió una mirada a Zuú que terminó por fastidiarlo. No cabía duda de que el babilonio había sido seducido por Zuú, tal como Muti le había advertido en alguna ocasión. En ese preciso instante, la esclava egipcia hizo su aparición.

—¿Está bien, amo? Deje que Muti lo cure.

Bel-kagir no se había dado cuenta de que sangraba del hombro. Zuú lo había rasguñado al perder el equilibrio, pero no era nada comparado con el ojo morado que le había dejado a su mujer.

—Aprende, Zuú. Nadie me humilla.

—Eres un mentiroso, Bel-kagir. Y no te queda tu pose de ofendido. Tú eres el que me ha engañado.

Ella no permitió que él se acercara, sino que escapó a su habitación donde usaría a Oannes como escudo, pero Bel-kagir estaba satisfecho por el momento. Más tarde, después de los cuidados de Muti, bebía otra copa de vino y analizaba la situación. Su dolor de cabeza iba en aumento y, para su mala fortuna, no sentía ninguna felicidad ni exaltación. Se preguntaba si lograría sacar a Erishti del templo de Ishtar, si lograría divorciarse de Zuú, si retendría a Oannes. Y la única razón por la que le interesaba el niño se resumía en prolongar su descendencia. Luego desvió sus pensamientos a Nabussar.

No contaba con muchas alternativas. Lo había acusado frente a otros esclavos y las noticias llegarían a los oídos de sus padres. Todo eso lo forzaba a darle una severa reprimenda y marcar su cuerpo de una manera drástica, ya fuera cortándole una mano o una oreja. Pero la imagen del *turtanu* desollado lo dejó sin aliento. Además, Nabussar lo había servido bien. Y él estaba plenamente convencido de que Zuú y Nabussar no habían hecho nada malo. Es más, hasta dudaba que intercambiaran un beso. El amor que el esclavo prodigaba por ella se mantenía en el plano de la ilusión y la fantasía. Ella no le sería infiel, aun cuando él se lo mereciera.

Debía salvar la poca humanidad que le quedaba. Así que se puso de pie y cruzó el pasillo hasta las bodegas y las habitaciones de los esclavos. Allí había un cuarto donde separaban a los revoltosos o corregían a los indisciplinados. El vigilante lo saludó al estilo militar.

—¿Cuántos esclavos hay dentro?

—Solo Nabussar, señor.

—Está bien. Déjanos solos.

—Pero…

—Es una orden.

El vigilante se escabulló con recelo, pero Bel-kagir acariciaba el mango de su daga y el hombrecillo sonrió ante las intenciones que intuyó. Lo más lógico sería que Bel-kagir matara a Nabussar. ¡Había amancillado a su mujer! Sostuvo una lámpara de aceite y alumbró el cuarto que olía a estiércol. Nabussar dormitaba cerca a la pared, pero despertó al percibir la luz.

—Señor…

—Calla —susurró Bel-kagir. Examinó al joven que había pasado con él más tiempo que cualquier otro ser humano. Hasta sus compañeros de la infancia se habían marchado, ya fuera al más allá o a lejanas provincias. Nabussar no le había robado, como hacían otros; sus conocimientos matemáticos, tal como predijera su madre, habían aumentado sus ganancias. Conocía sus caprichos y adivinaba sus deseos aun antes que él los formulara con la boca. Pero no permitiría que se quedara cerca de Zuú. Cierto que Bel-kagir no la amaba, mas no le daba excusa de humillarlo. Los chismes corrían más rápido que el Tigris y no soportaría las insinuaciones en los mercados, en el palacio o en el templo de Ishtar.

—Ponte en pie.

Nabussar obedeció y Bel-kagir cortó las amarras de sus manos y pies.

—Vete ahora mismo. Ocúltate cerca de la puerta y cuando se abra a primera hora, corre por tu vida. Yo levantaré la alarma a medio día.

El babilonio asintió con la cabeza. Bel-kagir le estaba regalando la vida y se sintió magnánimo.

—Amo, solo quiero decirle que su esposa es una mujer íntegra.

—Cosa que no me hace más feliz ni triste.

Los dos se despidieron en la puerta de la casa. Bel-kagir se había cerciorado de que los vigilantes fueran a traerle cerveza, así que nadie se enteraría de que él mismo lo había sacado de allí. Inventaría que el hombrecillo aquel, sucio y sin dientes, lo había dejado huir. Mejor lo mataría de regreso a sus habitaciones, y explicaría que Nabussar se había aprovechado de su confianza, asesinándolo para poder escapar.

Nabussar lo contempló de frente, con el orgullo de un hombre que se sabe libre.

—Disfruta tu libertad, esclavo.

Él meneó la cabeza:

—No será dulce para mí sin aquello que alegraba mis días.

Bel-kagir no permitiría que el esclavo lo encolerizara, sobre todo cuando esa impresión de superioridad moral calentaba el hueco de su corazón que llevaba pasivo por muchos días.

—Nos vemos, amo. Que los dioses lo prosperen.

—Y eso harán, Nabussar. Por eso te he perdonado.

—Usted no me ha perdonado, porque no hay nada que perdonar. Soy inocente y su esposa también. Algún día apreciará lo que los dioses le han dado en ella.

Bel-kagir dio un paso hacia él para golpearlo, pero el cansancio lo venció. Nabussar trotó rumbo al sur y Bel-kagir lamentó que la conversación terminara de ese modo. En lugar de muestras de gratitud, el babilonio se había atrevido a sermonearlo. Pero se desquitaría con Zuú. La despertaría y...

Tal vez mañana. El sueño a duras penas lo dejaría volver a su lecho.

10

Zuú despertó, pero no intentó levantarse. Se quedó en su lecho, dándole la espalda a la puerta y acurrucándose nuevamente. Con Nabussar, se habían marchado sus ilusiones y sus esperanzas. Era una paloma enjaulada en esa casa de miseria y dolor. Sus suegros vigilaban cada movimiento, siempre informados por Muti y sus ojos de arpía. Afortunadamente, Bel-kagir se había marchado a Guzana para una batalla, así que experimentaba cierta paz.

Muti se encargaba de la casa, por lo que había contratado a dos esclavos más, un egipcio llamado Kaffe que reemplazó a Nabussar, y una nodriza para Oannes, una chica hitita de buen carácter. Egla, demasiado anciana para cualquier cosa, tejía y cantaba desde su minúscula habitación de la que rara vez salía. Y así se sucedían los días y las noches, con una Zuú que en ocasiones ni siquiera pisaba el jardín. Ziriya y Eshardón, demasiado ocupados en sus negocios, ignoraban lo mal que lo pasaba su sobrina, pero ¿para qué angustiarlos?

Sin embargo, los cantos fúnebres y los olores anunciaban que Nínive volvía a sufrir la ira de los dioses. Zuú no había indagado, pero sospechó que se trataba de la plaga. Lamentablemente, no habían huido a la casa de campo, ni tenía las fuerzas para empacar y viajar. Si la muerte se asomaba, le daría la bienvenida. Sería una forma de no reprocharse el pasado ni pensar en su lúgubre futuro. ¿Por qué no la divorciaba Bel-kagir de una vez por todas?

La puerta se abrió y reconoció el aroma de Muti, que no cesaba de murmurar encantamientos y preparar pócimas que según ella alejarían a los espíritus de la enfermedad.

—Déjame en paz —le dijo con odio—. No me importa si cocinas calabazas u horneas pan. Haz lo que te plazca.

Muti no contestó. Zuú, por pura curiosidad, se puso boca arriba y le echó un vistazo.

—Señora, ya llegó.

Zuú sintió el calor veraniego sobre ella. ¡Cómo le gustaría contar con algunos esclavos abanicándola como a su suegra! ¿Quién había llegado? ¿Bel-kagir? ¿Algún mensajero que les daría la noticia de su muerte?

—Dile que pase.

Muti agachó la cabeza:

—No, señora. No es alguien, sino algo. Su tío está enfermo y quiere verla.

Un escalofrío recorrió su espalda, uno que no tenía nada que ver con el clima. ¡La plaga los alcanzaba! Se puso de pie, luego se pasó un peine sin grandes resultados. No se hallaba presentable, pero no había tiempo para buscar una túnica limpia o lavarse el rostro. Atravesó los dos patios hasta la alcoba de los tíos. Ziri-ya se encontraba en el pasillo, sollozando quedamente.

—Tía… —se abrazaron.

Rodeado por cortinas para recluirse de los ojos humanos, Eshardón respiraba con dificultad desde su cama de cuatro patas de elefante, un lujo que había conseguido años atrás en uno de sus viajes en busca de otros viñedos. Sus tres esclavos de confianza lo atendían, expuestos a la enfermedad, pero fieles a su amo. Uno lo abanicaba, otro le quitaba el sudor con paños fríos, el tercero vigilaba que nadie se acercara.

—Debemos pedir ayuda —dijo Zuú.

Ziri-ya asintió, pero sus brazos temblaban.

—Zuú —la llamó su tío—, trae un escriba.

—Pero…

—Haz lo que te digo.

Ella despertó del estupor que la había envuelto en semanas o meses, había perdido la cuenta del tiempo. Se montó un velo, calzó sus mejores sandalias y recogió una bolsa con monedas que Nabussar le había dado en caso de que Bel-kagir le fallara. ¡Cómo había previsto el esclavo tantas cosas! Pero no podía darse el lujo de pensar en él.

Kaffe la escoltó, por instrucciones de Muti, y Zuú se internó en las calles de Nínive que, de pronto, se le figuraron extrañas. La mayoría de las casas permanecían selladas, pero se escuchaban los rezos y el llanto de sus ocupantes. Los pocos transeúntes se miraban con recelo, evadiendo cualquier roce. Esclavos aquí y allá cargaban cuerpos o los apilaban en las esquinas. Las carretas pasaban para recoger los cadáveres y tirarlos fuera de la ciudad donde se quemaban o enterraban bajo tierra, sin lograr cubrir el repugnante olor que le provocó nauseas.

¿Dónde ir? Zuú contaba con pocas opciones y se encaminó al templo de Ishtar. Una vez allí reconoció a las prostitutas que no cubrían sus cabezas y rogaban unas monedas. Ni siquiera ofrecían sus servicios, probablemente temerosas del contagio, o a sabiendas de que ellas mismas cargaban el demonio de la enfermedad que se robaba la vida de tantos seres humanos. Hasta ese instante, Zuú pensó en su hijo. ¡Cómo lo había descuidado! La culpabilidad le trajo lágrimas a los ojos. Hacía tanto que no jugaba con él, o que lo atendía, o que lo acariciaba. ¿Y si se contagiaba?

Le compró a un vendedor un cabrito; el primero que vio. Kaffe lo cargó hasta las puertas de Ishtar donde Zuú exigió un *baru* y un *ashipu* para su tío, luego entregó el cabrito en ofrenda.

—Rueguen por mi hijo —les encargó a las sacerdotisas.

Ellas lucían bastante ocupadas, pero atendieron su súplica. Hombres y mujeres rogaban a Ishtar misericordia por medio de laceraciones, oraciones a viva voz y múltiples sacrificios. Mientras el vidente y el exorcista aparecían, y después de que mostrara las monedas de oro que le conferían ciertos privilegios, Zuú buscó a Erishti con la mirada. Al que vio fue a Siko, su eunuco. Pero él se encontraba en conferencia con otra mujer de más edad, y no le prestó atención.

«Quédate aquí por si regresa la hija de Ishtar o el *baru*. No tardo», le dijo a Kaffe. Zuú siguió a Siko de lejos, y como muestra del caos que cubría la ciudad y el templo, nadie le impidió la entrada al corazón del zigurat, donde los jardines desaparecían y unas escaleras conducían a la torre. Pero Zuú no tuvo que subir, sino que vio a Erishti de rodillas ante una pared con pinturas de la diosa. Siko le entregó un poco de pan, pero Erishti lo rechazó con un manotazo. El eunuco se retiró meneando la cabeza, permitiendo que Zuú observara un poco más. Los ojos desorbitados de su hermana no anunciaban nada bueno. Quizá la diosa le susurraba los horrores que le aguardaban a la tierra de Asur, pues Erishti sostenía una conversación con seres invisibles.

«No… yo… Lo siento… Sí… A veces… Yo…»

Le hubiera gustado acercarse y tranquilizarla. Había alimentado su rencor contra ella en esos meses de encierro, pero ya no veía a una rival de amores, sino a una muchacha espantada, más bien aterrada por causas inexplicables. Pero su tío estaba primero. Kaffe y los dos sacerdotes estaban listos para acudir a casa de Eshardón. Solo recordó que su tío había solicitado un escriba, lo que procuró enseguida, en la misma calle donde llamó al médico.

Los cuatro hombres rodearon a su tío, en tanto Ziri-ya y Zuú observaban de lejos los procedimientos. El médico traía un cuchillo, un tubo y su bastón. Revisó a su tío, mientras que el *ashipu* recitaba palabras en acadio antiguo, invocando la protección de Asur y ahuyentando a los demonios. El *baru* pronosticaba augurios por medio de la decodificación de unas tablas donde se marcaba el mapa estelar de la noche anterior. No prometía nada favorable, ya que la luna se había negado a salir completa. El médico fue el primero en apartarse del enfermo. El *ashipu* danzaba, el *baru* sacudía hierbas sobre el tío, mientras la tía Ziri-ya encaró al doctor.

—¿Es grave?

El médico suspiró:

—Señora, la plaga se ha infiltrado aun en el palacio. Y hasta ahora, temo que ningún paciente se haya recuperado.

Zuú comprendió que sería más sencillo escapar de un perro rabioso que de la plaga. Al perro se le cerraba la puerta, pero la enfermedad se escabullía por las rendijas y los orificios de las paredes. Los esclavos se contagiarían, luego ella, Oannes, Egla, Muti, ¡todos morirían!

Pero antes de ponerse a llorar o perder la cordura, la voz de su tío atravesó la estancia.

—¿Dónde está el escriba?

El hombre de complexión esquelética se negaba a cruzar la cortina, así que Zuú propuso que escribiera en el pasillo. El tío accedió y empezó a dictar:

«Yo, Eshardón, hijo de Nabu-bel-shinati, hijo de Papsukal, dejo todas mis propiedades y posesiones a mi esposa Ziri-ya, hija de Kabtiya, hijo de Balatu. Cuando ella muera, divido mi estado entre Zuú, hija de Tahu-sin, hijo de Mardul-akhi, y Erishti, hija de Tahu-sin, hijo de Mardul-akhi. A Erishti le dejo la casa de Nínive, así como el jardín de Ziri-ya, y el mana de dinero que he acumulado en mis negocios, el cual está depositado en el lugar que Ziri-ya, hija de Kabtiya conoce. A Zuú, hija de Tahu-sin, le dejo la casa de campo en las orillas del Gran Zab, junto con los viñedos, los campos de cebada y toda la servidumbre de la casa, y la nombro la señora del pueblo cercano que he gobernado con justicia desde que el rey Shalmaneser III regaló esa propiedad a mi padre Nabu-bel-shinati. En caso de que ellas dos mueran, dejo todo lo que tengo a Oannes, hijo de Bel-kagir y Zuú, nieto de Tahu-sin para que disponga de él».

El esfuerzo lo había dejado con la boca seca, así que el escriba terminó sus diminutos trazos sobre una tabla de arcilla que fue sellada con el anillo de Eshardón. Zuú comprendió la bondad de su tío, pero su inquietud por la enfermedad no permitió que disfrutara la ocasión. El tío padecía fiebre, dolor de cabeza y una debilidad total. Zuú no se separó de él, aunque lamentó no poderlo tocar y consolar, siendo testigo de su falta de aire, de sus tosidos que expedían una sustancia rojiza y viscosa.

«Gracias, tío», le dijo, pero ¿cómo saber si él la escuchaba?

A la siguiente mañana, el tío murió. Dadas las circunstancias, sería imposible organizar un funeral a su altura, así que Zuú ordenó que lo metieran en su ataúd y lo sepultaran en una cueva en las afueras de Nínive. El tío se había marchado para siempre, a visitar el inframundo y a vencer a los dioses que pelearían por su cuerpo, pero la lucha para Zuú apenas comenzaba, pues esa tarde le informaron que su suegra estaba en cama y que tres esclavos de la casa grande habían muerto. La plaga no perdonaría a su familia.

* * *

Ni Guzana era una ciudad para temer como Asur, ni un pueblo como Elam. Y aun así, la masacre que sufrían los hijos de Asur solo se podía atribuir a los malos augurios y la pesadez que se cernía sobre el ejército de los ninivitas. Los astrólogos no predecían grandes fortunas, pues la luna se negaba a asomarse, o confundía a los expertos con señales diversas, unas demasiado débiles para ser creíbles, otras demasiado opuestas a lo esperado. De ese modo, mientras decenas de soldados asirios morían por falta de organización y ataques sorpresivos, el rey Ashurdan III bebía del mejor vino en su palacio en Asur con ese rasgo de cobardía que Bel-kagir había aprendido a detectar. Desde la muerte del *turtanu*, se había preguntado cómo podía venerar a un monarca que vigilaba las batallas desde su silla sobre lo alto en una colina o dentro de su tienda alfombrada donde sus concubinas lo atendían.

Además, las torturas inflingidas a sus enemigos no las inventó él, sino que seguían las tradiciones de décadas pasadas, convirtiéndolo en un simple imitador de la corona real de Asur que no merecía portar. Quizá su mal humor se debía a la cantidad de hombres que perdiera el día anterior, y el actual *turtanu* carecía de astucia y experiencia, lo que provocaba severos retrasos en la organización y la provisión de alimentos, cosas que inquietaban a los soldados.

Tanta era su preocupación, que Bel-kagir no se enorgullecía de su nuevo nombramiento. Al contrario, sentía que como *rab abru* correría más riesgos y las pesadillas no disminuirían sino que aumentarían. Mientras se amarraba la cota y cubría su pecho con una piel gruesa de animal que Nagi Adad le había recomendado, se preguntaba si las premoniciones de Erishti fueron acertadas.

Erishti seguía oyendo la voz de los dioses, viendo visiones de todo tipo y a veces la diosa le robaba las palabras, por lo que decía incoherencias, aunque muchos las tomaban como profecías. A Bel-kagir le vendría bien uno de esos brebajes que Muti componía y le infundían valor o le aclaraban la visión. ¿O eran de Siko? El cansancio lo asediaba y la falta de cerveza lo trastornaba. Enviaría a unos de sus hombres para robar a algún pueblo vecino. ¿Cuáles hombres? ¡Había perdido más de la mitad de su división!

Esos hombres del río Khabur, un brazo del Eufrates, no poseían técnica, sino el valor que les costaba vidas a los hijos de Asur. Antes de subirse al carro, Bel-kagir buscó al *baru* que acompañaba su expedición.

—¿Qué sucede, *rab abru*?

Su nueva posición le brindaba privilegios que jamás había soñado, pero de poco importaban en esas circunstancias.

—Tuve un sueño.

—Cuéntamelo.

—Estaba en el mar, sobre una tortuga gigante. Entonces nos azotaba una tormenta, pero la tortuga cambió de forma a la de un lagarto que me arrancó una pierna. Luego desperté.

El *baru* se rascó la barbilla.

—Quizá Ea te está mostrando que hoy, hijo de Madic, arrancarás las piernas de tus enemigos.

A Bel-kagir no le tranquilizó la interpretación. ¿No había escuchado bien el hombre santo? Había sido «su» pierna la que se había desprendido entre las fauces del reptil.

Nagi Adad lo reprendió: «Deja de pensar en sueños y concéntrate. Este será uno de los peores días».

El *turtanu* ordenó la marcha y Bel-kagir se propuso conservar la vida. Carentes de infantería, lanzaron los carros en una embestida suicida y de último recurso; planeaban aterrorizar a los hititas con el ruido de las ruedas y la superioridad de sus caballos para ver si lograban replegarlos a las faldas de la montaña. Si lo conseguían, aprovecharían el tiempo para reabastecerse, reagruparse y pedir refuerzos a Asur. Así que Bel-kagir desenvainó su espada y Nagi Adad azotó las riendas. Los caballos galopaban con furia, pero uno había sido herido el día anterior, así que el arnés le resultaba casi insoportable, desviando a su compañero y haciendo que el carro se tambaleara con peligro. Su nuevo escudero recibió una flecha en el pecho recién cruzaban la planicie y cayó al suelo con un golpe seco.

Nagi Adad no se detuvo ni disminuyó la velocidad. Bel-kagir sujetó su jabalina clavando la vista en un hitita que acertaba en todos sus tiros con el arco. Era un hombre alto, quizá descendiente de gigantes. Bel-kagir no deseaba enfrentarlo, pero Nagi Adad lo había elegido como su presa, y no se acobardó.

Bel-kagir midió la distancia. Lo tenía justo en el blanco cuando el carro pegó con un escudo en el suelo y titubeó unos segundos, los suficientes para que liberara la jabalina que se enterró en el suelo. El movimiento llamó la atención del gigantón que lanzó una flecha hiriendo a uno de los caballos en el cuello. La rueda izquierda se zafó de su eje, giraron hacia la derecha y Bel-kagir solo sintió el impacto de su cuerpo contra su hombro derecho. Probó la sangre y el polvo, tardando mucho en abrir los ojos. Al lograrlo, miró los alrededores. Nagi Adad sangraba por la cara, prensado bajo uno de los caballos y con los ojos abiertos apuntando al cielo, pero carentes de vida. Se arrastró para cerciorarse. Nagi Adad había muerto y ni siquiera por medio de una espada enemiga, sino por un accidente. Su muñón se extendía con el brazo roto; su sonrisa chueca le daba un aspecto atroz.

Bel-kagir debía sobreponerse al mareo y las punzadas en su hombro. Su visión borrosa no mejoraba la situación, pero notó el tamaño del hitita gigante que continuaba su carnicería metódica. Se puso de pie aunque las rodillas le temblaban, su boca escurría sangre. Había un hueco entre sus dientes, pero no se fijaría en pequeñeces. Avanzó lentamente hacia el hitita que le daba la espalda. Bel-kagir sostenía una lanza a la mitad, la única arma que le restaba. Desafortunadamente, debía atacar con la zurda, lo que le restaría velocidad y fuerza. Pero ante su distracción, pisó un casco y tropezó. El hitita lo descubrió y sacó su espada, dejando a un lado el arco. Su sonrisa malévola le infundió coraje a Bel-kagir, que prefería morir en ese instante, llevándose de trofeo a ese despreciable monstruo.

Con dificultad rechazó el primer sablazo; su hombro aullaba de dolor. El hitita volvió a atacar, pero Bel-kagir lo esquivó y le clavó la lanza en el muslo de la pierna derecha. El enemigo se dobló a la mitad, con una rodilla en el suelo, luego se arrancó la punta de la flecha y salió un chorro de sangre, pero conservaba las suficientes energías para liquidar a Bel-kagir, cuyos ojos lagrimeaban. El hitita estiró el brazo; la espada brilló con la luz del sol. Bel-kagir se cubrió con un casco que recogió del suelo, así que la espada solo rasguñó su pecho. Se incorporó con piernas tambaleantes y corrió hacia el hitita con la cabeza agachada en la actitud de un toro enfurecido, desequilibrando a su oponente, que rodó por el suelo con las ropas de Bel-kagir en un apretón de hierro.

Carentes de armas, se dedicaron a darse puñetazos. La mandíbula de Bel-kagir crujió, su ojo izquierdo se hinchó tanto que se cerró, pero el hitita no quedó mejor. Le había roto la nariz y hundido el puño en la herida del muslo que empezaba a supurar. Ambos luchaban por rescatar algún instrumento de muerte, pero adivinaban las intenciones del otro y continuaban aquella danza mortal. De repente, el hitita halló una flecha. La encajó en el costado de Bel-kagir, que sintió la humedad de la sangre, luego el cosquilleo seguido por una descarga de pinchazos en la piel.

Sin embargo, no se rendiría. Cortó la palma de su mano para quitarse la flecha. Cuando la extrajo un recorrido aun más intenso de escalofríos y calor lo azotó, pero usó la misma punta para clavarla en el pecho del hitita. Este respondió con un manotazo que sacudió el cuello de Bel-kagir y los dos se cimbraron al desplomarse en el suelo boca arriba. El hitita respiraba con grandes bocanadas que dejaban escapar un silbido chillón. El costado de Bel-kagir despedía grandes cantidades de sangre que aun con la mano haciendo presión no lograba detener. Supuso que moriría.

Bel-kagir pensó en Zuú y en Oannes, en Erishti y en Siko, en su madre y en su padre. Ningún pensamiento era coherente, pero los vio bajo el azul del cielo que lo llamaba. En eso, una sombra lo cubrió. Dos de sus hombres lo habían encontrado. Uno llamó al médico, que rápidamente cubrió su herida con un trapo, luego les ordenó llevarlo a la tienda.

—No… vayan y acaben con ellos… —les ordenó.

Pero el más joven se inclinó y le dijo:

—Ha terminado, *rab abur*. El *turtanu* nos manda retirarnos.

La debilidad lo volvió un muñeco de paja y sus hombres lo arrastraron a la tienda. Y fue en ese trayecto cuando constató lo inevitable. Habían perdido. Era su primera derrota, y no solo suya, sino de todo el pueblo de Nínive, lo que solo se explicaba de una manera: Los dioses habían abandonado la tierra de Asur.

11

Cuando la plaga entró a la casa, Egla mandó llamar a Zuú.

—Debes buscar una hierba que es muy cotizada por aquellas que buscan perder hijos. La necesitamos.

—Pero…

—Zuú, no hagas preguntas y obedece. Sé cómo proteger a tu hijo, pero debes darte prisa.

¿Y dónde la conseguiría? Dudaba que su tía la tuviera en el jardín y, aun así, Zuú no sabría distinguirla entre las otras plantas. Muy a su pesar, acudió a Muti. La encontró en un rincón de la casa, matando a una lagartija y echándola a un brasero. La egipcia resintió la interrupción y la miró con desprecio.

—Necesito tu ayuda —le dijo Zuú. Muti no la vio a los ojos, pero escuchó lo que Egla pedía.

—Tal vez Siko, el eunuco de Erishti, sepa dónde encontrar lo que busca. ¿No hizo que su hermana perdiera un hijo?

No era el momento de recordárselo, pero Zuú siguió su consejo y halló a Siko en las escalinatas del templo. El hombre de piel oscura la echó con un mugido de animal.

—Siko, se lo ruego.

Él la perforó con sus pupilas negras:

—¿Quiere lastimar a mi señora Erishti?

—No. Al contrario, mi esclava hebrea dice que esa hierba puede protegernos de la plaga.

Siko contempló sus pies por una eternidad. Finalmente suspiró:

—Se la daré. Vamos al mercado.

Aunque había pocos puestos, Zuú compró cantidades exorbitantes de la planta y regresó corriendo a la casa. Kaffe no la había acompañado pues estaba de guardia con sus suegros, así que fue por la tía Ziri-ya que andaba triste por la muerte de su esposo. Dictó órdenes a Muti y a la nodriza de Oannes. La egipcia se cruzó de brazos, pero al captar sus intenciones, ayudó a regañadientes. Zuú se abasteció de vino, cebada, fruta y mucha agua. Luego le echó cerrojo a la puerta.

—Nadie más entra o sale hasta que esto pase.

Su tía, las dos esclavas y ella atrancaron la entrada con muebles apilados y toda clase de artificios. Egla y Oannes estaban en el fondo del salón. El niño de siete años actuaba con toda madurez, el corazón de Zuú se derritió.

—Déjame oler las hierbas —le pidió Egla—. Sí, son estas.

Zuú captó el aroma picante y refrescante, al tiempo que examinaba las hojas dentadas de color verde oscuro.

—Quiero que hagas dos cosas. Hierve agua y haz con ellas un té. Bébanlo todos los días, mañana y tarde. Quema la otra mitad sobre el brasero para repeler los insectos.

—¿Los insectos?

—Hazlo, Zuú.

Desde ese momento, Zuú y las demás mujeres mantuvieron la casa libre de cualquier indicio de mugre. El té se volvió en un hábito que les duraría toda la vida, pero por lo menos sobrevivieron la primera semana. De pronto, algún esclavo golpeaba a la puerta rogando pasar o dándole avisos. Bashtum falleció, luego Madic. Muchos esclavos escaparon, algunos con los tesoros de la casa de Ziri-ya. Pero Zuú tenía bajo su cuidado las tablillas con las propiedades y las riquezas principales del tío, así como las joyas de su tía y algunas pertenencias.

Para entretenerse, Ziri-ya bordaba, Muti cantaba sus maleficios, la nodriza dormía, Oannes jugaba y Zuú charlaba con Egla.

—Pareces otra, Zuú. No me gustabas días atrás. No querías comer y dormías mucho.

Zuú exhaló con tristeza:

—Realmente hubiera preferido morirme. ¿Crees que Bel-kagir me dé el divorcio?

—Tu esposo es impredecible.

—¡Qué tragedia! Uno siempre quiere algo más; nunca se está conforme.

Egla yacía tendida sobre el lecho. Ya no podía ver, a duras penas oír, y sus huesos no se sostenían más de cinco minutos.

—Siempre maldije a tu pueblo —le confió—. Me enfadé porque mi futuro había sido truncado. No me casaría. No tendría hijos. No volvería a mi tierra. No vería a mis hermanos, ni a mis sobrinos, ni a mis padres. Me arrebataron todo. Todo.

Zuú escuchó los instrumentos de música tañéndose de luto.

—Un salmo de mi pueblo dice: «Es hermosa la heredad que me ha tocado». Aprendí tarde, pero no puedo estar peleada para siempre con Dios, mucho menos ahora que pronto despertaré en su presencia.

La joven no deseaba un pronóstico de muerte, mucho menos de su querida Egla, y la anciana captó su aprehensión.

—Todos debemos morir tarde o temprano, y yo ya tengo tiempo prestado. Pero mi heredad ha sido hermosa, Zuú. Si me la paso quejándome de lo que no tengo, pierdo el momento presente y desaprovecho lo que sí tengo. Perdí una familia, pero gané otra. Tuve una hija, quizá no de mi vientre, pero sí de mi corazón.

Las lágrimas traicionaron los ojos de Zuú y se empapó del olor dulzón de la esclava.

—No sé lo que sucederá con tu esposo, pero las cuerdas de tu propiedad han sido tendidas por una mano amorosa. Alguien te ama, Zuú.

Zuú quiso reír. Bel-kagir la odiaba, así como Muti, Kaffe, sus suegros y Erishti. Nabussar la había amado, pero se marchó. No había regresado por ella, ni defendido sus sentimientos. Oannes era un niño que solo observaba, pero que no llenaba el vacío. Y Egla se estaba despidiendo de ella.

—Quiero descansar y regresar a mi tierra, a mi gente y a mi Dios.

—No te vayas…

—No tengas miedo, Zuú. La salvación pronto vendrá. Mi Dios te buscará. Solo te pido que estés alerta para cuando llegue.

—¿Qué voy a hacer, Egla? ¿Y si yo y mi hijo morimos?

La sola noción del inframundo la alteró.

—Zuú, ¿cómo se dice paloma en hebreo?

Lo abrupto de la pregunta le enfadó. Pero la boca sonriente de su esclava deshizo sus defensas.

—Se dice: Yona.

—No lo olvides. Un mensajero con alas… una paloma… traerá la salvación… No lo olvides, mi paloma.

Egla cerró los ojos y Zuú pensó que dormía. Solo cuando notó que la anciana ya no respiraba, supo que había muerto. Y a partir de entonces, su resistencia menguó. Muti empezó a delirar y quejarse por todo y por nada. La tía dejó de sonreír, llorando todo el día. La nodriza no despertaba, o si lo hacía, se ponía malhumorada. Y Zuú se dejó llevar por la nostalgia y la desesperación.

Solo Oannes continuó jugando. Armaba pequeñas batallas con objetos variados, diciendo que sería soldado, como su padre. Cierto atardecer, mientras las demás discutían cuándo salir del encierro, Zuú se acercó a su hijo y le tendió los brazos.

—¿No tienes miedo, Oannes?

El pequeño le susurró al oído.

—No, mamá.

—Yo sí. Y mucho.

—No tengas miedo, mamá. El Dios de Egla nos cuida. Él me dijo que no moriremos aún.

Ella se sorprendió. Su mayor logro como madre había sido inculcarle a Oannes una total desconfianza por las deidades de cualquier pueblo y nación. ¿Cuándo había la esclava hebrea seducido a su hijo con sus creencias?

—Oannes, no quiero que hables de dioses. Ellos nos han dejado.

Él fijó en ella sus pupilas verdes, tan parecidas a las de ella.

—Haré lo que dices.

Pero lo vio más tarde tarareando una melodía hebrea. Zuú solo se acostó y se perdió en su pasado, rogando no volver a despertar.

* * *

Bel-kagir no esperaba una procesión triunfal ya que no traían una victoria, sino una derrota. Sin embargo, nunca imaginó que terminaría en un funeral doble. Los sollozos de sus esclavos y amigos se mezclaban con los de cientos de familias que despedían a sus muertos. Aun así, Bel-kagir procuró que los dos cuerpos fueran perfumados, vestidos y envueltos en batas reales. Las oraciones imploraban la visita de los dioses y los genios benevolentes que remplazaran a los demonios que parecían haber tomado a Nínive por asalto. Bel-kagir sabía que Ea, su dios protector, los cuidaría. Aun así, lamentaba no haberse despedido.

Dos grupos de esclavos cargaron los cuerpos y cruzaron las estrechas avenidas hasta el cementerio donde descansarían sus padres. Zuú y Oannes lo seguían unos pasos detrás, Zuú pálida y seria, Oannes expectante y observador. Bel-kagir recordó cómo había tenido que tirar la puerta de su casa para rescatarlos. La enfermedad había enloquecido a Nínive, y daba gracias a los dioses que la previsión de Zuú, influenciada por Egla, los hubiera librado de la plaga que acabó con un alto porcentaje de ancianos, mujeres y niños. Jamás olvidaría la escena ante sus ojos: Muti rezando ante su dios, Ziri-ya comiendo un trozo de pan rancio, la nodriza durmiendo, Zuú contemplando la nada y Oannes jugando con naturalidad. Él había sido el primero en reconocerlo y había corrido en su dirección para abrazarlo. Su cabello ondulado y su sonrisa, derritieron las defensas de Bel-kagir, el valiente soldado, que lloró de emoción. ¡Su hijo estaba vivo!

El llanto de las mujeres lo distrajo.

—¡Ishtar, gran diosa! ¡Asur, nuestro padre! ¡Ay de Madic! ¡Ay de Bashtum! Es lo mismo con todos. Nadie sabe el día de su muerte. Unos nacen; otros mueren.

Bel-kagir venía de una guerra teñida en sangre y desgracia. Más de la mitad del ejército había sido masacrado por la incompetencia del novato *turtanu*. La única buena noticia era que uno de los hijos del rey también había fallecido de enfermedad. Eso le serviría de lección a Ashur-dan III para no tentar a los dioses y acudir a las batallas como era su deber.

En sus peores noches, la idea de volver a Nínive y pasar unas cuantas noches en la taberna lo había sostenido. Jamás habría adivinado que volvería a una ciudad fantasma, donde en lugar de cantos, se escuchaban lamentos, donde la muerte se respiraba en las hogueras improvisadas y en el ambiente pesado. Los *barus* prometían que lo peor había pasado. Solo por eso convenció a Zuú de abandonar la casa. Oannes le había contado los pormenores de su travesía, incluida la muerte de la esclava hebrea, algo que curiosamente lo entristecía. Nunca había sostenido una conversación con ella, pero algo en ella le había agradado.

Todo esto pensaba mientras los cuerpos de sus padres se colocaban en los ataúdes de barro que se depositaron en la tumba familiar. Él ya deseaba que todo concluyera para visitar a Erishti. Necesitaba su consuelo. Zuú ayudaba poco, con su aspecto demacrado, su indiferencia y su pasividad. Seguramente le echaba en cara el no haber estado o seguía molesta por sus miles de quejas. Según Muti, Zuú resentía la ausencia de Nabussar. ¿Cómo saberlo? Su mujer le resultaba tan desconocida como la nodriza de Oannes.

De repente, el niño se puso a su lado y lo tomó de la mano. Bel-kagir se dio cuenta de que la mayoría abandonaba el cementerio y daba marcha atrás. La calidez de la manita se transmitió a su propia palma. Oannes ya iba para los ocho años. Debía enviarlo a la casa de guerra en unos meses o se atrasaría en su adiestramiento. ¿Y si Zuú se negaba? ¿Desde cuándo acá le pedía su opinión?

—Siento la muerte de los abuelos —dijo el niño.

Bel-kagir sonrió. ¡Cuántas muertes más no vería el pequeño durante el recorrido de su existencia! ¡Sobre todo si entraba al ejército! Zuú caminaba junto a su tía, ambas silenciosas y taciturnas. Bel-kagir anduvo más lento para disfrutar unos momentos con su hijo.

—Todos morimos tarde o temprano.

—Lo sé. Papá, ¿cuándo morirás tú?

—Solo los dioses saben eso.

Oannes asintió en profunda reflexión. No dijeron más, pero a Bel-kagir le serenó la simplicidad de la niñez. Sin embargo, una vez que lo dejó en la casa, tomó su capa y se marchó al templo de Ishtar. Zuú ni siquiera indagó adónde se dirigía. El templo ostentaba la misma elegancia, pero también la misma opresión. Algunos eunucos sacaban cuerpos envueltos en sábanas y Bel-kagir rogó a los dioses que no se tratara de Erishti.

Halló a Siko en el jardín.

—¿Dónde está Erishti?

Siko lo detuvo antes de permitirle la entrada a las habitaciones de la hija de la diosa.

—Hay algo que debe saber. La señora no fue tocada por la plaga, pero…

—¿Le ocurre algo?

—Ella ha cambiado. No sé cómo explicarlo. Solo le ruego que sea paciente.

Bel-kagir temió lo peor. Descorrió la cortina y avanzó unos pasos, pero se congeló a medio camino. La habitación continuaba igual de reluciente, con el mármol limpio, los almohadones tapizados y el olor a incienso creando un ambiente de paz. Sin embargo, su corazón se cayó a los pies cuando contempló a Erishti. Era más hermosa que antes, si tal hazaña era posible. Su cabello, más largo y sedoso, le caía sobre unos hombros níveos y pequeños. Su cuerpo detrás de la túnica mostraba sus delineadas curvas, y sus ojos oscuros aun resaltaban en medio de su complexión blanca y labios rojizos.

Tristemente, Erishti se hallaba peor que Zuú. La rigidez en sus músculos no desapareció aun cuando Bel-kagir rozó su piel. Siko lo seguía unos pasos atrás.

—Ya nada le interesa, señor. No come, no duerme ni habla. Se queda así durante horas.

Bel-kagir imaginó a las esclavas vistiéndola y bañándola como a un bebé recién nacido o a una estatua de piedra.

—Preciosa Erishti. —La abrazó con amor, calidez y ternura. Permaneció en esa posición media hora, tal vez más. Siko se marchó para traer algo de comer, pero Erishti no reaccionó. Bel-kagir empezó a adormecerse, presa del abatimiento y el agotamiento. Casi imperceptiblemente Erishti empezó a respirar de una forma distinta, y cuando apretó los dedos de la mano derecha de Bel-kagir, este se sobresaltó. ¡Ella despertaba!

La colocó frente a él, de modo que sus ojos no perdieran detalle de su rostro. Ella empezó a curvar los labios, luego un brillo de reconocimiento apareció. Siko había llegado y con toda cautela depositó la charola en un rincón y se acercó para contemplar el milagro.

—Bel-kagir…

—Aquí estoy, amor. No me iré. No te dejaré. Te llevaré al campo, a donde tú quieras.

—Shh —ella murmuró y miró a sus espaldas—. Escucha bien…

—No te fatigues, pequeña. No tienes que hablar. Solo come un poco de fruta y descansa.

—Shh —se enfadó ella —. Debo aprovechar antes de que ellos se den cuenta que estoy conversando contigo.

—¿Quiénes son ellos? —Bel-kagir y Siko intercambiaron miradas.

—Ellos no quieren que yo hable porque sé muchas cosas que les conviene callar. Bel-kagir, ellos tienen miedo, mucho miedo.

—No comprendo, Erishti.

Ella se tronó los dedos; las gotas de sudor resbalaban por su frente, pero no permitió que la distrajeran.

—Entiende, Bel-kagir, ellos saben que viene. Ya no tarda en venir. Su mensajero está al punto, y a ellos no les conviene.

—¿De quién hablas?

—Le temen porque, me lo confiaron en secreto, él es mayor. Ellos lo saben, siempre lo han sabido, pero aprovechan nuestra distracción o nuestras pasiones para que no lo conozcamos. Pero él ya se cansó y viene a castigarlos. Ellos tienen mucho miedo, Bel-kagir. Mucho miedo.

Su voz empezó a languidecer.

—Miedo… Siko, enciende más cirios… No, Zuú, no consientas al perro… ¡No! ¡No quiero irme! ¡Déjenme en paz! —gritó enloquecida y tomó su cabeza entre sus manos. Empezó a convulsionarse, y la eficiencia de Siko evitó que se mordiera la lengua, luego la forzó a beber un té de hierbas de olor fuerte. Ella tardó en relajarse, hasta que finalmente se quedó dormida.

—Solo esto la calma —le explicó—. De otro modo, se hubiera hecho daño. En una ocasión intentó cortarse las venas, otro día quiso lanzarse al fuego.

Bel-kagir se sintió como un tonto y las lágrimas lo traicionaron por segunda vez. Nínive perdía ante sus enemigos, su población moría debido a una plaga maligna, y ahora los servidores de los dioses, los más fieles y hermosos, perdían la cordura.

Salió del templo y dejó que sus pies lo condujeran a una taberna donde bebió copa tras copa para lograr olvidar la pesadilla que vivía en carne y cuerpo. Pero las imágenes se cruzaban con cinismo: Zuú sollozando, Oannes jugando, Siko controlando a su ama, Muti coqueteándole, Kaffe bostezando, Erishti hablando sobre ellos…

—Ya no tarda en venir.

¿Quién era él?

Segunda parte

«Envió también de sí una paloma».

Génesis 8.8

1

Fue una conspiración. Los sacerdotes habían salido por detrás de Zacarías y Jonás, de nueve años, ni siquiera se había dado cuenta por dónde. El rey dio su consentimiento, o eso dijeron todos. Él solo observó la serenidad en los ojos del profeta que había terminado de dar su mensaje: Dios era un Dios celoso que no tenía por inocente al culpable. Él castigaba el pecado, pero su misericordia sobreabundaba. Le había rogado a Judá que se deshiciera de sus ídolos de oro, esos dioses de piedra que tenían ojos, pero no veían, oídos, pero no oían, bocas, pero no hablaban. Les imploró regresar al buen camino, lejos de la idolatría y la traición.

Pero lo acusaron de mentiroso, de querer espantar al pueblo. Los hombres habían levantado los puños al cielo, rojos de ira y con ojos chispeantes. Los gritos se mezclaron con las amenazas, y uno a uno recogieron piedras del suelo que arrojaron contra Zacarías. La humedad acudió a sus ojos y Jonás volvió a temblar. ¿Qué sucedía? Giró el rostro hacia su padre, pero Amitai, de brazos cruzados, observaba la escena sin inmutarse. Durante años Jonás lo excusó. Quizá desatendió el asunto por vivir en el norte de Israel y no en Judá. Sin embargo, la verdad siempre lo atormentó: su padre había consentido en la muerte de aquel profeta.

Las imágenes se grabaron en su mente: las rocas cortando la piel de Zacarías, sus ojos amoratados y suplicantes, su cabeza herida y finalmente, su último suspiro, una vez sepultado bajo el montón de piedras.

Jonás despertó. Había sido una pesadilla. Bebió un trago de agua de su bota de cuero y observó a sus tres siervos que roncaban placenteramente mientras él debatía con las tragedias de su infancia. Se puso en pie y caminó lejos de la hoguera que sus hombres habían encendido para cocinar unos trozos de carne. Dormían sobre el monte Tabor, el favorito de Jonás por su planicie y su vista extensa, pero esa noche de pocas estrellas y luna menguante, no se distinguían salvo las rocas a su paso que sorteó hasta encontrar una lo suficientemente grande para descansar.

Mañana pisaría Jerusalén y el templo; por eso había recordado la muerte del profeta Zacarías. Hacía más de treinta y tantos años que no se deleitaba en la ciudad blanca, como la apodaba en su mente. Desde niño había pensado en Jerusalén como un lugar de luz, así que no existía otro color que la describiera. A Gat-hefer, su pueblo natal, lo catalogaba como marrón, a Samaria le imponía tintes rojos, pero Jerusalén era la esencia de la pureza.

Cada año, Amitai lo llevaba a la capital de Israel, hasta que Jonás cumplió catorce y Amitai decidió que no necesitaban al Dios del sur sino a los becerros del norte. Pero Jonás amaba el templo, la liturgia, las vestiduras sacerdotales, el olor a carne quemada y el incienso que se mezclaba con los olores de los animales. Sin embargo, la muerte de Zacarías cambió su visión. Había comprendido que la maldad habitaba el mundo y que se infiltraba aun en los lugares más santos.

Pero ahora tenía cuarenta y cinco años. Dos días atrás había enterrado a su padre y, libre de aquel yugo, se dirigía a Jerusalén para presentar sus votos, razón por la cual cargaba una importante cantidad de monedas, producto del esfuerzo familiar de muchos años en cosechar olivos y vender su aceite. Jonás no se creía el miembro más popular del clan de Amitai, pero no consideraba a ninguno de sus hermanos menores los indicados para tan preciado encargo. De hecho, conocía poco a sus cuñados y cuñadas, sobrinos y sobrinas, ya que antes de la muerte de su padre, se había apartado de la sociedad.

Sobó sus codos, luego su pierna derecha, la enferma. Suponía que su padre había preferido a sus hermanos ya que Jonás había crecido lisiado. Un problema en la cadera lo hacía cojear de la pierna derecha, lo que le restaba rapidez y vitalidad. Su madre lo había sobreprotegido y, por esa razón, Jonás nunca jugó, ni cuidó los rebaños, ni exprimió las aceitunas, ni cargó los barriles con aceite.

Contempló el cielo de aquella noche. Faltaba poco para llegar a Jerusalén. Una brisa fresca lo envolvió y se tapó con el manto. Rascó su barba grisácea y bostezó con satisfacción. Unas horas más y adoraría en el templo. Unas horas más y cantaría los salmos de David. En eso, escuchó la inconfundible voz que se le presentaba en los momentos más extraños. A veces, cuando anhelaba oír al Todopoderoso, solo se topaba con silencio, pero en noches como aquella, en que prefería su soledad, el Altísimo penetraba sus pensamientos.

—Jonás.

Nadie pronunciaba su nombre como aquella voz. En ella siempre había ese tono de profundo conocimiento e intimidad, acompañado de autoridad y posesión. Jonás se talló los ojos preguntándose si seguiría soñando, pero bastó un pellizco para reconocer que el Dios de Abraham, Isaac y Jacob lo visitaba.

—Dime, Señor.

—Jonás, ve a Nínive, a esa gran ciudad, y declara su destrucción, pues la maldad de sus habitantes ha llegado a mí.

Jonás se incorporó y giró el rostro. ¿Se trataría de una broma?

—Señor…

—Ve a Nínive, Jonás.

¿Nínive? Jonás, apoyado en su bastón, caminó de un lado a otro tratando de comprender y ordenar su mente. ¿Acaso el Señor no lo sabía? Un remolino de ideas lo aturdía, en tanto iba y venía en profunda concentración. El Todopoderoso sabía que los asirios habían destruido su hogar y su patrimonio. Jonás creció con la letanía de su crueldad y lo mucho que Amitai los despreciaba, no solo por haber aniquilado sus olivos, sino por haber raptado a la tía Egla y matado a muchos siervos. Jonás y sus hermanos crecieron temiendo a los asirios más que a las víboras o a los alacranes, más que a los ladrones o a los demonios. La palabra «Asiria» era suficiente para hacerlo saltar. Y mientras Asiria prosperaba, la dividida descendencia de Jacob sufría. Los reyes del norte atacaban a los del sur; el rey Jeroboam II gobernaba un pueblo rodeado de mala suerte.

Por otro lado, el Altísimo había olvidado lo que los hombres solían hacer con los profetas. Si bien Moisés había sido admirado, aquellas épocas pasaron a la par que las nubes en su recorrido celestial. Desde Samuel, la gente se burlaba de los siervos de Dios; bastaba recordar la persecución de Jezabel contra Elías o la misma muerte de Zacarías en el atrio del templo de Jerusalén, a un costado de la fuente de bronce y el altar de oro. Si los israelitas, fueran del norte o del sur, despreciaban de tal manera a sus compatriotas, ¿qué no harían los asirios?

«No puedo ir», se dijo con desesperación. Firmaría el edicto de su propia muerte, se rodearía del enemigo más peligroso de su pueblo y había algo más. Se detuvo y clavó su vista en la pálida luna.

«No puedo, Señor. Tú sabes que no puedo. Sé que los vas a perdonar».

¿Cómo lo sabes?, creyó escuchar.

«Lo sé porque perdonaste a Judá, y la profecía de Zacarías no se hizo realidad. Lo sé porque perdonaste a Jeroboam, y muy a mi pesar sigue con vida. Lo sé porque perdonaste a mi padre».

Su garganta se secó. Jonás apretó el bastón hasta que sus nudillos emblanquecieron. No lo haría. No podía. Si el Bendito de Israel seguía perdonando a sus enemigos, nadie tomaría en serio su culto y el templo se volvería el hazmerreír de las naciones. Jonás no se prestaría a ese juego. Nadie desacreditaría al Todopoderoso si Jonás lo podía impedir.

Regresó al campamento y despertó a sus hombres. Ellos abrieron los ojos con enojo.

—Aún no amanece.

—Pero tenemos un largo tramo por andar. Preparen las mulas y apaguen el fuego. Nos vamos ahora mismo.

Jonás palpó las bolsas de dinero que colgaban del asno más joven. Había tomado la decisión en segundos, lo que no le daba gran paz, pero ¿acaso tenía alguna opción? El Señor lo había acorralado. No podía ir a Jerusalén, donde Dios mismo se le presentaría en una visión más sorprendente para repetirle el mensaje. No podía regresar a Gat-hefer para vivir en medio de una familia que no lo quería, ni lo echaba de menos, y que sin duda se molestaría si él no cumplía con el encargo de ofrendar en el templo de Dios. Tampoco se marcharía a Samaria, porque Jonás no soportaba al sacerdote Amasías, que fingía piedad y afiliación al Dios de sus padres, pero solo le interesaba acumular riquezas.

—No por ese camino —les indicó a sus siervos cuando estuvieron listos.

—¿No vamos a Jerusalén?

—Vamos a Jope.

—¿A Jope?

Sí, se dijo Jonás. Al puerto más cercano y comercial donde algún barco lo alejaría de Israel, de Jerusalén y del Altísimo. De ninguna manera aceptaría la misión que Dios le había propuesto. No planeaba morir tan joven, no deseaba involucrarse con los extranjeros que habían marcado a su familia y, sobre todo, no le apetecía contemplar cómo, a final de cuentas, Dios los perdonaba y les daba una segunda oportunidad. Nadie merecía una segunda oportunidad. Mucho menos Nínive.

* * *

Los puertos no les pertenecían a las naciones, sino a los marineros. Todos eran tan parecidos que uno no podía distinguirlos: los mismos

olores a rancio y a ebriedad. En las calles uno se topaba con prostitutas, marineros y vagabundos, criminales y poderosos, mercaderes y
religiosos, asirios borrachos, egipcios codiciosos, hititas desvergonza-
dos, hebreos paganizados, sirios corruptos y filisteos mal nacidos. Por
eso mismo, Tahu-sin pasaba inadvertido. Se había deshecho de la barba rizada y larga que caracterizaba a los de su pueblo, cambiándola por
una recortada que enmarcaba su rostro. Su cicatriz en la frente le daba
un toque de ferocidad y desde que había heredado su propia embarcación, le llamaban capitán.

Entró a la taberna de siempre, acomodándose en el rincón de siempre y pidiendo la misma bebida de siempre. Tahu-sin olvidó lo que
significaba vivir desde aquella noche en Nínive. Aunque había nacido
cerca de Creta, creció con sus padres en la cuna de la diosa Ishtar, donde habría permanecido el resto de sus días, si no hubiera sido porque los
genios, los demonios o los mismos dioses lo habían traicionado. Tahu-
sin jamás se perdonaría haber matado a su esposa. Había corrido rumbo
a la muerte, prestándose para todo tipo de acciones abruptas y salvajes
en busca de un cuchillo o una daga que lo enviara al inframundo. Pero
tal como en la leyenda hebrea de un hombre llamado Caín, los dioses lo
habían hechizado y por más que lo intentaba, la muerte se le negaba.

Su última opción había sido el mar, repleto de peligros y accidentes.
Quince años después, el único amigo que hizo, un fenicio, le entregó su
barco una vez que decidió retirarse tierra adentro para morir rodeado
por su familia, y Tahu-sin se volvió un hombre de mar. Un hombre que
no tenía miedo de nada, y su tripulación lo sabía. Justo en ese momento, Kigal e Hiram se acercaron.

—Terminamos, capitán. La nave está cargada.

—Entonces partimos a primera hora. Avísenle al resto y disfruten
la noche.

Los dos asirios sonrieron con vileza. Ambos usaban barbas rizadas y colores vistosos, pero Tahu-sin no les había confiado su propia

nacionalidad. Para ellos, el capitán era un hombre de mar sin pueblo ni religión, ni fenicio ni egipcio, ni elamita ni caldeo, solo un ser violento e iracundo, pero el mejor guía que podían conseguir en medio de un océano traidor. Su mano de hierro mantenía a ese puñado de once hombres atento y ordenado, de otra manera, ya se habrían matado los unos a los otros. Y eso lo enorgullecía; nadie diría que Tahu-sin carecía de carácter.

Conocía a sus hombres, esa noche se acostarían con un sin fin de mujeres y gastarían sus últimas monedas en tonterías. Pero poco le importaba. Quizá esa noche su sueño se cumpliría. Tal vez algún borracho lo confundiría con un deudor o lo provocaría a un pleito, y entonces Tahu-sin lo retaría, se agarrarían a golpes y finalmente un puñal abriría su costado y lo mandaría al más allá. Sonrió tan solo de imaginarlo. Nada le daría más felicidad.

Se empinó la copa con esa bebida fuerte que tumbaría a un toro y recargó la espalda contra la pared. Ulda, la tabernera, era vieja amiga suya, así que lo resguardaba de chismosos y jugadores de azar, mujerzuelas y mendigos. Sin embargo, un hombre llamó su atención. Por sus vestiduras, lo catalogaría como hebreo. Tenía una nariz algo grande y cejas abultadas. Discutió con el tabernero, luego con Ulda.

Tahu-sin se concentró en el caldo grasiento que Ulda le había dejado. Unos trozos de pescado flotaban en él, pero el aroma no resultaba desagradable. Le dio un sorbo y lo calificó de pasable. Entonces la sombra del hombre se proyectó encima de él. Ulda no lucía contenta.

—Lo siento, capitán, pero pensé que le interesaría. Este hombre necesita pasaje al lugar más apartado de la tierra, y mi esposo le dijo que usted parte rumbo a Tarsis mañana mismo. Dice que pagará bien.

Tahu-sin sabía mucho de codicia, lo que la mujer sin duda le insinuaba, pero ¿un pasajero? Su nave era de carga. Doce hombres eran suficientes para cruzar el mar y causar problemas. Sin embargo, algo en el hombre le interesó y lo hizo sentarse frente a él. Le pidió a Ulda otro tazón con caldo, pero el hombre declinó la oferta. Ya había almorzado. En un arameo típico de Palestina, repitió su oferta.

Tahu-sin se limpió las comisuras de los labios con la mano, luego lo encaró:

—Escuche…

—Jonás.

—Jonás, preste atención. Un viaje a Tarsis no es cualquier excursión. Falta poco para el invierno. El mar se pone bravo, la visibilidad no es buena, pero a mis hombres eso no les importa. La mayoría se quedará aquí para hibernar —señaló a la concurrencia—, pero yo no lo acostumbro.

Jonás contempló el suelo.

—¿Cuánto dura el viaje a Tarsis?

—¡Hombre! Estamos hablando del fin del mundo. Con buena fortuna, en seis meses estaremos allí.

Tahu-sin continuó comiendo, dándole tiempo al hombrecillo de las cejas aborregadas. Ramesés le pondría un apodo en cuanto lo viera; era su principal pasatiempo.

—Me interesa el viaje.

—Entonces está el otro asunto. El dinero.

Jonás palideció. Seguramente no tenía lo suficiente ni era físicamente aceptable para trabajar a cambio del pasaje, como lo habían hecho los gemelos que a veces lo encolerizaban por su ineptitud.

—¿Será esto suficiente?

Para su sorpresa, sacó una bolsa con monedas de oro. Tahu-sin ocultó su curiosidad; su lema era: cero preguntas, cero interés. Si evitaba indagar sobre otros, ellos lo dejarían en paz también. Si no cruzaba la delgada línea de la curiosidad humana, se protegería a sí mismo y evitaría involucrarse con otros seres humanos, pues había concluido que no valía la pena.

—De acuerdo. A primera hora zarpamos, así que puede pedir un lecho para que descanse esta noche.

—Primero debo despedir a mis siervos.

Jonás se incorporó y se dirigió hacia la puerta. Tahu-sin no lo podía creer. ¡El hombrecillo hasta contaba con servidumbre! ¿Qué haría en Tarsis? ¿Viajaba por negocios o por aburrimiento? Quizá era uno de esos herederos que a cierta edad se hartaban del tedio de sus patéticas existencias y buscaban un poco de diversión.

Ulda se le acercó.

—¿Lo llevarás?

—Eso parece. ¿A qué se debe tanta solicitud?

—Tal vez necesite compañía esta noche.

—Déjalo en paz.

Ella se alejó moviendo su enorme trasero y Tahu-sin meneó la cabeza. Las mujeres eran una peste, una segunda razón por la que la vida de marinero le sentaba bien. Solo las veía cuando atracaban en un puerto, viviendo lejos de sus complicaciones durante meses, libre de sus encantos y seducción.

Él se había casado con una hermosa e inteligente, pero áspera y fastidiosa. ¿Qué sería de sus hijas? Seguramente habían seguido los pasos de su madre. Andarían con hombres ricos, los engañarían con sus mejores amigos, se rodearían de lujos y engordarían con la opulencia de la tierra de Asur. Jonás regresó con la cojera que Tahu-sin había detectado, y notó que realmente no necesitaba un bastón para caminar, sino que le daba cierta seguridad.

Lo invitó a sentarse mientras terminaba su estofado, y en el proceso, escucharon a los hombres de una mesa contigua, que compartían la teoría de Tahu-sin sobre las mujeres. Un fenicio barrigón y con la cara picada, les contaba una de las tantas leyendas que circulaban por los puertos.

—No tengo en mentirles —decía con supuesta sinceridad—. Le sucedió a un amigo mío que pescaba. Era noche de luna llena. Entonces apareció la diosa Hatmehit, mitad pez, mitad mujer.

—¿La diosa egipcia? —preguntó uno—. ¿Qué sabes tú de la religión egipcia?

—Yo solo repito lo que me contaron. Era Hatmehit, o la esposa de Dagón, si lo prefieres. El día que con tus propios ojos veas una mujer con cola de pescado, podrás corregirme.

—¿Era hermosa? —quiso saber otro.

—¿Qué mujer no lo es? Supongo que las escamas le quitaban un poco de atractivo, pero a un hombre hambriento, cualquier trozo de carne le parece exquisito.

Los hombres rieron, mirando de reojo a las hijas de Ulda, y Tahu-sin notó que Jonás se retorcía en su asiento. Al parecer no le agradaba la conversación. Tahu-sin suspiró con melancolía. No debía interesarse por ese hombrecillo de cejas espesas. Llevaba años cuidándose de tales errores; no resbalaría. Prestó atención al fenicio.

—Mi padre me enseñó que todas las mujeres son traicioneras, pero en especial las diosas. Si a los dioses los han embaucado en viajes y aventuras al inframundo, ¿qué puede esperar un simple mortal? La mujer lo sedujo con su encantadora voz. Se rumorea que no son notas musicales producidas por humanos, sino una combinación de esos chillidos que surgen de algunos animales marinos. Y mi amigo, debo admitirlo, cayó en su red de mentiras. Ella le tendió la mano para llevarlo a su hogar. Él se echó al mar y nadó hasta el fondo del océano, donde ella lo encerró en una jaula de oro y de allí no volvió a salir jamás.

—¿Murió? —inquirió un barbudo con incredulidad.

—Si hubiera muerto, ¿cómo te enterarías de la historia? —interrumpió un hombre calvo.

—Solo los dioses saben qué le sucedió —concluyó el fenicio y recibió abucheos e injurias. A Tahu-sin le había divertido el cuento, pero él sabía más. No hacía falta una diosa mitad pescado para seducir a un hombre y llevarlo a la perdición. Las mujeres con dos piernas lo hacían bastante bien.

—Vamos a descansar —le indicó a Jonás y el hombre lo siguió taciturno. ¿En qué pensaría? Se ordenó desechar esas preguntas. No dejaría que la curiosidad lo atrapara como al tonto pescador de la historia.

2

Jonás durmió poco esa noche debido a los nervios por su viaje en barco, el primero en su vida. La presencia del capitán a unos pasos tampoco ayudó. Le intimidaba la cicatriz en su frente pero, sobre todo, su desfachatez. Por ejemplo, al capitán no le incomodaba roncar entre tantos otros huéspedes, ni hurgarse la nariz a la vista de todos, ni eructar con fuerza sin reparo ni disculpa. No que Jonás se las diera del hombre más educado de Gat-hefer, pero por lo menos sabía respetar las leyes levíticas que indicaban la importancia de la limpieza personal.

No le sorprendió que por la mañana, en tanto él buscaba una vasija con agua para tallarse la cara y lavarse las manos, el capitán solo se amarrara la misma túnica, mordiera un pan y le indicara seguirlo. Si el capitán se marchaba sin él, estaría perdido. Así que sujetando su bolsa con las monedas, lamentando no haberse podido refrescar con un poco de agua, y apretando su bastón, trastabilló detrás del capitán que daba grandes zancadas para recorrer el mayor terreno en el menor tiempo posible.

Incluso llegó a sospechar que se divertía a sus expensas, consciente del problema físico de Jonás, que no podía aguantarle el paso. Calculó que ambos tendrían la misma edad, pero lucían distintos. El capitán era alto, imponente en su porte, con un pecho de bronce y unos ojos de lobo rapaz. Jonás causaba lástima con su cojera, sus cejas intrigantes y su nariz demasiado grande para el resto del rostro. Además, su espalda se curvaba ante el cansancio y porque deseaba ocultar su cadera maltrecha.

Pero a los habitantes del pueblo poco les importaba esa pareja desigual de caminantes, hundidos cada uno en sus negocios, dispuestos a empezar el día y conseguir un poco de alimento. Así que Jonás llegó jadeante al muelle y se detuvo cuando el capitán alzó la mano en señal de advertencia. El embarcadero bullía en actividad a pesar de que el sol asomaba sus primeros rayos con holgazanería. Jonás leyó el nombre de una embarcación menuda y particular: «Casa de Dagón». Era un barco alargado, con la cabeza de un caballo en la proa y la cola de un pescado en la popa, algo viejo y deforme por el tiempo, el descuido y el clima. Jonás contó cuatro remos y percibió que unas cuerdas soportaban el mástil del centro. Arriba, según le explicó el capitán, estaba el nido del cuervo, un receptáculo desde el cual un arquero podía disparar al enemigo. Jonás sintió escalofríos. ¿Acaso podían ser atacados en medio del mar?

Entonces apareció la tripulación. Jonás jamás se hubiera rodeado de semejantes seres humanos si hubiera tenido elección. En primer lugar, el capitán habría sido el último de la lista. Un hijo de Abraham no debía mezclarse con paganos, mucho menos con gentiles sucios que desconocían las reglas de aseo y que se burlaban de todo lo sacro. Eso lo sabía porque el capitán no había prestado atención a uno solo de los altares en su recorrido. Y para su pesar, los marineros no eran mejores. El capitán lo mandó sentarse en un banquito cerca del mástil mientras ellos se ponían en marcha y Jonás examinaba la tripulación.

La mezcla de nacionalidades lo inquietó. Había cinco fenicios, un filisteo, un egipcio, un edomita, un caldeo y dos asirios; en total trece, contando a Jonás y al capitán. Escuchó algunos de los nombres, más apodos que cualquier cosa. Por ejemplo, los gemelos fenicios, unos muchachos en sus veintes, eran conocidos como el Zurdo y el Bizco. Ambos presumían dichas características físicas, pero Jonás leyó en ellos cierto retraso mental que le preocupó. Luego estaban los dos asirios con sus barbas rizadas y sus tatuajes en brazos y piernas. ¿Qué harían si se enteraran que el Dios de Jonás planeaba destruir su ciudad? Pero Jonás no deseaba pensar en el Altísimo, así que continuó su inspección.

El edomita, velludo y serio, casi no hablaba. ¿O sería mudo? Al filisteo le encargaron desamarrar las cuerdas y Jonás descubrió que le faltaban dos dedos de la mano derecha. En general, la mayoría resaltaba por sus defectos físicos; ninguno carecía de cicatrices o algún desperfecto, incluido Jonás. Pero su discapacidad no les afectaba, o por lo menos lo simulaban bastante bien.

«¡Vamos! ¡No tenemos todo el día!», gritaba el capitán. Los fenicios subieron un poco de ganado que colocaron en una abertura del barco que conducía al vientre del mismo. Jonás se asomó y encontró costales con grano, barriles con cerveza, unos cuantos animales y cajas con la mercancía que venderían en Tarsis. Los gemelos limpiaban la cubierta, en tanto que el egipcio trepó hasta el nido del cuervo para vigilar la salida. Entonces el navío empezó a moverse. Jonás quería sujetarse de algo, una baranda o una de las cuerdas, pero se sostuvo del banco, plantando las plantas del pie sobre el suelo y manteniéndose erguido. El vaivén no le gustó. Su estómago empezó a protestar y agradeció por el ayuno que no permitiría que hiciera el ridículo en frente de esos paganos.

Con agilidad, el capitán guió el barco hasta abandonar el atolladero. Unas gaviotas volaban encima, la brisa marina le refrescó y comprobó su sabor salado.

—Acércate, Jonás —le llamó el capitán.

Jonás se apoyó en su bastón y se colocó al lado del capitán que sujetaba el timón.

—Esa es Jope —apuntó a unas colinas lejanas. ¡Qué lejos se encontraban! Hacía unas horas lo había nombrado el pueblo más inmundo de la tierra, pues en pocos metros se habían quebrantado los diez mandamientos más rápido que en un año en Gat-hefer. Adulterio, homicidio, injurias y blasfemias, codicia y mentira, idolatría e indiferencia. Pero ya había quedado atrás y hacia adelante se extendía agua y más agua, lo suficiente para alejarse de los dominios del Todopoderoso, lo bastante lejos para no acordarse de Nínive, ni siquiera de su padre.

En eso, el egipcio señaló abajo:

—¡Una marsopa!

Jonás giró el rostro, pero solo distinguió una aleta que subía y bajaba. Si acaso, vislumbró un cuerpo largo y una cabeza trompuda. Los fenicios y los asirios hicieron la señal del mal de ojo, el caldeo escupió tres veces al suelo y el filisteo besó el talismán que colgaba de su cuello, una figurita del dios pez.

—Déjense de supersticiones y a trabajar —dijo el capitán, que luego se dirigió a Jonás—: Leyendas e historias como las de ayer hacen que uno pierda la cabeza. Pero no lo permito en mi barco. Se rumora que las marsopas anuncian mal tiempo y aun así, el cielo está despejado.

Jonás asintió, pero empezó a ver todo doble y a sentir el jugo gástrico subiendo lentamente por su interior.

—Uno nace para marinero u hombre de tierra. Creo que perteneces a la tierra, Jonás —rió el capitán.

No le agradó el comentario, pero la pesadez en su estómago se incrementó. Dos marineros habían bajado las redes en busca de pesca, el caldeo remendaba una red rota y los asirios jugaban sobre un tablero. Jonás censuró al edomita que susurraba una canción de mal gusto y detestó que los fenicios se pusieran a comparar quién había dormido con más mujeres durante su estancia en el puerto. El egipcio bajó de su puesto de observación y retó a los gemelos a una partida con los dados. Jonás solo quería volver a tierra firme. La sensación de mareo lo mataría.

«¡Munazar!», le dijo el capitán a uno de los fenicios. «Deja de alardear sobre tus conquistas románticas y lleva a Jonás abajo. Parece que nuestro amigo no es hombre de mar».

Justo entonces, Jonás no lo soportó más y vació su estómago sobre la madera pulida. Los fenicios arrugaron la nariz, los asirios se burlaron de él y los gemelos lo aniquilaron con la mirada, pues ellos debían limpiar su vómito. Lo insultaron con nombres hirientes y palabras lisonjeras que Jonás escuchaba por primera vez y lo escandalizaban. Tampoco le gustó que lo apodaran el cojo, ni que alguien, sin ni siquiera saber que Jonás era judío, insultara al Dios hebreo.

Siguió al fenicio con dificultad y bajó la escotilla con un intenso dolor de cabeza. El fenicio lo guió al fondo del agujero, lejos de los animales que estaban atados a la pared, y le proveyó una cama de heno. Jonás ni siquiera le dio las gracias. No tenía por qué hacerlo. El hombre solo obedecía a su capitán y finalmente, Jonás no debía rozarse con esos hombres tan inmorales y escépticos. Echaba de menos el orden de su aldea, la devoción hebrea y la estirpe de la que descendía. Ahora comprendía por qué el Altísimo los había elegido. Eran mejor que el resto de los pueblos.

Pero no se podía dar el lujo de meditar en la religión, ni en el Dios de sus padres. Eso solo le traería más punzadas en el abdomen. Así que se recostó sobre la paja, cerró los ojos y se propuso descansar. Quizá si se quedaba quieto, el mareo desaparecería. O tal vez el agua dejaría de hacerlo saltar. ¿Qué hacía allí? Antes de dormir, solo comprobó que su bolsa con monedas continuara atada a su cinto.

* * *

Un viento suave del sur lo engañó, pues cambió abruptamente una vez que estuvieron mar adentro. Tahu-sin no lograba girar el barco en busca de tierra para poder resguardarse de una de las peores tormentas que había visto, así que decidió jugar con el aire y dejarse llevar hasta recuperar un poco de control. El filisteo jalaba de la cuerda que sostenía el mástil para evitar que se partiera en dos, pero resbalaba a cada instante, y de no ser por el riel, habría volado para perderse en las olas.

«Mantengan un perfil bajo», ordenó a gritos. «Esto debe pasar en unas horas».

Pero un chorro líquido roció su rostro y tragó más agua que si se hubiera empinado una jarra de cerveza. Durante años había codiciado una tormenta como esa para que lo arrojara al inframundo de un solo golpe. Sin embargo, ahora que presenciaba la más brava, se daba cuenta que en realidad no deseaba morir. No deseaba perder su nave, ni a su tripulación. Había sorteado tantos peligros, desde piratas hasta motines, locas apuestas y travesías extraordinarias para morir por un capricho del mar.

En eso, una ola más alta que el zigurat de Ishtar en Nínive se alzó frente a ellos.

—¡Cuidado! —gritó Kigal, uno de los asirios.

Eshmun, uno de los fenicios, quedó tendido boca abajo. Tahu-sin se acercó a él. No estaba muerto, pero el golpe le abrió una herida en la cabeza que le curó de inmediato. Una ola más los atacó por detrás y el mástil se quebró en dos como un palillo entre sus manos. Tahu-sin dejó a Eshumn al cuidado de Munazar y se encaminó a la borda.

—Por todos los dioses —susurró al contemplar la furia de los elementos. No sobrevivirían la noche.

—Gran Dagón, ten piedad —rezaban los fenicios y el filisteo. Los asirios clamaban a Ea, el caldeo a Enkidú. El edomita se deshacía en llanto y el egipcio acudía a Osiris. ¿Los escucharían? Tahu-sin se sacudió las gotas de la frente. Si iba a morir, lo haría con valentía.

—¡Tiren el equipaje! Solo dejen suficiente comida y a los animales. Desháganse del resto.

Sus hombres lo miraron con extrañeza. Él abofeteó al Bizco.

—¡Anda! ¿Te has quedado sordo o tonto? Echen por la borda todo eso —apuntó los costales y los barriles sobre cubierta. Tahu-sin tomó el timón de nueva cuenta y sus hombres lo obedecieron. Pero una ola más volcó al egipcio y al edomita, que terminaron aturdidos y doloridos.

El barco se despedazaría, eso no lo dudaba. Entonces se acordó de Jonás. ¿Dónde andaba? Lo había enviado a dormir, pero ¿seguiría allí? ¿Cómo podía descansar en medio de semejante tormenta?

—No tardo —le avisó a Munazar—. Mantén firme el timón.

—Pero, capitán…

—¡Hazlo!

Munazar meneó la cabeza; el resto continuó su frenética súplica a las deidades del mundo conocido. Tahu-sin cuidó sus pasos sobre el suelo mojado, y dos veces se tambaleó ante la sacudida de las olas. Finalmente se escabulló por la escotilla que, a pesar de todo, no había evitado que unos diez centímetros de agua ya llenaran la bodega. Los animales lo recibieron con balidos y gemidos que si los comprendiera, anunciarían temor y muerte. Luego buscó en la penumbra la silueta de Jonás. Se hallaba sobre un montón de heno, con los ojos cerrados en posición fetal. Tahu-sin se exasperó. ¿Cómo podía estar así mientras que sus hombres hacían lo imposible por mantener el barco a flote?

—¡Despierta! —Lo sacudió con más fuerza de la debida. Jonás abrió los ojos y sus pupilas brillaron. Al parecer no había estado descansando, pues las arrugas y unos círculos negros alrededor revelaban una especie de trance, insomnio o pavor. Aun así, no dejaría que se saliera con la suya. Si uno moría, todos lo harían: —¿Cómo puedes dormir en medio de esta situación? Sube con el resto e implora a tu dios. No nos queda otra alternativa.

Jonás trató de incorporarse, pero tres veces ambos fueron lanzados contra las paredes de madera.

—Yo… no sabía…

Tahu-sin no lo dejó continuar.

—¡Échanos una cuerda! —le pidió a Kigal.

El asirio lanzó una soga que Tahu-sin amarró a su cintura y abrazó a Jonás. Temía morir aplastado por uno de los animales o los barriles y costales restantes. De hecho, una cabra languidecía, sepultada bajo unas cajas con cereales que se le habían venido encima. Avanzaron rumbo a la escotilla y los fenicios los ayudaron a trepar.

—Capitán —le dijo Ramesés—, los demás y yo pensamos que alguien ha ofendido a los dioses y por su culpa sufrimos tal infortunio.

Tahu-sin recuperó el aire y volvió al timón. Jonás permanecía sobre manos y rodillas, gateando hacia los restos del mástil que abrazó con desesperación.

—¿Ofender a los dioses? ¿Y quién de nosotros no lo ha hecho? ¿Hay alguien aquí sin culpa? —les decía entre dientes—. Todos hemos reñido, matado, robado y violado mujeres inocentes. No quiero recordarles lo mucho que nos hemos mofado de las deidades en toda su expresión, así que mejor pónganse a remar hacia tierra.

—Capitán —le rogó Eshumn—, esto es superior a todo lo que conocemos. Usted lo sabe.

Tahu-sin evaluó la situación. Sus hombres no descansarían hasta satisfacer su hambre de piedad y repentino temor. Un motín sería lo último que anhelaba en esos instantes, pues Tahu-sin aún calculaba que con grandes esfuerzos, lograrían remar y tocar tierra o salir del ojo del huracán.

—Está bien. Echen suertes.

Ni tardos ni perezosos, Kigal e Hiram, los asirios, grababan en diminutos trozos de madera los trece nombres. Tahu-sin desvió la vista para no recordar la escritura cuneiforme, pequeña y derecha, que tantas memorias le traía. Trece, repitió en su mente. El número nunca involucraba buena suerte. ¿Por qué no lo había visto antes? Debió haber dejado a Jonás, o a uno de los gemelos.

Una discusión surgió.

—El primer nombre revelará al culpable —dijo Hiram.

—Nunca lo hemos hecho así —se quejó Munanzar—. Siempre es el último.

—¿Y crees que nos sobra tiempo? —gritó Kigal.

—Hagamos lo que los asirios proponen —dictaminó Eshmun después de recibir un chorro de agua sobre la cabeza.

El caldeo sacó el pedazo de madera de las manos de Kigal. Hiram lo leyó.

—Jonás.

Tahu-sin sintió un escalofrío. Jonás no se le figuraba un asesino, ni un borracho.

—Estas cosas no sirven —alegó—. Pónganse a remar y…

Pero sus hombres no lo escucharon debido al estruendoso viento.

—¿Por qué nos ha venido esta espantosa tormenta? —le preguntaba Kigal.

—¿Quién eres? —quiso saber el filisteo.

—¿En qué trabajas? ¿De qué nacionalidad eres? —insistió Munazar.

Jonás parecía aturdido ante el interrogatorio. Tahu-sin tampoco le vio gran relevancia a las preguntas. ¿En qué les ayudaría conocer su oficio o su país de origen? El cielo mismo apremió una respuesta, pues tronó tres veces seguidas, obligando a los marineros a callar y haciendo que Jonás respondiera.

—Soy hebreo y temo al Señor, el Dios de los cielos que hizo el mar y la tierra.

Los fenicios lanzaron una exclamación de sorpresa, otros acudieron a sus prácticas y señales contra los genios y los espíritus del mal. Tahu-sin se acercó.

—Dinos, hebreo —susurró con impotencia—, ¿qué has hecho para provocar esta tormenta?

Hacía unos minutos había declarado que no creía que los dioses se metieran de ese modo con criminales como ellos, pero el caso ameritaba seria consideración. El hebreo de cadera chueca y de cejas aborregadas no era un hombre común y corriente. Eso lo había adivinado en la taberna.

Jonás titubeó:

—Yo… estoy huyendo de mi Dios.

—¿Por qué lo hiciste? —gimieron los gemelos.

Tahu-sin sopesó la balanza de las probabilidades. Un hombre que escapaba de su dios solo podía ser un sacerdote o un profeta. Jonás se le figuraba lo segundo. En sus muchos viajes había escuchado hablar del Dios hebreo. No daba crédito a la mitad de las historias, pero le sorprendía lo maravillosas que resultaban sus proezas: plagas infernales, niños derrotando a gigantes y fortachones matando con una quijada de asno.

En eso, las olas crecieron y casi vuelcan al barco. Sus hombres estaban perdiendo la compostura. Lo notó en sus labios, de los que emergían tantas plegarias como obscenidades, y en las miradas de sospecha que se posaban sobre Jonás. Aun más, los ojos de los asirios se habían clavado en la bolsa de cuero que colgaba de su cinto.

Tahu-sin debía actuar con premura.

—¿Qué debemos hacer contigo para detener esta tempestad?

Jonás suspiro y se tocó la cadera.

—Échenme al mar y volverá la calma. Yo sé que soy el único culpable.

Tahu-sin se enfadó. Había esperado una respuesta más lógica: ofrecer un sacrificio, rezarle a su dios, pedir una segunda oportunidad, pero ¿la muerte? Once pares de ojos se posaron sobre él. Debía decidir enseguida.

3

En su interior, Jonás sabía que la única manera de aplacar al mar sería echándolo a él, pero no se atrevía a arrojarse por sí mismo. Jamás había estado en medio de una tempestad y se sentía a merced del viento y las olas que los sacudían como al trigo. Curiosamente, un salmo se le había venido a la mente y no cesaba de repasarlo:

«Los que descienden al mar en naves, y hacen negocio en las muchas aguas, ellos han visto las maravillas de Jehová en las profundidades. Dios dio una orden, y vino un fuerte viento que encrespó las olas. Los marineros perdieron valor al subir a los cielos y descender a los abismos; sus almas se derritieron con el mal. Temblaban y titubeaban como ebrios, toda su ciencia era inútil. Llenos de angustia, oraron a Dios, y él los sacó de su aflicción; calmó la furia de la tormenta, luego los guió al puerto que deseaban».

En eso, el capitán alzó la mano.

—Aún podemos hacer volver la nave a tierra. Tomen sus remos.

—Ha perdido la cabeza —suspiró el filisteo.

Dos de los fenicios rodearon al capitán para discutir la situación.

—Con todo respeto, capitán, usted sabe que no tenemos escapatoria. Si nos acercamos a tierra firme, corremos el peligro de chocar contra las rocas.

—La única opción es lanzar al hebreo y ver qué nos depara la suerte.

Pero el capitán se mantenía sereno:

—He dicho que rememos. Así que tomen sus palos y hagan lo que digo.

—Capitán…

—¡Basta, Munazar! No estoy dispuesto a sumarle a mi lista de homicidios la sangre de un profeta. ¿Tú sí?

Ante tal razonamiento, la tripulación se quedó muda. Después de un rato, se dispusieron a intentarlo una vez más. Jonás se quedó junto al mástil, desconcertado y frenético pues adivinaba que en nada se solucionaría el problema. Los esfuerzos humanos no lograrían salvarles la vida. El capitán lanzaba órdenes desde el timón con que trataba de enderezar el barco. Que tiraran tal o cual cuerda, que balancearan la carga, que remaran por la derecha o la izquierda. Pero nada funcionaba. El fenicio llamado Munazar murmuraba con su compañero y Jonás escuchó la conversación.

—Siglos de navegación y sentido común prueban lo contrario. Jamás venceremos esta tormenta. Además, acercarnos a tierra es un suicidio. Golpearemos contra un arrecife y sin visibilidad, ¿lograremos tocar tierra?

—Debes decírselo.

Entonces los dos asirios se les acercaron por detrás.

—Nosotros estamos con ustedes. Si el capitán no acepta nuestra propuesta, entonces habrá que nombrar un nuevo líder.

Munazar asintió y acudieron al capitán.

—Capitán, no conseguiremos nada. Ni siquiera sabemos si la costa está hacia el norte, este u oeste. El mar nos ha convertido en su juguete, librándonos de toda posibilidad de vida. Echemos al hebreo al mar.

El capitán habló pausadamente:

—El Dios hebreo es diferente. Quizá nos está probando.

—Señor —interrumpió el asirio—, el mismo profeta nos pidió que lo arrojemos al mar.

Un chapuzón de agua pareció sellar sus palabras. La madera crujió y una abertura en el costado los dejó mudos. Justo entonces, los gemelos perdieron sus remos, al igual que el caldeo. El capitán sopesó la situación. A Jonás le intrigaba ese hombre recio y firme. Habría predicho que sería el primero en lanzarlo por la borda, ¿acaso contaba con una secreta debilidad? Jonás se incorporó. No había tiempo que perder.

—Échenme al mar.

—Hagan lo que gusten —el capitán anunció—. Yo hace mucho que no me meto con los dioses, pero solo recuerden que este es especial.

Los asirios tomaron a Jonás de los brazos. Mientras tanto, Munazar alzó la vista al cielo.

—Dios de los hebreos, no nos dejes morir por el pecado de este hombre y no nos hagas responsables de su muerte. Tú has enviado esta tormenta sobre él y sólo tú sabes el porqué.

Jonás lamentó conocer la respuesta a dicha pregunta, pero no abriría la boca. No gastaría su saliva en esos paganos, ni les explicaría lo que un profeta del Señor experimentaba en el sublime servicio al Todopoderoso. El resto de los marineros imitaron la plegaria de Munazar. Jonás no soportó más y les dijo:

—Échenme ya. Mi Dios calmará la tormenta y los guiará a puerto seguro.

Los de barbas rizadas lo contemplaron con odio. Uno de ellos sujetó sus brazos, el otro sus piernas.

—¡Háganlo ya! —lloró el egipcio.

—Desháganse de él —pidió el edomita.

Lo balancearon en el aire una, dos y tres veces. En la tercera lo soltaron y su cuerpo voló entre las desordenadas masas de agua. Hasta que tocó las aguas, el pánico lo envolvió. ¡No sabía nadar! Agitó los brazos y las piernas, pero el peso lo hundía más y más. La bolsa de cuero con monedas lo arrastraba al fondo, así que con dedos temblorosos deshizo el nudo y al despojarse de ella, sintió cierta liviandad. Pero solo consiguió sacar la cabeza para tomar otra bocanada de aire, luego volvió a lo profundo. Era como si alguien tirara de sus pies para destruirlo. No había otro modo de explicarlo.

Abrió los ojos bajo el mar. ¿Encontraría una sirena como la del cuento en la taberna? Todo lucía oscuro, apenas distinguible. Los objetos se distorsionaban y ni siquiera captaba la silueta de sus monedas, el tesoro que se había hundido con la promesa de vida. Continuó luchando. Pataleó, estiró los brazos, logró aspirar una vez más en la superficie del agua. Trataba de no abrir la boca, pero parecía que el agua le entraba por todos lados: oídos, ojos, piel. Empezó a cansarse. Cada vez vislumbraba más lejana la superficie y al tratar de respirar, abrió la boca y su estómago se infló.

Pronto moriría. Lo supo cuando su mente captó que solo veía agua, solo sentía agua, solo oía agua. Debía toser, hallar un poco de oxígeno. Jonás quedaría sepultado en el corazón del océano. Las aguas lo envolvían, algo se enredaba en su cabeza, aun cuando no podía precisar si eran plantas o animales. Entonces empezó a llorar. Curiosamente no sentía las lágrimas, pero sabía que su corazón sangraba de miedo y de dolor. La vida se le escapaba. Lo sentía en sus sienes galopantes, en sus latidos desenfrenados, en su pecho a punto de estallar. Y se acordó del Señor.

«Señor, ten piedad», rogó en su interior. «Acuérdate de mí, Señor… Perdóname… Te lo ruego… ¡Sálvame!»

Jonás se empezó a adormecer. ¿Se sentiría así la muerte? Vio una mancha oscura que se acercaba a él. Ya no sentía las piernas, pero creyó observar algo blanco. No era el objeto marino que se aproximaba, sino el templo del Dios viviente. Contempló sus columnas talladas, su fuente de bronce sostenida por doce bueyes y su altar humeante. Jonás se veía a sí mismo de rodillas frente al altar del interior del templo, donde nunca había estado, pero podía contemplar los muebles de oro, la solemnidad del lugar y el olor a incienso que desprendía el candelero de siete brazos.

«Señor, ten piedad de tu siervo. He pecado, mi Dios. Perdóname».

Pero no estaba en el templo. Abrió los ojos y contempló una cabeza rectangular del tamaño de la puerta del templo. Un sonido chillón penetró sus oídos, luego observó unos dientes grandes y cónicos.

«Señor, ¡sálvame!»

Y no supo más.

* * *

Los dioses no existían, se decía Tahu-sin, pero no podía negar lo que había ocurrido delante de sus ojos. En el momento en que Jonás había tocado las aguas, el cielo se despejó y las olas se aquietaron. Tahu-sin se frotó los ojos, e incluso corrió a la baranda para observar algún rastro del hebreo. Pero así como el cambio climático resultaba inminente, también la desaparición del profeta.

Tahu-sin volvió a asombrarse. ¿Cómo era posible que de pronto detectaran con tal claridad el amanecer? Es más, ni siquiera se había dado cuenta que había anochecido y que había transcurrido un día entero. Sin embargo, sus ojos no mentían. Le dolían las piernas y los brazos, pero el mar le ofrecía tal cobijo que decidió no complicar sus pensamientos. Después de los truenos, el estallido de las olas contra el barco y los gritos histéricos de la tripulación, el remanso de paz le llegaba como un bálsamo, como una buena copa de vino de las mejores bodegas de Eshardón, en sus buenos días allá en Nínive.

El profeta había dicho la verdad. La tormenta les había venido por causa de su desobediencia. Entonces giró el rostro para contemplar una escena todavía más extraña. Los fenicios, de rodillas, daban gracias al cielo por su liberación. Pero no acudían a Dagón, sino al Dios hebreo. Lo mismo hacían el caldeo, el filisteo, el edomita y el egipcio. A los asirios no los vio, pero Kigal asomó su cabeza por la escotilla.

«Capitán, ¿podemos matar a uno de los corderos?»

Tardó en comprender sus intenciones. ¿Tendrían hambre? ¡Más bien deseaban ofrecer un holocausto para no enfadar al Dios hebreo! Tahu-sin asintió, luego se miró de pies a cabeza. Estaba vivo. Por primera vez había jurado que no se salvaría de semejante tormenta, y aun así, se encontraba ileso, sin un solo rasguño. No sabía si reír o llorar ya que, por más que buscaba el fin de su existencia, no llegaba. El sol empezó a secar sus ropas húmedas; el aire fresco llenó sus pulmones. Tahu-sin había sobrevivido una de las peores tormentas en la historia del mundo, así que debía festejar.

Observó cómo los hombres componían una especie de fogata que tardó en encender debido a la humedad en cada rincón del barco, pero el filisteo se las ingenió para lograr unas chispas que ardieron poco a poco. Los gemelos sacaron grano y cerveza de la bodega, sirviéndolos a todos. Los asirios y los fenicios se encargaban de matar al cordero, que no duró ni cinco minutos balando, y Tahu-sin se preguntaba cómo podía un Dios controlar los elementos de tal forma. ¿Cómo podía el mismo cuerpo de agua reflejar tanta violencia y segundos después tanta tranquilidad?

—¿Alguien sabe alguna plegaria hebrea? —preguntó Munazar.

El edomita se encogió de hombros:

—Recuerdo una frase que siempre dicen: «Jehová dio, Jehová quitó; sea su nombre bendito».

El resto adoptó la frase y la repitió mientras la carne del cordero ardía. A Tahu-sin se le hizo agua la boca. Estaba sediento y hambriento, así que recogió una copa y aguardó que la carne se encontrara al punto. Mientras esperaba, repasó las palabras hebreas. El Dios hebreo daba y quitaba, y aun así lo bendecían. ¡Qué pueblo tan extraño! ¿Por qué aceptar el mal de su Dios con tal serenidad?

Escuchó que el egipcio juraba que una vez que volvieran a Palestina, subiría a Jerusalén para presentar una ofrenda al Dios hebreo. La mayoría prometió acompañarlo, pero Tahu-sin masticó su trozo de carne sin comentarios. De pronto, sus hombres le parecieron unos niños inocentes y no un grupo de ladrones y asesinos. ¿Y qué del profeta? ¿Cuáles habrían sido sus últimos pensamientos antes de ahogarse? ¿Habría sentido temor? Por lo visto el Dios hebreo era demasiado estricto con su gente, o de lo contrario, lo habría perdonado.

El sueño empezó a marearlo, pero seguía siendo el capitán. Examinó la nave mientras sus hombres se emborrachaban. Sus muestras de piedad les habían durado poco, pues las palabrotas regresaron a su conversación, así como sus planes para buscar mujeres en el siguiente puerto.

Tahu-sin calculó que no sobrevivirían el día sin serias reparaciones.

—Anden, debemos buscar tierra firme —les dijo a sus hombres. Ellos lo miraron con flojera.

—Pero, capitán…

—Nada de excusas. Tenemos severos daños en la popa, y no olviden que nos quedamos sin más de la mitad del cargamento. ¿Qué piensan ofrecer en Tarsis? ¿Unos puñados de trigo? Echen suertes para ver quiénes serán los dos que revisarán los daños externos.

Los marineros exhalaron con cansancio. Munanzar repitió el proceso de extraer los últimos dos nombres de una pila para finalmente enviar a Hiram y a Eshumn a nadar. El egipcio escaló lo que quedaba del mástil y se puso a repasar el horizonte. El asirio y el fenicio se zambulleron, luego salieron con ojos alterados.

—Tenemos una fuga, capitán. La madera está a punto de desprenderse y nos quedaremos con la mitad del barco.

—Eso me temía. Que el caldeo y el filisteo revisen la bodega. Saquen a los animales. Debemos hallar tierra.

Tahu-sin ordenó que cortaran unas vigas para usarlas como remos y sus hombres empezaron a remar. El movimiento sigiloso sobre la superficie estática le hizo recordar. De pronto se le antojaba ver a sus hijas crecidas. ¿Qué sería de ellas? Le gustaría abrazarlas. ¿Se habrían casado? ¿Tendrían hijos?

Tahu-sin podría ser capitán el resto de su vida, pero eso no le traía satisfacción. Solo deseaba descansar y dejar de huir. Costaba mucho trabajo luchar contra los sentimientos de culpa. ¿Qué solución se le ofrecía? Sintió los nervios de su tripulación y trató de controlarlos. Los ruidos provenientes de las entrañas del barco no eran alentadores, si no todo lo contrario. A pesar de que sus vidas habían sido perdonadas por el Dios hebreo, alguien o algo debía mostrar la severidad de ese desastre climatológico y, obviamente, su navío se había llevado el maltrato de las olas y el viento.

Los fenicios empezaron a suplicar piedad al Dios hebreo, pero Kigal los calló: —Si nos perdonó la vida, no dejará que terminemos en el vientre de un tiburón. ¿No recuerdan lo que dijo el profeta? Su Dios nos guiará a puerto seguro.

Tahu-sin no cesó de vigilar el horizonte, dirigiendo la embarcación a donde suponía se hallaría un puerto. Si fuera noche, verificaría la posición de los astros, pero la tormenta los había sacudido de tal forma que empezaba a dudar de sus dotes náuticas.

Finalmente, el egipcio gritó:

—¡Tierra a la vista!

Los marineros recuperaron el ánimo. La madera empezó a crujir y a reventar. Los gemelos soltaron a los animales y dos corderos resbalaron por la borda. Nadie quiso rescatarlos, pues realmente todas las manos estaban ocupadas con la urgencia de alcanzar la playa sin tener que morir ahogados. Tahu-sin no dejaría que el pánico lo apresara, así que empezó a ofrecer explicaciones innecesarias sobre la identidad de la isla.

—Dudo que sea Chipre. Pero uno nunca sabe —mascullaba y solo Munazar le prestaba atención. En eso, el barco se partió por la mitad. Tres volaron al agua, pero Tahu-sin se había sujetado del riel—. ¡Tomen las tablas! Es hora de abandonar la nave.

Después de lo que habían vivido en las últimas horas, nadie deseaba mostrar un valor que no sentían. Los doce se echaron al agua, sujetando barriles, palos, lo que fuera, y patalearon a la playa, que no se veía tan lejana. Aun así, tardaron un buen rato en alcanzarla. El agotamiento los había exprimido y los doce permanecieron tendidos sobre la arena con gargantas secas y corazones galopantes. Tahu-sin no lo podía creer. ¡Había perdido su barco! Y curiosamente, no se encontraba tan triste como lo hubiera imaginado.

Unos nativos se acercaron poco a poco. Parecían pescadores por su manera de vestir y sus rostros curtidos por el sol. Munazar fue el primero en reaccionar.

—¿Dónde estamos? —preguntó en fenicio.

—En Arvad.

Los doce sonrieron y se golpearon las espaldas con camaradería. No habían muerto y aun estaban en tierras conocidas. Arvad era una pequeña isla a unos cuantos kilómetros de Tiro y Sidón. Tahu-sin aceptó la hospitalidad de los habitantes de la isla.

Cuando entraron a la aldea, observaron los estragos de la tormenta. Techos volados, calles enlodadas, las pocas palmeras existentes dobladas o arrancadas por el viento.

—Ha sido un tiempo difícil —les comentó uno de los pescadores—. Perdimos dos barcos y algunos murieron.

Los doce guardaron silencio. ¿Cómo explicar que ellos habían sobrevivido?

—¿Qué ocurrió con los barcos?

—Desaparecieron. Fue como si el mar se abriera y los tragara. Tenemos refugios para los huracanes, pero el aire derrumbó todo lo cercano y sepultó casas, animales y gente.

—Lo sentimos —dijo el Bizco con ternura.

Tahu-sin se mantenía en silencio.

—El Alkobrosli nos venció —suspiró el pescador más anciano. Munazar les explicó a sus compañeros que se trataba de un viento fuerte que los isleños temían.

—Si quieren ir al continente, deberán aguardar un día o dos para que baje la marea y podamos cruzar con los pocos barcos servibles que nos quedan. Mientras tanto, los llevaré a la casa de Ishme-dagan. Él los atenderá.

Ishme-dagan se disculpó por carecer de cerveza o pan, así que los doce arrasaron con un barril de vino rancio y unos dátiles secos. Los aldeanos se reunieron esa noche alrededor de los extraños y Tahu-sin se escondió en un rincón, pero los fenicios no contuvieron su lengua y empezaron a contarles su extraña historia.

Los isleños se prendieron de ella, interesados en la terrible tormenta y ese Dios hebreo que había hecho que su profeta se echara al mar para salvar a doce extraños. Eso no era común de las deidades, y mucho menos del Dios judío que hacía tanta distinción entre su pueblo y los otros, por medio de un rito llamado circuncisión. Tahu-sin no intervino en la historia, y le impactó que sus hombres no exageraran un solo detalle ni alardearan el estar vivos. La habían contado tal cual había sucedido, sin agregar ni quitar nada, y aun así Tahu-sin leyó en los ojos de muchos isleños un dejo de incredulidad.

No los culpó. Si él no lo hubiera vivido, también opinaría que esos hombres estaban borrachos o dementes. Ya casi para retirarse a descansar, una vez que los marineros relataron hasta el último incidente, un pescador meneó la cabeza.

—Yo solo sé que los dioses andan enloquecidos. ¡Ya ven lo que le ha pasado a Nínive!

Tahu-sin no tuvo que preguntar, ya que Kigal e Hiram se adelantaron.

—¿Qué pasó con Nínive?

—¿No lo saben? Fueron derrotados por Guzana, han padecido una de las peores epidemias y su rey es tan débil que su propio *turtanu* lo intentó traicionar.

Tahu-sin se quedó congelado. Indudablemente algo andaba mal. Pero ¿qué podía hacer? Y antes de cerrar los ojos esa noche, pensó en el Dios hebreo. Tahu-sin no le había dado las gracias como su tripulación. ¿Debía hacerlo?

«Jehová dio, Jehová quitó; sea su nombre bendito», murmuró y se echó de espaldas para perderse en un profundo sueño.

4

Jonás solo estaba consciente del intenso calor, la sofocante oscuridad y la superficie viscosa que sus manos tocaban. Dormía y despertaba, pensaba y deliraba. Su respiración no había cesado. ¿Estaría muerto? ¿Así se sentiría entrar al seno de Abraham o a donde quiera que hubiera viajado después de morir ahogado?

Minutos después se sabía vivo. El Señor lo había rescatado; no comprendía cómo, pero reconocía la gracia de su Dios. Bien podía haberlo aniquilado. ¿Acaso no había desobedecido una orden?

«En mi gran aflicción clamé al Señor y Él me respondió», se dijo.

Había sido como visitar la tierra de los muertos y salir ileso. No olvidaría la sensación de desesperación al carecer de aire en los pulmones, la frustración y el pánico de no poder respirar. El Señor lo había salvado, pero primero lo castigó

«Me arrojaste a las profundidades del mar y me hundí en el corazón del océano».

¿Cómo había creído que el Altísimo ignoraría su falta? Las poderosas aguas lo envolvieron; las salvajes y tempestuosas olas lo cubrieron. El miedo que no sintió en cubierta lo experimentó en el fondo del mar. La angustia que no saboreó al lado de los marineros la palpó cuando se vio al punto de la asfixia. Pensó que el Señor lo había echado de su presencia, como bien merecía, pero volvería a mirar su santo templo. No tenía la menor duda. Acariciaría la fuente de bronce, olería el incienso que impregnaba el santuario y compraría un cordero sin mancha, de un año, para ofrecer a su Dios.

177

Se había hundido bajo las olas por un momento, con las aguas cerrándose sobre él y las algas enredándose en su cabeza, pero el Todopoderoso lo había salvado. Se había quedado preso en la tierra, cuyas puertas se cerraron para siempre hasta que la mano bondadosa del Creador se extendió para sacarlo.

«¡Tú, mi Dios, me arrebataste de las garras de la muerte!»

Cuando la vida se le escapaba, recordó al Señor. Elevó su oración sincera y el Señor, desde su santa morada, escuchó el clamor del profeta rebelde. ¿Qué sabían esos marineros y el capitán de las misericordias de Dios? Solo los elegidos, el pueblo de Israel, podían disfrutar la compasión que el Altísimo mostraba hacia su pueblo. Ellos, con sus muchos dioses de piedra y de madera, desconocían la libertad del perdón. Aunque recordó que unos días atrás había dicho que nadie merecía una segunda oportunidad. ¡Qué disparate! Sus propias conclusiones lo habrían condenado si no fuera por la misericordia de su Dios.

«Yo te ofreceré sacrificios con cantos de alabanza. Y cumpliré todas mis promesas».

En aquellas horas de somnolencia y cordura, delirio y sanidad, Jonás recorrió sus cuarenta y cinco años de vida. Su nacimiento se marcó por la tragedia de la incursión asiria y el rapto de la tía Egla. Más tarde se vio afectado por un accidente, ya que cayó de un árbol de olivo y se lastimó la cadera para el resto de su vida.

Sus primos se burlaban de su cojera, sus tíos compadecían su nariz aguileña y sus hermanos, que llegaron unos años después, jamás lo respetaron como el mayor. El liderazgo siempre recayó en Séred, su hermano menor por dos años. Sin embargo, cada año Jonás se emocionaba ante el prospecto de su viaje a Jerusalén. Desde los cinco, cuando su padre lo invitó a la primera excursión familiar, Jonás supo que su vida cambiaría.

La grandeza del templo lo fascinó. En su pequeño mundo, no existía nada más sublime que las columnas con las figuras de manzanas y flores grabadas, ni un sonido más real que el de las trompetas de los levitas anunciando el culto a Jehová. Pero pronto aprendió que la apariencia externa no siempre concordaba con la interna. A pesar de las muestras de piedad de Amitai y su familia, en la casa de Gat-hefer conservaban una estatua de Astarté, otra de Baal y una tercera de un becerro de oro para no ofender a ninguna de las deidades y hallar el favor eterno de los que controlaban el cielo.

Ni siquiera la muerte del profeta Zacarías, presenciada por la mayor parte de los hombres del clan, provocó el cuidadoso análisis de la verdad. Solo Jonás, en la ternura de su infancia, reconoció que los profetas del Altísimo morían porque predicaban la verdad y nadie deseaba escucharla. Su padre explotaba con ira y lo golpeaba por la más diminuta ofensa. Intentaba no descuidar su educación religiosa, pero la mezclaba con el culto del reino del norte, así que Jonás decidió no prestar gran atención a las clases de un impostor. Su madre, por su parte, jamás ocultó su inclinación por Baal. Algún tío le confió que descendía de una mezcla de israelitas y cananeos, pero Jonás nunca lo comprobó.

Su inquietud se acentuó con los años de sequía, algunos anunciados por profetas, otros atribuidos a los pocos impuestos que el pueblo aportaba al rey en Samaria, pero que finalmente secó los olivos y preocupó a la familia. Entonces Jonás conoció a Zera, un levita ya anciano que había huido de Jerusalén durante la persecución de la reina Atalía. Zera era el hombre más viejo del mundo, o así lo calificó Jonás. No había un solo centímetro de su rostro sin arruga, ni un solo cabello que distara del color plateado. Pero su sabiduría se le figuró un raudal de gozo y profundo conocimiento.

Zera lo instruyó en la ley y en los salmos de David. Le contó la historia de su pueblo y lo animó a practicar el voto de los nazareos. Así que Jonás no volvió a pasar navaja por su cabeza, aunque el cabello jamás le creció como a otros, no bebió vino ni comió uvas, a pesar de las críticas de su familia, y mucho menos se acercó a muerto, lo que causó el rompimiento final con su padre, ya que Jonás se negó a asistir al funeral de su propia madre.

Entonces Jonás optó por la vida ermitaña. De cualquier modo, pocos en su familia lo echaron de menos, y quizá hasta les alivió deshacerse del cojo y estricto pariente. Los años siguientes se mezclaron de actividades variadas como el aislamiento, el ayuno, las visitas a pequeñas aldeas para reconvenirles sobre su idolatría, pero no más viajes a Jerusalén ni grandes hazañas. Al contrario, Jonás se sintió molesto. ¿Para qué dedicarle su tiempo a Dios si no hacía nada interesante? No recibía visiones en zarzas ni en remolinos. No hizo ni un solo milagro ni de sanidad a un ser humano ni de cambiar el curso de un mar. Después de muchas noches oscuras y días de tedio, de muchas oraciones y pocas respuestas, Jonás llegó al Tabor. No era un monte alto, ni siquiera de los más vistosos del área, pero Jonás debía descansar y prefirió subir y contemplar el paisaje.

Esa noche, la luna y las estrellas lo conmovieron. Una serie de pensamientos cruzaron su mente, todos relacionados con la perfección del firmamento y la promesa a su antepasado Abraham. Reparó en un salmo: «Dios mío, ¿por qué me has desamparado?»

Así se sentía: abandonado. Al Altísimo no le satisfacían sus esfuerzos. ¿O acaso le faltaba presentar más votos? ¡Pero él se había consagrado al servicio del Todopoderoso! Había dejado a su familia y su oficio, su comodidad y hasta el matrimonio, aun cuando nunca había contemplado seriamente esa posibilidad por dedicarse de lleno a su Dios. Sus votos de nazareato los realizó con sinceridad de corazón. ¿Por qué lo abandonaba Dios? Y, entonces, por primera vez, escuchó la voz: «Jonás, levántate y ve a Samaria…»

Y el resto, no tenía caso recordarlo. El Todopoderoso no lo había enviado como a Elías a ponerle un ultimátum a Acab. No lo había enviado como a Moisés para exigirle libertad a su pueblo. Todo lo contrario, lo mandó a un rey pagano con una buena noticia. Jonás se sintió humillado, pero obedeció a la primera instancia. Jamás olvidaría el brillo en los ojos de Jeroboam que salvaría a Israel de la opresión.

Jonás se frustró. Deseaba alzar la voz y gritarle que si no se arrepentía, el Uno enviaría sobre él una plaga de muerte. Pero el Altísimo no le había dado ese mensaje. Una vez que repitió las palabras que exprimieron su orgullo y su concepto de profeta, Jonás se escondió en los desiertos y las chozas más diminutas durante años hasta que su padre murió. Jonás regresó movido por la culpa, el miedo y el aburrimiento. La familia le encomendó entonces bajar a Jerusalén con aquella ofrenda que nunca entregó, y el Todopoderoso lo encontró en el camino para encomendarle un nuevo trabajo.

Por eso Jonás huyó. Porque no deseaba repetir esa escena vergonzosa. Porque su Dios sería capaz de arrepentirse a última hora en cuanto a la sentencia contra ese pueblo pagano. Porque nada salía como Jonás planeaba. Porque no le sucedían las cosas emocionantes que a los jueces y a los profetas. Porque no se vestía de gloria como Elías ni Eliseo. Porque no vencía como Sansón o Gedeón. Porque no hablaba con Dios como Moisés o como David. Porque estaba cansado de ser un profeta más que nadie recordaría en el futuro.

Y una vez que desapareció, el Creador lo encontró en medio del mar. ¿Qué pasaría? ¿Por qué se acordaba de todo eso? ¿Cuándo despertaría? ¿Qué esperaba su Dios de él? Su cabeza no se encontraba en condiciones para tener meditaciones profundas, por lo que dejó de esforzarse. Solo abrió la boca una vez más y concluyó: «Mi salvación viene solo del Señor».

* * *

Tahu-sin no trabajaba. Mientras sus hombres ayudaban a reparar los barcos que los pasarían al continente, él caminaba por la playa de mal humor. No había buena cerveza ni vino para emborracharse, así que debía soportar sus recuerdos y la claridad de sus cavilaciones. No dejaba de pensar en sus hijas, en su esposa, en aquella noche en que había cometido el peor crimen de su existencia. No había sido el primero, antes ya había matado a un hombre que no le simpatizaba, había tomado botín de más que despilfarraba en bebida, había adulterado con más de una esclava, suyas y de otros, pero la muerte de Nin lo atormentaba.

Trataba de justificarse, pero ¿existía una razón válida para que le robara la oportunidad de vivir a la madre de sus hijas? Nin había sido insoportable. ¿Cómo negarlo? Se la imaginaba como a las goteras que le quitaban el sueño por las noches o al canto de los grillos en días que simplemente no deseaba escucharlos. Quejas y más quejas salían de su boca en estampida, hostigándolo y menguando su hombría en una erosión constante y despiadada. Además, ella también lo engañaba. Tahusin sabía que visitaba el templo de Ishtar sin motivo alguno. Y si a eso le añadía sus mentiras, concluía que no era una buena persona, o no lo suficiente como para competir con las diosas.

Y aun así, esa noche, poseído por una ira desenfrenada, inducido por la locura del vino y la pasión de unos días de festejo, sacó su daga y la clavó en ella. En ese instante observó sus manos, que el sol alumbraba y teñía de rojo. La sangre de Nin lo perseguía. La de sus enemigos podía respaldar. Todos los pueblos luchaban por su hegemonía e independencia. Los hebreos mataban filisteos, los hititas a fenicios, los egipcios a sirios, los caldeos a elamitas, los asirios a todas las etnias mencionadas, pero sus dioses se los ordenaban. Incluso los hebreos argumentaban que su Dios les había ordenado destruir Canaán. Pero, ¿asesinar a una esposa?

Ningún dios se lo había mandado. Ningún ser humano perdonaría tal infamia. ¿Por qué lo hizo? Se sentó sobre la arena. La falta de líquidos distorsionaba su visión o quizá era el hambre y el cansancio acumulado. Olía mal. De hecho, desde su salida de Nínive no se perfumaba ni rizaba su barba. Ya no vestía con colores vistosos ni telas finas. Perdió dos dientes en una riña, otro en un trozo de carne sin cocer. Su piel se parecía a la de un lagarto de los que a veces recogían en Alejandría o a la de los elefantes que provenían de la tierra de Nubia.

Contempló el cielo despejado, tan distinto al de la tormenta. Había perdido todo, desde su nave hasta su tripulación. Ellos no seguirían a un capitán sin barco. No respetarían a un hombre sin dinero. Mendigarían en los puertos hasta hallar un nuevo capitán que los guiara a puntos exóticos y comerciales. ¿Y qué de Tahu-sin?

«¡Mátame, Ishtar! ¡Es mejor que vivir! Ya estoy harto de tus juegos».

Si los dioses pretendían castigarlo, lo estaban logrando. Que de una vez un rayo lo partiera, o que un tiburón le arrancara la mitad del cuerpo, o que el sol lo calcinara con su furia.

«Prefiero morir que vivir así», suplicó al aire.

En eso, una sombra en el horizonte lo distrajo. Se trataba de una masa redonda que surcaba la playa en línea recta. Descubrió una especie de aleta, luego una cabeza rectangular.

«¡Dioses!», exclamó al reconocer al monstruo marino. Ishtar lo había escuchado y le mandaba esa bestia para exterminarlo. Se preparó para enfrentar su destino y se puso de pie. Pero en vez de eso, la bestia abrió la boca, lo suficientemente lejos para no atorarse con la arena, pero demasiado cerca como para que Tahu-sin reconociera la figura de un hombre.

¡El monstruo había vomitado un hombre! Tahu-sin tembló sin control. Nuevamente los dioses trastornaban su mente, pero el cuerpo flotaba, golpeado por las olas que poco a poco lo acercaban a la arena. Entonces Tahu-sin creyó distinguir una túnica tejida, una barba desigual y canosa. Mojó sus pies, luego sus pantorrillas. El hombre continuaba desmayado o quizá estuviera muerto. Pero ¿por qué una bestia escupiría su alimento? Se acercó lentamente, con cuidado y con recelo, hasta que supo que había acertado.

Corrió y empujó con fuerza. Jonás no despertaba, así que Tahu-sin tuvo que usar todas sus energías para arrastrarlo fuera de las olas que lo tiraban al fondo del océano una vez más. Tahu-sin limpió el rostro manchado. Parecía como si su piel se hubiera emblanquecido, y el olor pestilente de su cuerpo superaba por mucho las peores pocilgas que Tahu-sin hubiera visitado. Pero el pecho del hebreo subía y bajaba. ¡Respiraba!

—¡Está vivo! —gritó—. ¡Está vivo!

Sus gritos atrajeron a sus hombres y a los isleños. Tahu-sin abofeteó a Jonás, luego le echó agua en el rostro hasta que abrió un ojo.

—Debemos llevarlo adentro. Debemos bañarlo y darle de comer. Munazar, Eshumn, ayúdenme a cargarlo.

Pero cuando trató de hacerlo, notó que sus hombres no se movían. Todos contemplaban a Jonás con horror. Tahu-sin perdió la compostura.

—¿Qué esperan? Está a punto de morir si no lo ayudamos.

Ninguno reaccionó.

—Entonces lo haré solo.

Tahu-sin empezó a rodear su cuello con el brazo de Jonás, y finalmente los gemelos cooperaron. El resto continuó silencioso, distante e incrédulo. Una vez en la casa, Tahu-sin dio órdenes y las mujeres resultaron más obedientes. Hasta más tarde, Tahu-sin se enteró del revuelo que el profeta había provocado.

Sus hombres tenían listos los barcos para zarpar al puerto más cercano y le guardaban un lugar.

—Capitán —lo interrumpió el filisteo—, ese hombre trae mala suerte.

—¡Es un demonio! —dijo el edomita.

—¡Un hijo de los dioses! —exclamó el caldeo.

—Quizá ha regresado para vengarse de nosotros por echarlo al mar —continuó Hiram.

—Pero si él mismo nos ordenó que lo arrojáramos —se exasperó Tahu-sin. No daba crédito a la actitud de esos hombres adultos que se estremecían como niños después de escuchar un cuento de terror.

—Nosotros no nos quedamos aquí —concluyó Munazar—. Ya hubo una tormenta, ahora el regreso del profeta… vamos a morir si permanecemos en esta isla.

Tahu-sin guardó silencio. En cierto modo él también deseaba irse. Pero ¿a dónde? No sabía si temer a Jonás o si debía ayudarle, pero no se dejaría envolver por supersticiones. Ninguno de sus hombres era un *baru* o un religioso para interpretar las señales, y como Arvad carecía de hombres ilustres, nadie podía asegurar que Jonás había vuelto de los muertos.

—¿Viene, capitán? —le preguntó Kigal con ansiedad.

—No.

Su respuesta impresionó al grupo, pero Munazar reaccionó rápidamente.

—Entonces no perdamos tiempo.

Tahu-sin los vio alejarse junto con otros isleños que aprovecharon para escapar. Se quedó solo en la playa del otro lado de donde había encontrado a Jonás, preguntándose qué fascinación hallaba en el hombrecillo. Sin embargo, un presentimiento atrapó su pecho. La mirada en los ojos de los habitantes de la isla no había mostrado asombro ni compasión.

Corrió rumbo a la casa de Ishme-dagan, la que encontró vacía; aunque antes de dirigirse al único risco medianamente alto, tomó un trozo de hierro y una vara de pastor. A carencia de armas, eso serviría. Tal como lo había sospechado, los de Arvad rezaban a su dios con gritos y llanto. Le suplicaban clemencia para no castigarlos y sostenían a Jonás con resolución. ¿Planeaban lanzarlo al mar o acuchillarlo allí mismo?

Tahu-sin irrumpió con un aullido.

—¡Suelten a ese hombre!

Ishme-dagan ignoró su presencia.

—Rey de los cielos, señor de la tierra, el hijo de Anus y Kumarbis, sálvanos.

Pero Tahu-sin se abalanzó contra él. Lo golpeó en la nuca y el hombre cayó de bruces. Dos lo defendieron, pero Tahu-sin, con habilidad sorprendente, los paralizó con la vara y el trozo de metal.

Las mujeres gritaban, los niños lloraban y Tahu-sin explicaba a gritos:

—Es un hijo de los dioses. ¿No ven que una bestia marina lo trajo de vuelta a la vida? Si lo matan, los dioses acabarán con la isla.

Finalmente, alguien comprendió su razonamiento y detuvo la pelea. Desafortunadamente, Ishme-dagan no abrió los ojos. El golpe de Tahu-sin había sido perfecto, tal como en sus días en el ejército. Esto, más que sus palabras, produjo el efecto deseado. Los aldeanos le entregaron a Jonás, pero se negaron a atenderlo. El miedo al salvajismo de Tahu-sin propició que no lo echaran de la casa y que le siguieran trayendo alimentos, pero Tahu-sin se encargó del profeta, vigilando que nadie buscara dañarlo, velando por su salud y seguridad, y olvidando que no había cerveza ni mujeres cerca.

Jonás dio unos pasos con ayuda de su bastón. Ya no le dolía la cabeza, ni las piernas. Se encaminó a la playa y se acomodó sobre una roca. Rogaba que Tahu-sin continuara dormido. Le incomodaban sus atenciones, su vigilancia y su mirada penetrante. Le había prohibido decirle capitán, argumentando que ya no tenía barco, y Jonás se preguntaba si se lo estaba echando en cara.

Aspiró profundo y la brisa marina le sentó bien. Aún no daba crédito a que una bestia marina lo hubiera tragado durante tres días. Recordaba la figura de un monstruo antes de desvanecerse, luego la oscuridad, el calor y la humedad de su encierro, así como la sensación viscosa que sus manos detectaban al intentar salir o encontrar una solución a su dilema.

En eso, las olas rompieron contra la playa y Jonás escuchó la voz.

—Jonás…

Su vientre se comprimió. Le emocionaba escuchar la voz de nuevo, pero temía lo que eso implicaba.

—Dime, Señor.

—Levántate y ve a la gran ciudad de Nínive y entrega el mensaje que te he dado.

Por supuesto que lo haría. ¿Por qué otra razón se habría molestado el Altísimo en enviar una tormenta, luego un pez sino para que Jonás cumpliera con la encomienda? En sus días de recuperación dedujo que quizá el Altísimo decidiría que no estaba hecho para dicha misión, dándosela a otro de sus siervos, pero ¿cómo contender con el Todopoderoso?

Comprobaba que David había acertado al cantar que no había sitio más profundo al que el Espíritu del Santo de Israel no se escabullera para llamar a los suyos. Y Jonás no pretendía exponerse a la ira divina por segunda ocasión, por mucho que le enfadara la idea de viajar a Nínive y anunciar su destrucción. Entonces recapacitó: ¿Y si el Altísimo en verdad consumía la ciudad con fuego? ¡Jonás sería un héroe! Los israelitas le agradecerían su obediencia; ¡el mundo se desharía de la peste asiria! No más burlas, no más miedos, la venganza que su padre acarició durante años vendría por los labios de su hijo mayor. Incluso sus hermanos y parientes lo honrarían.

No debía perder tiempo. Regresó a la casa y buscó la túnica que las mujeres de la isla le habían confeccionado. Le intrigaba la actitud sumisa y temerosa de la población, pero no negaría que facilitaba su propósito ya que lo dejaban en paz, le hacían regalos y evitaban que el profeta hebreo se mezclara con paganos. Lamentó no contar con su bolsa de dinero, pero supuso que si al Omnipotente tanto le interesaba que Jonás acudiera a Nínive, de algún modo lo ayudaría. Tal vez empezaría a bendecirlo con unos cuantos milagros, al estilo de Elías o Eliseo.

En eso, la sombra de Tahu-sin atravesó la puerta.

—¿Dónde andabas? Te estaba buscando.

Jonás no contestó. No era ni su amigo, ni su compatriota, mucho menos un inválido dependiente de la vigilancia de un capitán malhumorado y sucio.

—¿Qué haces? ¿Dónde vas? —preguntó Tahu-sin con desconcierto.

Jonás siguió ignorándolo. En una bolsa de tela metió unos sobrantes de pan, una bota de cuero con un poco de agua dulce, de la poca que los isleños lograban conseguir, y una pequeña navaja, regalo de uno de los pescadores. En eso, Tahu-sin se plantó frente a él y apretó su codo.

—Contéstame, hebreo.

—Disculpa, pero no tengo por qué darte explicaciones. Mi Dios me ha enviado a una misión y debo partir.

Detestó haberle confiado la parte de su encomienda. El hombre de la cicatriz recogió un manto, un trozo de metal que había convertido en una espada y unas cuantas monedas que les había robado a los ilusos isleños en juegos de azar.

—Voy contigo.

Optó por guardar silencio. De cualquier manera, Tahu-sin debía cruzar el mar tarde o temprano para regresar al continente. Una vez en tierra firme, Jonás se despediría para siempre de ese molesto y corrupto hombre de mar. ¿Qué nacionalidad tendría? ¿Fenicio, hitita o egeo? Nunca hablaba de su hogar, ni de su pueblo. Su acento tenía una mezcla de tonos que podrían ser adoptados por necesidad o causalidad. ¿Y qué le importaba? Lo único real consistía en que debía dirigirse a Nínive o atenerse a las consecuencias de una disciplina aun más severa por parte de su Dios.

Los isleños los observaron partir con rostros inexpresivos. ¿Se alegraban? ¿Se entristecían? ¿Era Jonás una bendición o una maldición para la isla? Ni lo sabía, ni le interesaba. Pero si no se apuraba, su vida corría peligro. El pequeño barco se sacudía entre las olas, trayéndole malos recuerdos. Tahu-sin contemplaba al frente; los dos pescadores remaban con energía. Jonás ya vislumbraba el otro lado, pero tuvo que aguardar casi una hora antes de poner sus pies sobre tierra firme y vencer las nauseas que lo habían abrumado por un momento. Los pescadores no aceptaron pago, ni siquiera una despedida decente, lo que volvió a intrigarlo.

Exhaló con determinación. Indagaría sobre la mejor manera de llegar a Nínive con los nativos o se uniría a una caravana. Quizá sería mejor viajar solo. Unos pasos más adelante, notó que Tahu-sin lo seguía.

—¿Qué dirección llevamos? —le preguntó Tahu-sin sin muestras de comprender que Jonás se hallaba molesto.

—Escucha, no necesito guardaespaldas, mucho menos una nodriza.

Pretendía provocarlo con sus comentarios, pero Tahu-sin lanzó una carcajada divertida:

—Y yo no necesito un profeta rebelde, ni te estoy cobrando el haberte salvado la vida. ¿Sabías que esos isleños estuvieron a punto de sacrificarte? Pero no te preocupes. No necesito tu compasión ni tu intercesión con los dioses. No acostumbro cobrar favores.

Jonás se avergonzó. Ignoraba que Tahu-sin lo hubiera defendido. Algo había escuchado sobre el dueño de la casa que había muerto a manos de un extranjero. ¿Habría sido Tahu-sin? Solo eso le faltaría: ¡realizar su travesía con un homicida! Y aun así, su boca se abrió sin su consentimiento.

—Me dirijo a Nínive pues mi Dios la destruirá en cuarenta días.

La transformación en el rostro de Tahu-sin fue asombrosa. De apatía se tornó en sorpresa para luego quedar cubierta por un velo de dureza que no aportó mucho a las conjeturas que Jonás empezaba a tejer en su mente.

—Existen dos rutas posibles, la que toman las caravanas y la desértica. En la primera podemos correr con suerte y conseguir monturas.

Jonás cerró los ojos. ¡Tahu-sin ya se había incluido en la excursión sin su permiso! Pero la cadera le dolía. No lograría atravesar un desierto solo y la debilidad a veces lo mareaba. No le convenía desmayarse en medio de la nada. Además, muchos profetas habían contado con servidores. ¿No tuvo Eliseo a un tal Giezi? ¿No sirvió el mismo Eliseo a Elías? Tal vez Tahu-sin provenía de raíces hebreas y por eso continuaba a su lado.

Asintió sin mucha convicción. Tahu-sin se encogió de hombros:

—Supongo que entonces prefieres la ruta comercial.

Jonás no lo corrigió. Debía guardar sus fuerzas para predicar en Nínive. Iniciaron la caminata en silencio y, a carencia de grandes ciudades, se mantuvieron pasivos hasta que la noche los halló en Hamat. Una vez allí, Jonás se echó bajo la sombra de una higuera. Le dolía la cabeza por la deshidratación del sol sobre su cabeza y su bota de cuero vacía; no le había durado lo suficiente. No supo cómo, pero Tahu-sin consiguió albergue en una posada. Jonás odiaba esos sitios, pero si no dormía sobre un lecho decente, temía que su pierna amaneciera inutilizada.

Comieron en silencio; Tahu-sin un caldo con trozos de cerdo y vino, Jonás un poco de verduras y agua. Los sirios veían en ellos un par más de viajeros, pero Tahu-sin observaba a cada persona con recelo, luego escupió a la mesa y murmuró algo en voz baja.

Jonás le preguntó:

—¿Me hablabas?

Tahu-sin se rascó la barba.

—Nada que puedas comprender. Y dime, ¿qué tiene tu Dios contra Asiria?

Jonás sonrió con sarcasmo:

—Solamente se hartó de esos crueles soldados que barren mi tierra con sus espadas y sus carros de guerra, robando nuestro grano, matando a nuestra gente y raptando a nuestras mujeres.

Tahu-sin se cruzó de brazos.

—Supongo que eso hacen. Pero lo mismo hacen otros, ¿no es cierto?

—Y mi Dios los ha juzgado. No han quedado de pie las naciones enemigas de mi pueblo como Sodoma y Gomorra, Moab y Amón, Egipto y Filistea.

—Sí, sí, conozco las leyendas hebreas. Pero supongo que tu Dios no es entonces tan poderoso como dices. Porque de lo contrario, ustedes serían los dueños del mundo, y no los hijos de la tierra de Asur.

Tahu-sin se levantó y se dirigió al cuarto donde extendió su lecho. Jonás se quedó unos segundos meditando. ¿Cómo se atrevía a decir que el Omnipotente no era tan poderoso después de la tormenta y el milagro del pez? Sin embargo, le intrigó más su última frase: los hijos de la tierra de Asur. Muy pocos se referían a los asirios con ese apelativo. De hecho, solo los mismos asirios.

* * *

En tanto Jonás se lavaba, Tahu-sin robó dos asnos que los llevarían hasta Nínive. La cojera de Jonás los retrasaba, por lo tanto, lo ayudaría con una montura. No le inquietaba hurtar, mucho menos a esos sirios orgullosos que, rogaba a Ishtar y a Asur, tuvieran hijos deformes y perecieran bajo espadas enemigas. Él, como tantos otros niños de la tierra de Asur, había crecido escuchando la historia pues durante el reinado de Shalmaneser III, los sirios lo habían confrontado con cuatro mil carrozas, dos mil jinetes, sesenta y dos mil soldados de infantería y mil camellos árabes. Si bien Shalmaneser logró tocar el océano, Hamat no quedó dominada. Muchos hombres murieron en esa lucha, entre ellos, el abuelo de Nin. Pero algún día, se juró Tahu-sin, esa ciudad se doblegaría ante la furia de Ishtar.

Recordó su breve conversación con el profeta. En realidad Tahu-sin temía al Dios hebreo; no olvidaría sus experiencias en alta mar ni con el pez. Sin embargo, la duda lo asaltaba. Tahu-sin no podía vivir bajo el constante temor de los dioses o se volvería loco. Los dioses actuaban a capricho propio, sin mostrar interés real en los seres humanos. Sacudió la cabeza para evitar más distracciones, pero entonces advirtió que un grupo de personas se reunía frente a la posada. Murmuraban entre ellos y señalaban la ventana por la que se captaba la silueta de Jonás.

Tahu-sin se acercó a la multitud, consciente de que tal vez el dueño de los asnos formaba parte de la comitiva, pero sus expresiones lo angustiaron.

—Ayer lo reconocieron. Es el mismo del que hablaron los asirios.

—Dicen que es el enviado de Ea, su mensajero que salió del mar.

—Unos fenicios dijeron que Dagón lo protege. Calmó una tormenta solo con alzar los brazos.

Tahu-sin se llevó las manos al rostro. Al parecer, su antigua tripulación había recorrido los alrededores, esparciendo una nueva versión de los hechos e inflando la imaginación de las personas. Jonás no saldría vivo de allí. Lo matarían, y en esa ocasión Tahu-sin no podría luchar contra toda una ciudad. No había alternativa. Entraría, lo sacaría por la parte trasera y tomarían el camino desértico, aunque eso implicara más cansancio, menos alimento y mayor peligro.

Las caravanas comerciales preferían los caminos más transitados por temor a ladrones y bandas de beduinos errantes, pero si la historia de Jonás continuaba agrandándose, jamás pisarían Nínive. Siguió su plan, y dos horas después, él y Jonás cabalgaban entre matorrales espinosos en su acostumbrado silencio.

—Dime, hebreo —lo miró de soslayo—, ¿tienes familia, esposa e hijos?

Jonás no giró la cara. Si Tahu-sin no supiera que era un profeta, lo mataría allí mismo por su arrogancia. ¿Qué se creían esos judíos? ¿Por qué simulaban superioridad si carecían de un ejército poderoso, ciudades hermosas y mujeres sensuales? No eran buenos jinetes, ni músicos, ni comerciantes, solo unos cuantos religiosos que se peleaban entre ellos por cuestiones de su Dios.

Tardó, pero finalmente, Jonás contestó con esa voz pausada y altiva que lo caracterizaba.

—Nunca me casé.

—No te perdiste de nada —masculló Tahu-sin—, aunque es importante la descendencia y el linaje. ¿Quieres que tu nombre desaparezca de la tierra?

La boca de Jonás se curvó:

—Mi nombre no importa. Además, mis hermanos perpetuarán nuestra sangre.

Tahu-sin mordió un pan que había robado en la cocina de la posada.

—Dime, Tahu-sin, ¿de qué huyes?

Se quedó sin masticar unos segundos. ¿A qué venía la pregunta?

—En el barco, yo te confié que huía de mi Dios. ¿Y tú?

—Yo no huyo de nada ni de nadie. No todos vivimos como ustedes, los hebreos, en perpetuo temor de un Dios estricto y que censura cada movimiento. Sé que su Dios no celebra como otros, ni que aprueba las prácticas en el templo de las diosas.

Jonás se llevó la mano a la cadera por segunda vez. Seguramente le dolía, pero no había querido descansar. Ansiaba llegar a Nínive lo antes posible.

—No hablemos de dioses, porque solo existe uno.

—Seguramente el tuyo.

—Así es —suspiró Jonás con un asomo de amor.

—Para mí todos los dioses son iguales. Es más, no existen.

Jonás clavó sus ojos al frente:

—Eso dicen los necios en su corazón. Dime, hombre de mar, si en verdad son producto de la mente, ¿por qué acudieron a ellos en medio de la tormenta?

Tahu-sin golpeó a su asno y se adelantó unos pasos. La conversación se había tornado peligrosa. De hecho, no estaría allí a no ser porque Jonás le había confiado que su Dios aniquilaría Nínive, la ciudad donde sus hijas vivían, o eso quería pensar. Tahu-sin tenía dos planes en mente. El primero era sacar a su familia de Nínive, el segundo, morir con los rebeldes de la ciudad. Le sonaba coherente: rescatar a los suyos y hallar finalmente la muerte.

La última noche de su viaje, Tahu-sin compuso una fogata y los dos acamparon bajo las estrellas. Calculaba que al siguiente día llegarían a Nínive, así que no conciliaba el sueño, presa de la emoción y el miedo. ¿Cómo estaría la ciudad? ¿Lo aceptarían sus hijas? ¿Lo detendría la ley para ejecutarlo? Jonás tampoco dormía ya que su respiración no era rítmica.

—Todos los hombres huyen —dijo en voz alta esperando atraer la atención del profeta.

Jonás mordió el anzuelo:

—Es parte de la vida.

—Solo la muerte nos detiene.

—Más bien, la muerte nos enfrenta con aquello de lo que hemos escapado sobre la tierra.

Tahu-sin meditó la frase unos minutos:

—Entonces, ¿vale la pena vivir? ¿Cuál es la verdad?

—Si te dijera la verdad, ¿la seguirías?

—Depende —murmuró con aprehensión. Sus conversaciones con el profeta siempre lo enfadaban. Sin embargo, no había nada mejor que hacer y el sueño se le iba de las manos.

—La verdad es que solo existe un Dios.

—El hebreo —interrumpió con sarcasmo.

Jonás continuó como si Tahu-sin no hubiera hablado:

—Solo existe un Dios que no puede ser plasmado en piedra ni en pintura, pues es eterno, incomprensible y perfecto.

—Entonces todos nuestros dioses, solo porque tienen forma, son falsos —rió Tahu-sin—. ¿O dirás que son invento de los hombres? ¿Cómo saber que tu Dios no lo es también?

—Porque mi Dios es el verdadero Creador y los demás son imitaciones. Los egipcios y los asirios tienen un dios sol, pero es el mismo elemento. Los fenicios y los caldeos adoran al dios pez, pero solo cambia el nombre, no su forma. Sin embargo, nadie, salvo mi pueblo, reconoce la presencia del Todopoderoso. Esa es la verdad.

—Dime, ustedes dicen que su Dios creó el mundo, ¿para qué lo hizo?

—Para tener a quién mostrarle amabilidad. Dios creó a Adán y a Eva y les dio un solo mandato que ellos rompieron, por lo tanto, merecían la muerte, pero como se arrepintieron, la muerte se pospuso. Más tarde, solo unos cuantos justos siguieron a Dios. La mayoría lo desafió y negó su autoridad. Entonces, Dios se apareció a Abraham, nuestro padre.

—¿Por qué a él y no a un asirio o a un fenicio?

Jonás se limpió la garganta:

—De hecho, Abraham provenía de Ur de los Caldeos.

Esa sí que era nueva información. A Tahu-sin le empezó a interesar el folclor de los israelitas.

—Háblame de él.

—Nuestro padre Abraham dedicó su vida a denunciar la idolatría. Como resultado, el Altísimo le dio un hijo, Isaac, y la promesa de que su descendencia obtendría nuestra tierra. Pero nuestros antepasados viajaron a Egipto, y luego fueron esclavizados hasta que apareció Moisés, el mayor de nuestros profetas. Él nos dio la ley, compuesta por mandamientos que debemos seguir. Nuestro Dios premia a los que siguen sus mandamientos y castiga a quien los viola.

Tahu-sin se recostó sobre su codo para mirar a Jonás. La tenue luz del fuego casi extinto reflejaba sombras sobre la barba cana.

—¿Y cuántas leyes son?

—La base son diez, pero existen otras estipulaciones sobre los sacrificios, la higiene y la convivencia.

—¿Cuántos?

—Muchos. —Jonás miraba el cielo oscuro.

—¿Y acaso alguien los ha cumplido todos? —El silencio del profeta lo alentó—: Si nadie ha podido cumplirlos, su Dios les pidió algo imposible. Aclárame una cosa, profeta, ¿por qué se llaman a sí mismos el pueblo escogido?

—Porque Dios nos eligió. ¿Qué más puedo decir?

—Prometiste que me dirías la verdad, hebreo. ¿De qué huimos? ¿Por qué los seres humanos somos tan infelices? ¿Quién inventó a los dioses? ¿Para qué nos matamos unos a otros? No has respondido mis preguntas.

Jonás se sentó y lo enfrentó:

—Te he dicho lo que sé. Todos nacemos y debemos decidir hacer el bien o el mal. Tenemos la libertad de buscar nuestro propio camino, pero generalmente nos equivocamos. Tenemos la ley de Moisés, pero la quebrantamos. Sabemos hacer el bien, pero no lo hacemos.

—Y ¿cuál es la solución?

—Buscar el perdón de Dios. Lo único que nos puede salvar es la oración, el arrepentimiento y las buenas obras.

Tahu-sin se recostó con enfado:

—Entonces tu Dios no es diferente al resto. Todos dicen ser el único o el más importante. Todos proclaman leyes y ritos que seguir, y si uno no los cumple, te condenan al inframundo o al castigo. La única manera de sortear las miles de equivocaciones que cometemos a diario, se basan en lo mismo: plegarias, arrepentimiento y un cambio de conducta. Todos son iguales, Dagón y Asur, Ishtar y Ra, Baal y Astarté. Quizá tu Dios no tenga forma, pero sí la misma personalidad. Sigues sin explicarme cuál es la verdad, porque no existe.

—No es cierto… —La mandíbula de Jonás temblaba—. El que sigue la ley de Dios, es justo. Las bendiciones vienen por honrar la ley.

—Y si uno se equivoca, ¿entonces qué? Desgracias y tribulaciones. Nada que nos pueda rescatar.

—Pero Dios perdona…

—Si uno sigue más leyes y estipulaciones, las que tarde o temprano uno volverá a romper, y el círculo eterno jamás termina. ¡No me convences!

—¡Ni deseo hacerlo! —se molestó Jonás—. Por eso el Todopoderoso castiga a los paganos como tú, porque no quieren abrir los ojos ni entender.

—¿Entender qué?

Tahu-sin se hallaba verdaderamente molesto. Se puso de pie y se marchó lejos. Jonás se quedó en su posición, pero Tahu-sin se arrancó los cabellos de su barba con desesperación. Había querido discutir con el profeta por diversión y había concluido con dolor de estómago. ¿Cuál era la verdad? Todos los dioses pedían lo mismo, y aun así, había visto el poder del Dios hebreo en el mar. Pero ¿qué pedía? Reglas y más reglas. ¿No había otro camino? ¿Cómo se libraría de la culpa por la muerte de Nin? ¿Cuándo le daría fin a su suplicio? Incluso había quienes decían que Tahu-sin volvería a nacer en un animal o un objeto inanimado como castigo por homicidio, o vagaría eternamente por el inframundo. Así que no había esperanza. Estaba condenado de por vida. Nada lo libraría. Nada libraría a Nínive. La vida carecía de sentido, y aun así, le aterraba morir. ¡Qué contradicción!

6

Le dolía la cadera debido a la cabalgata y la cabeza por su conversación con Tahu-sin la noche anterior. Le había hecho preguntas desconcertantes que lo hicieron dudar e incluso preguntarse la lógica de sus creencias. ¿Ir a Nínive para anunciarles que en cuarenta días el Todopoderoso los destruiría? La reacción más normal sería que los habitantes de la ciudad lo apedrearan. Pero, por otra parte, ¿y si el Señor los perdonaba? No sería la primera vez.

El asno andaba con lentitud, trotando unos pasos detrás del de Tahusin, y Jonás contemplaba las nubes de polvo que se formaban con sus pisadas sobre la tierra suelta. Había decidido no abrir la boca, así que no cruzaba palabra con el hombre desde la noche anterior. Eso le pasaba por juntarse con paganos. Hubiera hecho la travesía solo. ¿Y habría sobrevivido? Tahu-sin conocía las rutas comerciales y las guaridas de los bandidos, reconocía la vegetación y calculaba los tiempos. De hallarse solo, lo hubieran timado los dueños de cualquier caravana.

Sus ojos cargados de sueño se le cerraban en ocasiones, pero trató de mantenerse alerta. Echaba de menos la bolsa de monedas, pero debía confiar en su Dios. ¿Y si Tahu-sin tenía razón? ¿Y si todo era una farsa? Las sienes le punzaban con tal intensidad que presintió le romperían el cráneo. ¡Cómo anhelaba huir a un lugar desértico para pensar y distraerse! Jonás debía cumplir una función aterradora, y en medio de esa planicie semidesértica, se creía tan solo que le dolió el pecho. Nadie lo amaba; ni sus familiares, ni sus amigos, y para colmo, ninguna mujer lo había volteado a ver dos veces con planes de matrimonio.

En ocasiones, Jonás se decía que se había conservado para el servicio del Altísimo, cumpliendo con la mayor exigencia todos sus votos. Pero la realidad lo aplastaba en días como ese: ninguna mujer en sus cinco sentidos habría sido feliz a su lado. Las jovencitas, hijas de sus siervos o de la aldea, habían coqueteado con sus hermanos desde temprana edad. Muchas suspiraron por el apuesto Séred, y Miriam había sido la afortunada, gracias a que su padre, el alfarero, había realizado una alianza con Amitai para comerciar el aceite dentro de las vasijas que él producía. Pero a Jonás solo le esperaban burlas o simple indiferencia y a veces, la segunda resultaba más aplastante.

Tahu-sin redujo la velocidad, así que Jonás se despabiló. Su corazón latió con fuerza cuando vio las murallas de la imponente ciudad. Se quedó boquiabierto ante la majestuosidad de esos muros que sobrepasaban los de Samaria y la misma Jerusalén. Su altura lo hizo sentir como una hormiga; su grosor le infundió respeto. Seguramente esa ciudad no caería ni con un sitio de tres o cuatro naciones unidas. Aunque después se daría cuenta de que no había una pared interna ni externa. ¡Qué confiados estaban los asirios de su propia seguridad!

Sin embargo, al irse aproximando, Jonás sintió un escalofrío. En uno de los montículos se levantaban una serie de palos con sus muertos. Jonás sabía que los asirios favorecían la tortura por empalamiento, y supuso que su exhibición tan cercana a las puertas servía para advertir al viajero sobre su suerte en caso de traicionar a Nínive. Cuando Jonás contempló los cadáveres colgando, unos más frescos que otros, su estómago se revolvió como en sus días en alta mar. Así terminaría si el Altísimo no prosperaba su misión. ¡El Todopoderoso lo había enviado a la muerte!

Tahu-sin se dirigió a una de las puertas sin titubear. Jonás se preguntó si había visitado la ciudad en uno de sus viajes. Distinguió varias entradas, no solo la que Tahu-sin había escogido, y se preguntó el porqué de dicha elección. Sin embargo, como había prometido no hablar con él, se quedó con la duda. Tiempo después se enteraría de que Tahu-sin había optado por la puerta de Ea, el director de las aguas.

Una vez dentro, Jonás se paralizó. Nínive no era diferente a los muchos pueblos orientales, pues presumía de olores picantes que provenían de los mercados, los perfumes y los canales de agua sucia, así como un despliegue de nacionalidades, predominando la usanza asiria de trajes vistosos, barbas rizadas, sombreros cónicos, mujeres cubiertas y joyas en abundancia. Jonás se apresuró para atribuirle un color distintivo. Así como Jerusalén era blanca, Samaria roja y Gat-hefer marrón, decidió que Nínive sería azul. Halló muchos azulejos que componían parte de su mitología, con esos genios y demonios alados con cuerpos de leones y cabezas de hombre. Azules eran las vestiduras sacerdotales y los toros defensores de Asur. El amarillo también cubría ciertas partes, pero Jonás se quedó con los tonos marinos que tiñó su memoria.

Muy pocos giraron el rostro para contemplar a los dos extranjeros. Solo unos guardias los examinaron de cerca, pero al verlos inofensivos por su falta de armas y dinero, los dejaron en paz. Tahu-sin seguía avanzando sin preguntarle su opinión. ¿También andaría molesto? Jonás no permitiría que un gentil controlara sus actos, pero el asno no pidió su consentimiento ni se detuvo, sino que continuó detrás del otro animal que cargaba a Tahu-sin. Finalmente este desmontó y ató el burro a un poste. Jonás lo imitó, pero su cadera respingó con furia. Tuvo que sobarse la pierna para quitarse el adormecimiento, y Tahu-sin exhaló con un poco de lástima, así que tomó las riendas del otro asno y terminó de sujetarlos con un nudo apretado.

Sacó unas cuantas monedas que Jonás no había visto antes y se dirigió a un vendedor en plena calle. Regresó con un poco de cerveza y unas tortas de pasas. Jonás aceptó el pan, pero rechazó la cerveza. No estaba seguro si provenía de la vid, pero para no errar, prefirió tomar un poco de agua de un cántaro olvidado. El agua le supo mal, así que la escupió al suelo y Tahu-sin lanzó una carcajada. Se fue y a los pocos minutos volvió con leche. Jonás gruñó en respuesta. No deseaba ser tratado como un niño.

Una vez refrescado y alimentando, a pesar de su resistencia, Jonás supo que debía enfrentar su misión y sacarla del camino de una vez por todas. Si iba a morir, estaba dispuesto. Tahu-sin le hizo una seña. Jonás lo siguió, consciente de su falta de opciones. Había revivido en pocas horas la acumulación de todos los temores de su existencia. La conversación con Tahu-sin poco ayudó, y de pronto todo le resultaba irrelevante o demasiado vital.

Sentía los ojos arenosos. El corazón le latía con fuerza y el estómago le ardía. No se tiraría a llorar ni a reír, sino que si la ocasión se presentaba, se dejaría llevar por la dulce tentación de la muerte. De pronto no le parecía que valía la pena vivir, o que merecía su atención el servir a un Dios que no lo trataba con cortesía. Jonás se veía a sí mismo como el hazmerreír de su familia e incluso de la historia. Sus defectos físicos se equiparaban a los espirituales. Dos veces había fallado. Primero, llevándole un mensaje positivo a un rey corrupto que se iba llevando a cabo mientras él recorría esas calles polvorientas de Nínive, pues Jeroboam II levantaba un ejército que vencería a Siria, su mayor enemigo, librándolos del yugo opresor de los años pasados. Se volvería un héroe, y Jonás el profeta que lo había predicho. Lo peor: Jeroboam II no se había arrepentido, ni acercado a Dios.

Y en segundo lugar, las escuelas de profetas lo tacharían de traidor por acudir al pueblo más violento y peligroso de la tierra para anunciarles su destrucción. Eso sonaba a la promesa de un héroe, pero siempre quedaba la duda: ¿Qué pasaría si se arrepentían? Decidió dejar a un lado tantos pensamientos incoherentes para dedicarse a lo prioritario. Dar su mensaje y marcharse.

No creía haberse sentido tan cansado en toda su vida. Todo implicaba un gran esfuerzo, desde ordenar que un pie avanzara delante del otro hasta esquivar los charcos de lodo o a los chiquillos traviesos que corrían sin precaución. Además, Tahu-sin se escabullía por aquí y por allá, lo que nuevamente le intrigó. ¿Acaso conocía Nínive tan bien? ¿Quién era ese extraño? Pero se detuvo en seco cuando comprendió dónde estaba. Tahu-sin y él podrían iniciar una nueva discusión sobre los templos paganos y el de Jerusalén, pero nadie confundiría los sitios sagrados de un pueblo aun ignorando el nombre de sus deidades, ya que el templo de Isthar, resaltaba entre el resto de las casas planas y descompuestas.

Supuso que solo el palacio del rey competiría con semejante edificio, el cual recibía a sus visitantes mediante una impresionante puerta dedicada a la diosa del cielo y que, según escucharía después, era muy parecida al estilo babilónico. Jonás trastabilló y tropezó aun más que antes, empequeñecido ante la grandeza de una sociedad pagana. Debía inflarse de orgullo o por lo menos censurar el pecado ajeno, pero le avergonzaba su atuendo, su apariencia y su debilidad. No se sentía preparado para atacar a los paganos, y no tanto por las dudas que Tahu-sin había plantado en su mente, sino por el temor a morir o a convertirse en el centro de las burlas.

¿Qué le pasaba? ¿Por qué no podía comportarse como Elías? El gran profeta seguramente no había temblado ante los ochocientos cincuenta profetas enemigos sobre el monte Carmelo. ¿Por qué Jonás no podía ser como esos hombres de renombre? ¿Cuál habría sido el secreto de Moisés para pararse ante faraón y exigir sus demandas? ¿Qué movió a David a luchar contra un gigante con solo cinco piedrecillas? ¿O sería todo producto de la imaginación y de la exageración, de modo que esas historias habían perdido toda proporción de la realidad con el tiempo?

Para colmo, el templo abundaba en profetisas y si algo intimidaba más a Jonás se resumía en el sexo opuesto. Las hermosas mujeres se paseaban entre las columnas con sus enjoyados cuerpos, rezando a la diosa y quemando incienso. Los hombres religiosos también atendían a los necesitados, pero las mujeres se robaban todas las miradas. ¿Qué haría Jonás si lo retaban?

«Ten piedad de mí, Señor. Me siento rodeado de enemigos y a punto de ser devorado por esta jauría de pecadores. ¿A eso me trajiste? ¿A morir?»

A su mente acudió la imagen de un Zacarías sangrante y moribundo. Así se vería en unos cuantos minutos. Sin embargo, al ir acortando terreno hacia la plataforma principal del atrio, Jonás empezó a recibir información distinta. Las sacerdotisas ciertamente lo contemplaban, pero no con desprecio sino con temor. Los ciudadanos comunes apuntaban en su dirección y se cuchicheaban. Los religiosos hacían señales con las manos para el mal de ojo o para ahuyentar a los demonios. Captaba algunas frases que no comprendía del todo: «Enviado de Ea», «directo del mar», «entró por la puerta indicada», «tal como las profecías».

Entonces Tahu-sin le dirigió la palabra: «Todos te escucharán desde aquí, profeta».

Jonás ni siquiera se había percatado de la escalinata, pero Tahu-sin tenía razón. Se encontraba en una posición perfecta y su voz recorrería la plaza sin problemas. Ahora le correspondía actuar. ¿Y si lo mataban? ¿Y si se reían de él? Pero en un tropel, los recuerdos golpearon sus emociones: la voz del Señor, la tormenta, el gran pez, la presencia de Tahu-sin. Tantas casualidades no podían ser menospreciadas. El Todopoderoso lo había traído con un mensaje y Jonás preferiría la ira del pueblo, a la de su Dios. Así que abrió la boca.

* * *

Tahu-sin había calculado bien. El templo de Ishtar ofrecería la mayor concurrencia, así como el sitio con mejor acústica. También acertó en el hecho de que la historia de Jonás había viajado más rápido que ellos. Ni siquiera le sorprendería toparse con Kigal e Hiram, sus antiguos marineros, que habrían añadido color a la leyenda. Aseguraba que las noticias sobre un hombre salido de un pez harían su efecto sobre los religiosos y no se equivocó. Él mismo presentía que Ea había enviado al profeta.

Entonces Jonás soltó el bastón que cargaba, alzó los brazos al cielo y Tahu-sin lo vio transformarse. El hombrecillo dejó a un lado su timidez e inseguridad, proyectando en su voz la autoridad de los dioses y en sus ojos la furia de los siglos. Él mismo se asustó ante el mensaje de juicio.

«¡Escucha, Nínive! Tu maldad ha subido hasta la presencia del Dios Altísimo, el Creador de esta tierra y todo lo que en ella habita, el Todopoderoso que venció a Egipto y a Canaán. El Señor se ha cansado de tu violencia y tu pecado, tu crueldad y tu orgullo. Así que de aquí a cuarenta días, Nínive será destruida».

El ojo crítico de Tahu-sin recorrió la multitud. Si bien imaginaba que Jonás habría quedado sorprendido ante la opulencia de Nínive, sobre todo porque Tahu-sin conocía las ciudades hebreas que, aunque presumían hermosura como el templo de Jerusalén, no se podían comparar con la joya del dios Asur. Él había detectado la situación de su pueblo. Hacía más de veintitantos años que abandonó Nínive, pero los cambios eran palpables. Tahu-sin se percató del exceso de tumbas y de las hogueras de cuerpos con peste. Jonás pudo haberse sorprendido ante la multitud de lenguas y naciones, pero Tahu-sin captó la ausencia de caldeos e hititas. Y si Jonás palideció, como bien lo notó, frente a las hijas de Ishtar, Tahu-sin captó su nerviosismo.

Nínive lloraba a sus muertos. Cualquiera que fuera la deidad detrás de la encomienda de Jonás había preparado a los orgullosos hijos de Asur para ese momento, ya que no se pavoneaban de sus victorias, sino que se escondían de su derrota ante el enemigo más peligroso de la humanidad: la enfermedad. Los hijos de Asur podían vencer a innumerables ejércitos, aun cuando había escuchado que Guzana los había echado de su territorio, pero no podían combatir a esos espíritus invisibles que provocaban la peste. Solo los dioses controlaban ese tipo de males, y por lo visto, permitieron que Nínive sufriera.

Jonás siguió hablando sobre la ira de su Dios y luego mencionó lo que ya le había repetido a Tahu-sin. Su Dios deseaba corazones arrepentidos, por encima de los holocaustos y los sacrificios. Y las hijas de Ishtar se miraron unas a otras, animándose a empezar la intercesión a favor de su pueblo. Pero Tahu-sin solo sabía una cosa, presa de su limitado intelecto y vasta experiencia: el Dios de Jonás cumpliría su advertencia. No había modo de sortear el destino, así que Nínive quedaría enterrada en la memoria como aquellas antiguas ciudades de Sodoma y Gomorra.

Jonás terminó su intervención. El hombre lucía agotado, así que Tahu-sin lo sostuvo del brazo y lo guió a un rincón donde le dio más leche. Luego procuró agua fresca de un eunuco que andaba en las cercanías, y este no se negó, sino que trató a Jonás como a un hijo de los dioses. Pero Tahu-sin no podía permitir que las hijas de Ishtar lo capturaran en sus redes para ganar ventaja sobre el templo de Asur, Ea o los cientos de dioses de la región. Jonás debía seguir anunciando su misiva a los pobres y a los ricos, a los religiosos y a los comerciantes. Todos, hijos de Asur y de otros pueblos, toda lengua y nación, debían oír la amenaza contra Nínive para actuar consecuentemente.

Por lo tanto, una vez que Jonás recuperó las fuerzas, Tahu-sin lo condujo al mercado donde el profeta volvió a mostrar coraje y valentía para pregonar el augurio. La noche los halló a unos pasos del palacio, pero Tahu-sin decidió aceptar la hospitalidad de un rico magnate. Al otro día continuaron en el templo de Asur donde se congregó aun más gente que el día anterior, y por la tarde abarcaron casi toda la ciudad.

Tahu-sin sabía que faltaba poco para que Jonás fuera convocado al palacio, pero el rey Ashur-dan III, que había dejado Asur y residía en la ciudad para poner orden, tardó en reaccionar, así que Tahu-sin supo que debía tomar una decisión. Faltaban treinta y ocho días para que el fuego del cielo consumiera Nínive. No podía perder más tiempo. Se acercó a Jonás y le dijo:

—Debo ir a un lugar. Si me reciben, te ofrezco la hospitalidad de la familia. Si me rechazan, te recomiendo acudir a los hijos de Asur que te atenderán.

Jonás lo contempló con una mueca de dolor que deshizo las defensas de Tahu-sin y rompió con todas las reglas que se había impuesto para no volver a caer en las trampas de los dioses. Le sorprendía el Jonás que transmitía la sentencia de muerte con tal convicción y pasión, pero le conmovía el hombre débil y miedoso que sobaba su pierna cada noche, que dormía con dificultad y que se escondía de la gente. ¿En qué momento se había vuelto siervo de un profeta? ¿Se había asignado a sí mismo el cuidado de ese hebreo protegido y castigado al mismo tiempo por su Dios?

—Está bien. Ven conmigo.

Tahu-sin usó de todas sus artimañas para alejar a los chismosos. Hasta se atrevió a insinuar que si molestaban al profeta, su Dios adelantaría los cuarenta días. Supuso que su cicatriz o algo en su expresión ayudaron a su mentira, pues solo los escoltaron los tres eunucos que la hija mayor de Ishtar había enviado para salvaguardar al enviado de Ea. Aprovechó la oportunidad para internarse en el barrio de los nobles, los comerciantes y los hombres de confianza del rey. Si aquellos poderosos conocían a Jonás, lo disimularon bien. Si lo habían escuchado, fingían no comprenderlo. Al contrario de las masas inferiores, los extranjeros y los indigentes que ya empezaban a clamar al Dios de Jonás rogando por una segunda oportunidad, los poderosos guardaban silencio y mantenían su distancia.

Pero los pies de Tahu-sin conocían bien el camino, así que no se dejó intimidar. Jamás olvidaría la casa de Ziri-ya, pues Nin le había echado en cara no conseguir una vivienda en esa sección. Nunca dejaría en el olvido aquella casa de dos pisos con su impresionante jardín que comprobó, más que mil palabras, la sagacidad de Eshardón y la incompetencia de Tahu-sin. La bebida y la indisciplina lo condujeron a un camino de inferioridad y crimen, pero Tahu-sin no era el mismo que huyó de Nínive años atrás. El mar y los problemas, el hambre y la aventura, lo habían instruido. Ya no lo dominaba el vino ni las mujeres. Ya no confiaba en las personas, mucho menos en sí mismo.

Y aun así, sus rodillas temblaron cuando se plantó frente a la casa de Ziri-ya. ¿Quién le abriría? Juraba que ella habría cobijado a sus hijas. Su entereza empezó a quebrarse, pero el profeta lo ayudó.

«Todos huimos de algo. Pero tú has venido a darle la cara. Hazlo ya».

No supo si lo dijo en broma o como un aliciente. Tal vez el cansancio comenzaba a enloquecerlo o deseaba un lecho para reposar. Sin embargo, Tahu-sin agradeció sus palabras y preguntó por Ziri-ya. El esclavo se marchó con el encargo, no sin antes repasarlo de pies a cabeza. Minutos después, que le parecieron horas, el esclavo lo llevó al jardín. ¡Al jardín! Entonces armó su teoría. Seguramente el esclavo no lo había visto a él: el asesino de la hermana de Ziri-ya, sino al profeta del que todo Nínive hablaba. ¿Y qué mejor lugar para recibir a un enviado de los dioses sino su preciado y pequeño paraíso vegetal?

Dejó que Jonás anduviera al frente, pero iba lento debido a su bastón, lo que le permitió vigilar de cerca a la servidumbre y embriagarse de los sicómoros, los jazmines y las rosas que coronaban los senderos. Jonás se dirigía al estanque de agua, donde unas mujeres aguardaban sentadas. Tahu-sin trató de examinarlas, pero Jonás se interponía en su campo de visión. Ninguna traía sus velos, lo que agradeció. Una entrevista con un profeta requería cortesía, pero no exageración.

Y entonces sucedió lo que no había sospechado en la ecuación. Un mastín negro, grande y bien alimentado, ladró con alegría y corrió en su dirección. El corazón de Tahu-sin dio un vuelco de alegría. Permitió que el perro lamiera sus manos, y luego dirigió su atención a Jonás, que se había detenido y lo contemplaba con interés. Las mujeres se pusieron en pie y se acercaron, seguidas por un chiquillo de unos nueve años que tomó al mastín por la cola.

—Espera, Trueno. No seas grosero.

Justo en ese instante, la voz de Ziri-ya atravesó la estancia.

—¡Por Isthar y sus carros de fuego! ¡Pero si es Tahu-sin!

Y al alzar la vista, Tahu-sin no se cruzó con la mirada aterrorizada de su cuñada, sino con unos ojos idénticos a los suyos, los ojos verdes y claros de su hija mayor: Zuú.

TERCERA PARTE

«Volvió a enviar la paloma… la cual no volvió ya más».

Génesis 8.10, 12

1

Zuú sintió un vértigo seguido por una profunda emoción. ¡Era su padre! Tahu-sin había vuelto. Quería correr a abrazarlo, pero las palabras de su tía la regresaron a la realidad.

—¡Vete de aquí! ¡Asesino! ¡Mataste a mi hermana! ¡Con qué descaro te presentas a mi puerta! ¿Esperas que te reciba con flores y guirnaldas? ¡Sáquenlo de aquí! —le ordenó a sus esclavos.

Tres de ellos se acercaron a Tahu-sin, pero él alzó el brazo en protesta.

—Ziri-ya, dame la oportunidad de explicarte.

—¡Largo!

La tía gritaba tan alto que Zuú no dudó que la escucharían hasta el palacio del rey. Ella debía actuar, pero ignoraba qué hacer. Oannes sujetaba al mastín; la servidumbre aguardaba instrucciones. Si su suegra aún viviera tomaría las riendas, pero ella era la señora de la casa, e incluso Ziri-ya había depositado en ella muchas de sus funciones desde la muerte de Eshardón. Fue Kaffe, el esclavo de Bel-kagir, quien la hizo notar la presencia del otro hombre, uno vestido con sencillez, de cejas espesas y nariz aguileña, que se había sentado sobre un banco de piedra y sobaba su pierna.

—Es el enviado de Ea, señora. El que vi ayer en la plaza de Ishtar.

Todos en la casa conocían el mensaje de los dioses, y antes de la histeria de Ziri-ya, ambas se emocionaron por el hecho de que el profeta deseara visitarlas. ¿Qué relación tenía con su padre?

—¡Un momento! —dijo con una voz autoritaria que emitía tonos graves. No había alzado la voz, pero Ziri-ya se detuvo en seco y dirigió su atención al hebreo—. Señora, este hombre me sirve. Me trajo aquí porque yo le pedí una casa donde descansar sin ser molestado, para orar a mi Dios sin interrupciones. Elegí este lugar, pero si no soy bienvenido, buscaré otra parte.

El profeta se puso de pie apoyado en su bastón. Zuú contempló la perturbación de su tía. Los esclavos se retorcían las manos con expectación. ¿Echar al enviado de Ea? Todos en la ciudad se pelearían por tal honor, pero eso equivalía a aceptar bajo su techo a un homicida. Entonces Zuú reparó en la gravedad del asunto. ¿Cómo podía alegrarse por ver a Tahu-sin si él había destruido su hogar? Y aun así, lo echaba de menos. La presencia de ese hombre fornido y con una cicatriz en la frente le infundía un manto de protección.

Ziri-ya se dirigió al enviado de Ea.

—Señor mío, yo… Para mí es tan difícil…

Zuú interrumpió:

—Será bienvenido en esta casa, señor. Mis sirvientes prepararán la casa de mi tía para que usted y su esclavo descansen. Mi tía vivirá en mis aposentos por el tiempo que usted permanezca en la ciudad.

—Solo cuarenta días —refunfuñó el profeta—. Luego me marcho.

Zuú no perdió tiempo y buscó a Muti con la mirada. La egipcia, a pesar de sus conflictos personales, no titubeó. No todos los días se hospedaba a un hombre santo, uno que había surgido del vientre de un pez, según decían. Llamó a varias esclavas para que limpiaran la casa y trasladaran las pertenencias personales de su tía a las habitaciones de Bashtum. Kaffe acudió a las cocinas para confeccionar un banquete y la nana se llevó a Oannes. Ziri-ya, casi a punto de desvanecerse, se marchó apoyada en su esclava de confianza para organizar sus pensamientos.

Tahu-sin, el profeta y Zuú se quedaron solos en el jardín.

—Agradezco su hospitalidad, señora —murmuró el profeta—. Ahora me retiro. No, no me siga, veo dónde se han marchado los esclavos. Ellos me atenderán.

Padre e hija permanecieron frente a frente, bajo la sombra de los sicómoros y la presencia del fiel mastín, que restregó su cabeza contra las piernas de su antiguo amo.

—Veo que has cuidado a mi perro —le sonrió Tahu-sin.

Zuú se asombró ante esa cálida sonrisa, no la mueca espantosa que recordaba de aquella noche infernal.

—Hija…

—Necesito tiempo —le pidió. Quería preguntarle tantas cosas: ¿Por qué lo hizo? ¿Dónde había estado? ¿Por qué no había vuelto? ¿Qué pensaba hacer? Debía contarle de Erishti, de la muerte del tío, de su hijo Oannes, de la casa de campo… Pero al mismo tiempo, se negaba a confiarle sus secretos. ¿Y si él no había cambiado? ¿Si seguía emborrachándose y buscando a mujeres de mala fama? Entonces comprendió que su padre y su esposo tenían muchas cosas en común, más de las que hubiera querido aceptar.

¿Sería que algún día Bel-kagir, preso por la locura de la cerveza, la mataría con la frialdad que su padre hirió a su madre? ¿O sería que Tahu-sin, una vez instalado en su casa, la maltrataría también? Lo último que necesitaba era dos tiranos que aniquilaran su espíritu con la crueldad metódica del desinterés y el desamor.

Se dio media vuelta. No volvió a ver el rostro de su padre, pero escuchó el gemido del perro. Imaginó a Tahu-sin acariciando al can, pero no se dejó llevar por el sentimentalismo. Acudió a sus habitaciones para llorar sin ser interrumpida. Más tarde debía visitar a la tía y vigilar que no enfermara, también le diría a Kaffe que atendiera a los invitados pero que no permitiera que cruzaran la puerta que dividía la casa de sus tíos con la de Bel-kagir.

Cuando se tendió sobre su lecho se preocupó por su marido. ¿Qué opinaría? ¿Cómo avisarle que el profeta estaba allí? Pero Bel-kagir pasaba más tiempo en el palacio que en su casa. Por lo menos ya no visitaba a Erishti, ni el templo de Ishtar, pero ahora, en su nueva posición, debía acudir a interminables juntas, sesiones y entrenamientos para ayudar al nuevo *turtanu,* así que las probabilidades de verlo disminuían. Siempre encontraba una excusa para dormir en la casa de guerra o volver de madrugada o quedarse en la mansión del *turtanu.*

De cualquier modo, lo último que le interesaba en ese momento era su esposo. La presencia de su padre hablaba más que mil palabras, y Zuú deseaba con toda el alma correr y abrazarlo, contarle su vida y escucharlo. Pero, ¿quién era en realidad aquel desconocido? ¿Qué hacía con un profeta hebreo?

—Señora —se asomó la esclava de Ziri-ya—, su tía quiere verla.

Zuú acudió de inmediato. No pretendía someter a esa mujer, su segunda madre, a una difícil situación. Tal vez le sugeriría marcharse a la casa de campo mientras Tahu-sin permanecía en la casa.

—Zuú —le dijo con angustia—, no puedo perdonarlo. Lo odio. No quiero que esté en mi casa y tocando mis cosas. ¿No lo comprendes?

—Pero, ¡tía! Él viene con el enviado de Ea. Tal vez haya cambiado.

—Un hombre nunca cambia. Sobre todo un asesino como tu padre. ¿Y si nos mata mientras dormimos? Puede ser solo una trampa. Tu tío siempre dijo que la mala sangre corría por sus venas.

Zuú le sujetó las manos y la acarició con ternura.

—Tía, si es verdad lo que el mensajero de Ea ha anunciado, en cuarenta días Nínive será consumida por el fuego. Por eso los sacerdotes nos repiten día y noche que nos arrepintamos, que busquemos a los dioses y desistamos de hacer el mal. Tú sabes que predican el perdón y la paz, las buenas obras y la caridad. ¿No es esto lo que debemos hacer con mi padre? Tal vez así se nos perdone.

Ziri-ya dejó escapar un lamento.

—Pero ¿por qué tu padre? ¡Qué gran prueba nos manda la Reina del cielo! ¡Esto es más de lo que mi corazón pueda soportar! De acuerdo a nuestras leyes, tu padre debe morir.

Y de acuerdo a las leyes, muchas cosas debían pasar. Bel-kagir debía morir por adulterio, Erishti por haber abortado, Muti por practicar magia, Kaffe por robar grano, Nabussar por huir de Nínive, e incluso Ziri-ya debía ser castigada por engañar a sus agentes con pesas falsas y Zuú por conocer todo lo anterior y no delatarlos con las autoridades respectivas. Tampoco negaría que había imitado algunas prácticas desleales en los negocios de Eshardón que ahora ella conducía y que, de salir a la luz, le causarían graves problemas.

—Pero a pesar de que todos nos hemos equivocado —dijo con seguridad—, los dioses nos están dando una segunda oportunidad. Podemos remediar la situación. Debemos perdonar y arrepentirnos.

Ziri-ya se cubrió el rostro con una manta:

—Si tu tío viviera. ¡Cuánto lo extraño! Él sabría qué hacer.

Aunque el tío tampoco era inocente. Zuú sabía de sus tratos con las esclavas y sus escapadas nocturnas; todos podrían señalar a su padre, pero ninguno carecía de faltas propias. Solo uno en esa casa era inocente, y su risa le llegó por la ventana en ese instante. Zuú corrió para asomarse y descubrió a Oannes en el jardín, jugando con el perro y con su abuelo. Tahu-sin no despegaba los ojos de su nieto y Oannes le mostraba las gracias que podía.

—Lo siento, tía. He tomado una decisión. Si no deseas aceptar a mi padre en tu casa, puede venir aquí. Pero no lo echaré fuera.

Ziri-ya exhaló molesta:

—No estoy de acuerdo, Zuú, pero no volveré a mi casa hasta que esos hombres se marchen. Deberás traerme todo y, por cierto, dile a la antigua esclava de tu suegra que me prepare un baño de leche.

Su tía aprovecharía los lujos de la casa de Bel-kagir con los que siempre había soñado, y Zuú no la detendría. Y ¿qué debía hacer ella? ¿Ir con Oannes y su padre? Todavía no, se repitió. No estaba lista. Quizá jamás lo estaría.

* * *

Bel-kagir siguió al *turtanu* varios pasos detrás. Se dirigían al salón real del palacio, a la misma presencia de Ashur-dan III. Jamás habría imaginado tal honor, siendo él un simple soldado que había ascendido por casualidad hasta una posición de confianza gracias a la derrota en Guzana. Pero allí se encontraba, en medio de una comitiva selecta que acudía al llamado del monarca. Muchas cosas pasaban en Nínive y Bel-kagir se sentía abrumado ante los cambios, desde la muerte de sus padres que aún le pesaba por no haberse despedido, hasta las tragedias que sacudían el reino, amenazado por sus enemigos, plagas y ahora profecías de destrucción.

Pero ante todo, se sabía elegido por los dioses. ¿Quién hubiera imaginado que el hijo de Madic, un muchacho sin linaje real ni grandes aspiraciones, pisaría el mármol tallado hasta la cámara principal del hijo de Asur? Si Erishti no hubiera enfermado, la habría traído al lugar de sus sueños, un sitio más lujoso que el templo de Ishtar donde las estatuas aladas vigilaban con atención cada paso y movimiento. Nada se comparaba a esas paredes decoradas con las batallas de antaño, ni a esas pinturas que revelaban la historia de su pueblo.

Se quedó boquiabierto dentro del salón real. El trono se levantaba entre las muchas columnas que sostenían el salón más dorado que Bel-kagir hubiera visto en su corta vida. Su corazón galopaba con emoción; la impresión de aquellas majestuosas escalinatas que conducían a la presencia del rey lo dejaron atónito. Se inclinó unos pasos detrás del *turtanu*, el hermano menor de Ashur-dan que ahora ocupaba dicho puesto, y Bel-kagir elevó una plegaria a Ea, dándole las gracias por semejante oportunidad.

Solo durante unos segundos recordó que el pasado *turtanu* había muerto desollado. ¿Lo echarían de menos sus hermanos? ¿Qué pensaría el rey de todo eso? No tardó en descubrirlo, ya que alzó el rostro y contempló el trono vacío. Ashur-dan III se encontraba a unos metros de ellos, no en sus vestiduras reales sino con una ropa de tela áspera que no ocultaba sus piernas flacas y sus brazos fofos. Su barba, cubierta por ceniza, reflejaba su estado emocional, y los sacerdotes cercanos rezaban a su lado.

El rey se puso en pie y contempló a su hermano.

—Adad, ¿has escuchado la voz del profeta?

El *turtanu* agachó la cabeza con reverencia:

—Sí, hermano. Lo escuché ayer en el templo de Ishtar.

Bel-kagir lamentó haberse perdido el espectáculo; su comandante lo había enviado a vigilar unas tropas rebeldes que se resistían a cooperar en los trabajos de reestructuración de la ciudad, la que limpiaban de todo indicio de muerte y pestilencia.

—¿Qué opinas, hermano?

Adad se postró rostro en tierra, luego alzó la vista y encaró a los hombres santos que rodeaban al rey:

—¿Quién soy yo si no un simple hombre de guerra? No es a mí a quien los dioses hablan, sino a ellos. Aun así, pienso que el mensaje es verdadero.

—Lo mismo opinan ellos —suspiró Ashur-dan.

Uno de los sacerdotes más ancianos puso su mano sobre el hombro del *turtanu* y lo obligó a ponerse en pie.

—Los dioses nos han enviado señales muy claras: la derrota del ejército, la plaga, la rebelión del antiguo *turtanu*, la sequía en nuestras tierras y ahora la aparición de este mensajero de Ea. No debemos menospreciar las advertencias del Dios de los cielos.

—¿Y quién es este nuevo dios? —preguntó el *turtanu* al hombre de barba larga. Sus ojos brillaban con devoción y un tatuaje en su pecho lo calificaba como uno de los hombres más santos del reino, un verdadero conocedor de los misterios, un estudioso de los astros, un fiel servidor de Asur.

—No es un dios nuevo, Adad —suspiró el *maxxu*—. Es el Dios de dioses, espíritus y demonios, el Creador de todo y todos.

—¿Cuál es su nombre?

—Nadie lo sabe. Si alguien se atreviera a pronunciarlo, moriría.

Ashur-dan palideció. Bel-kagir también se había preocupado ante la información que el hombre santo les proporcionaba. Si en verdad el mensajero de Ea traía noticias de destrucción, les quedaban treinta y tantos días para terminar con el maleficio.

—¿Qué debemos hacer? —preguntó el rey.

—Lo que todos los profetas nos han dicho, mi señor.

Ashur-dan asintió y llamó a sus escribas. El *turtanu* y sus hombres, entre ellos Bel-kagir, se acomodaron para no estorbar y seguir instrucciones.

—Yo, Ashur-dan III, decreto que nadie puede comer o beber nada, ni siquiera los animales de las manadas o de los rebaños. Tanto el pueblo como los animales tienen que vestirse de luto y toda persona debe orar fervientemente a Dios, volverse de sus malos caminos y abandonar toda su violencia. ¿Quién sabe? Puede ser que todavía Dios cambie de parecer, contenga su ira y no nos destruya.

Los escribas se marcharon para hacer varias copias. Los pregoneros reales se encargarían de transmitir la noticia a toda Nínive, y el ejército vigilaría que se cumplieran las órdenes del rey. Bel-kagir se encontraba dispuesto a obligar a niños y adultos a comportarse correctamente para que el Dios de los cielos los perdonara. No permitiría que nadie le robara la oportunidad que había soñado toda su vida: la de pertenecer al palacio. Si los hijos de Asur no se arrepentían, la ira de Dios descendería sobre ellos, consumiendo el trono y la elegancia de sus alrededores. Por fin Bel-kagir se internaba en ese mundo de opulencia e intriga, comodidad y riquezas, como para perderlo en un instante debido a la desobediencia de Nínive.

Él se encargaría de que ningún caballo de los establos reales luciera ornamentos o telas finas. Ni siquiera el mastín de Zuú comería carne como acostumbraba, sino que entraría al ayuno decretado por el rey.

Y Bel-kagir mismo haría lo indicado: oraría a Dios, se volvería de sus malos caminos y abandonaría su violencia.

Mientras volvía a la casona del *turtanu*, que seguramente organizaría a sus hombres para comenzar cuanto antes a patrullar los alrededores, Bel-kagir meditó en su curso de acción. Orar a ese Dios desconocido no representaba problemas. Acudiría a todos los templos de Nínive a quemar incienso y ofrecer monedas para el culto de cada deidad existente; más valía no enfadar a ninguna otra. Abandonar la violencia tampoco sonaba descabellado, sobre todo sin una guerra en puerta. Algún día, cuando pasaran esta prueba, volverían a Guzana para saldar cuentas, pero mientras tanto, evitarían las torturas innecesarias y los castigos más crueles. Pero ¿qué con eso de volverse de sus malos caminos?

Equivalía a dejar a Erishti, algo sencillo dado que ella no reconocía ni al pobre Siko. ¿Debía reconciliarse con Zuú? Desde su regreso de Guzana no compartían la habitación. Difícilmente conversaba con ella, limitándose a ordenar sus asuntos por medio de Kaffe y Muti. En eso, observó la litera que cargaba a la esposa del *turtanu*. Se inclinó sobre una rodilla y la señora descendió y saludó a su marido, pero otro par de pies tocaron la tierra y Bel-kagir tragó saliva. Echó una mirada furtiva y le sonrió a ese par de ojos detrás del velo rojo, señal del luto que la hija del *turtanu* cumplía por la muerte de su esposo, víctima de la plaga.

Las pestañas de Abella se abanicaron gentilmente en reconocimiento y Bel-kagir se sonrojó. Conocía poco a la hija menor de Adad. Solo una vez la había visto sin su velo, una mañana en que él paseaba al corcel preferido de Adad en los jardines de su casona para ejercitarlo. La risita infantil de un bebé llamó su atención, y no tardó en descubrir a la criatura con su nodriza y su madre. Abella se paseaba por entre los arbustos, protegida por el sol bajo los parapetos que sus esclavos cargaban. Su atuendo la identificó como la reciente viuda que Adad consentía, y ya empezaba a fraguar futuros casamientos para ella. Incluso la pensaba unir a uno de sus primos, uno de los hijos de Ashur-dan.

A Bel-kagir no le habían interesado las intrigas reales hasta esa mañana. Los hijos de Ashur-dan eran feos, demasiado corruptos para una joven de sonrisa angelical. Al lado de Erishti no la encontraría hermosa, pero sí intrigante. Los ojos de Zuú relucían aun más que los de Abella, pero algo en ella lo conquistó. Después diría que se había tratado de su porte. Abella caminaba como una reina y actuaba como tal. Todo en ella deletreaba finura y distinción. Sus palabras se articulaban con la gracia de una diosa y su arreglo personal la convertía en una figura de perfección.

Con una esposa así, Bel-kagir llegaría a los círculos más altos del gobierno. El yerno del *turtanu* tendría todas las posibilidades de ascender y conquistar reinos, conseguir tierras fructíferas y negocios rebosantes. Una esposa así lo enorgullecería en la corte, en el mercado, en cada pueblo y nación. A Zuú no la podría presumir en el palacio. Los demás sospecharían de sus ojos claros, sus toscos modales, y ¡su fama! Las mujeres del harem la apodaban la «cazadora de leones». ¡Y qué harían si supieran que montaba a caballo tan bien como un hombre! Pero Abella se consideraba la mujer perfecta para un rey, un *turtanu* o un sacerdote.

Cuando reaccionó, ella y su madre se habían marchado. Bel-kagir lamentó su mala suerte, luego se marchó a su casa. El recordatorio del rey se promulgaba en cada esquina, lo que lo obligó a olvidar a Abella y concentrarse en hacer caso a las instrucciones del monarca. Nada debía empañar su propósito de arrepentirse, o de lo contrario, Abella, el palacio y sus sueños se esfumarían en una estela de mayor destrucción.

Buscó a Zuú para empezar sus nuevos planes. Encontró a Oannes con la nodriza y solo le dio una palmada en la cabeza. El niño se encontraba muy entretenido jugando con unos bloques de madera así que Bel-kagir se internó en las antiguas habitaciones de su padre, donde Zuú dormía. Creyó escuchar la voz de Ziri-ya en la recámara de su madre, pero no podía estar seguro. Solo le sorprendió la ausencia de Kaffe y de Muti. ¿Dónde andarían?

Por fin encontró a Zuú junto a la ventana, orando a los dioses y llorando. Él agradeció que su familia mostrara piedad y respeto a las decisiones del rey, pero no evitó sentirse algo defraudado ante sus ropas de tela áspera y la ceniza en sus manos y pies, comparando el olor a tierra fresca con el perfume de Abella.

—¡Bel-kagir!

—Aquí estoy, Zuú. ¿Has oído el edicto del rey?

—Sí, pero hay algo más importante que debo decirte. Siéntate.

Él se acomodó sobre unos almohadones y comió un higo del platón de fruta.

—¿Qué ocurre?

Ella aspiró profundo antes de empezar:

—Bel-kagir, el profeta, el mensajero de Ea, se está hospedando en la casa de mi tía.

¡Qué buena noticia! Eso lo elevaría aun más a los ojos de la corte. ¡El rey memorizaría el nombre de Bel-kagir para siempre!

—Mi tía ocupa las habitaciones de tu madre, si eso no te ofende.

—¡Por supuesto que no!

La felicidad lo invadía y deseaba correr para contarles a todos que el profeta era su vecino. Pero algo en los ojos de Zuú lo intrigó.

—¿Qué más?

Ella humedeció sus labios:

—El servidor del profeta es… mi padre.

Bel-kagir no entendió a la primera. ¿Cuál padre? ¿Cuál servidor? Entonces ella le explicó. Tahu-sin había vuelto, y no podían echarlo debido a la orden del rey. Debían perdonarlo y aceptarlo nuevamente. A Bel-kagir no le parecía una noticia tan desastrosa, pero su esposa temblaba. Entonces Bel-kagir se preguntó: ¿Qué clase de hombre sería su suegro? Pronto lo averiguaría.

2

Jonás llevaba varios días sin salir de la casa. A raíz de su estancia en las habitaciones de Ziri-ya, una extraña enfermedad lo había confinado a las cuatro paredes de ese lugar. Tahu-sin probó por segunda ocasión su lealtad, protegiéndolo de visitas e intrusos, compromisos y explicaciones. Así que Jonás aprovechó para descansar su abatido cuerpo. El dolor en su cadera y su pierna disminuyeron con el reposo, y el de su pecho mejoró con unos tés que Tahu-sin preparó con unas plantas del jardín.

Según Tahu-sin, su encierro dentro del pez trajo consecuencias a sus pulmones. Jonás le había dado la razón, ya que la humedad dentro de ese sitio oscuro aún se conservaba en sus fosas nasales. De cualquier modo, cierta mañana decidió salir al jardín y descansar allí. Con su bastón se ayudó a atravesar los circuitos hasta una banca protegida por la sombra de los árboles. El trino de las aves lo refrescó y las esencias de las flores lo embargaron. ¡Qué lugar tan hermoso en medio de una ciudad tan fría!

No podía deshacerse de las imágenes que lo perseguían, en especial la de los esclavos. Cerca de los templos construían nuevos edificios que se erguían ladrillo tras ladrillo por la tarea de esos seres sin nombre ni raza que solo conocían el látigo y el desprecio. Jonás no había visto a muchas mujeres entre los constructores, solo hombres de cuerpos esqueléticos y pieles lastimadas por la cal, el sol y los castigos. Sin embargo, no dejó de preguntarse si la tía Egla habría tenido que sufrir ese maltrato, volviéndose un habitante del estatus de una mula en medio de la gran metrópoli.

A Jonás le intrigaba el respeto de los asirios hacia los animales. No cesó de admirar los caballos con crines peinadas que transportaban a sus dueños o a los animales domésticos que comían mejor que muchos esclavos, incluido el mastín de Tahu-sin. Pero según le contara el asirio, tanto hombres como animales vestían austeramente, ayunaban y oraban al Dios de Jonás para procurar su perdón. Jonás no deseaba enterarse de semejante noticia, ni creía que los asirios mostraran vergüenza por sus actos, pero le incomodaba el silencio por las mañanas y las tardes. Los esclavos en la casa andaban de puntillas, con cenizas en la cabeza y murmurando plegarias. El ruido de instrumentos musicales solo se escuchaba en tonos menores y de carácter religioso. ¿En verdad se arrepentirían de su mal?

Evocó la tragedia de Tahu-sin. Le había sorprendido enterarse de su pasado, aun cuando ya sospechaba su procedencia asiria. ¿Pero matar a su propia esposa? ¿Qué clase de ser humano haría semejante barbarie? ¿Y cómo serían sus hijas? Los de la otra casa difícilmente se acercaban a la morada de Jonás, como si él trajera la peste. Por lo menos podía disfrutar su soledad, se reprendió. ¿Para qué deseaba convivir con gentiles que no valían la pena?

Una cabecita se asomó por una puertita que conectaba las dos casas. Jonás reconoció al nieto de Tahu-sin, pero lo ignoró. Tal vez así lograría que se marchara. Pero el mastín ya se encontraba a los pies de Jonás y su pequeño dueño lo siguió.

—Perdón, señor, no fue mi intención molestarlo —le dijo sosteniendo la cabeza del perro y tratando de enviarlo de vuelta.

Jonás gruñó en respuesta y cerró los ojos. Quizá cuando los abriera, el niño habría desaparecido. Lo intentó solo para toparse con unas pupilas inquisitivas.

—Señor, ¿es verdad que Nínive será destruida como Sodoma y Gomorra? ¿O está usted intercediendo por nosotros como lo hizo Abraham? Probablemente haya más de diez justos y su Dios nos perdone.

Tal explicación lo dejó pasmado. ¿Cómo sabía ese pequeño la historia de su pueblo? ¡Y qué desfachatez la de compararlo con Abraham! El patriarca había suplicado que se le perdonara la vida a las ciudades pecadoras por causa de su sobrino, pero Jonás carecía de familiares en peligro. A menos que la tía Egla… ¡Pero sería tan vieja como su padre! Seguramente ya habría muerto.

—¿No me quiere responder? —insistió el niño.

Jonás se cruzó de brazos:

—¿Y cómo sabe un niño como tú sobre el padre Abraham? ¿Eres hebreo?

—No, señor, pero tuve una esclava que me enseñó sobre el Dios verdadero.

¿Una esclava? Pero antes de poder indagar sobre la mujer, Tahu-sin apareció batiendo las manos y echando a su nieto:

—Oannes, deja que el enviado del Señor descanse. Además, tiene una visita. Anda, llévate al perro a la casa.

—Pero…

—Más tarde vuelves. Obedece a tu abuelo —le dijo Tahu-sin con un cariño que Jonás jamás habría adivinado. Oannes le sonrió a su abuelo y desapareció por la puertita. Tahu-sin se dirigió al profeta:

—Un hombre santo, o *maxxu*, como los llamamos, ha venido a verte.

—No me interesa platicar con nadie —resopló Jonás.

—Pues no estoy pidiendo tu autorización. Yo mismo lo traeré.

Jonás refunfuñó, pero Tahu-sin se dio la media vuelta. ¿Qué clase de hombre era? Frente a los esclavos le decía amo o señor, pero organizaba sus días. ¿De cuándo acá decidía con quién Jonás debía o quería conversar? Pero no pudo inventar excusas o escapar a su habitación, ya que un hombre anciano, de una larga y puntiaguda barba blanca, avanzó apoyado en su propio bastón hasta la presencia de Jonás. Una vez allí intentó arrodillarse, pero Jonás se lo prohibió.

—Uno solo se inclina ante el Dios Altísimo.

El anciano asintió y ocupó el lugar que Tahu-sin le tenía preparado. Unas esclavas trajeron un poco de agua cristalina y pan. El ayuno dictado por el rey se consideraba primordial, así que la cerveza y el vino, las viandas y los platillos elaborados se habían esfumado de las mesas para ser remplazados por agua y legumbres.

Jonás no planeaba iniciar la conversación, así que aguardó a que el anciano hablara primero. Él tardó un rato antes de preguntar:

—¿Seremos perdonados?

Realmente lo ignoraba; no había escuchado la voz en muchos días, pero no se rebajaría ante un pagano.

—El pecado de mi pueblo es grande. Hemos sido soberbios y hemos olvidado de dónde venimos. Los hijos de Asur somos antes que nada agricultores. El campo nos ha mantenido vivos, y el Tigris es la madre que nos nutre desde tiempos inmemorables. Pero, ¿qué es el hombre para que el Creador tenga compasión de él a pesar de nuestros constantes deslices? Yo contemplo el cielo, hombre de Dios. Nada me emociona más que ver los astros y leer en ellos la presencia del Dios del universo, el Creador y sustentador de todo. Ishtar se levanta como esa estrella resplandeciente y Ea mueve los mares, pero ¿quién los controla a ellos? Ese Dios que te ha enviado y que organiza el firmamento.

Jonás no dejaría que ese hombre santo lo confundiera:

—Ustedes no creen en un solo Dios, sino en muchos. En eso hacen mal.

El *maxxu* se peinó la barba con sus dedos temblorosos:

—Eso parece, ¿verdad? Pero, hebreo, todos sabemos que existen dioses locales. A nosotros nos alimenta el Tigris, a Babilonia el Eufrates, a Egipto el Nilo, a ustedes el Jordán. Cada río tiene su propio dios, pero eso no indica que no exista uno superior. Recuerdo que hace unos años leí sobre estos días en los astros.

Jonás lo contempló con horror. ¿Qué clase de tonterías eran esas?

—Lo anoté en una tabla de arcilla, pero aún recuerdo mis palabras. Predijimos el eclipse y anuncié al rey que la tierra se oscurecería por algún tiempo. Pensé que sería un buen augurio para nuestro pueblo, por lo tanto registré el movimiento de cada planeta para no perder detalle. Sin embargo, me equivoqué al descifrar su significado. Creía yo que el recorrido de las sombras mostraría el favor de los dioses hacia la tierra de Asur, pero solo reflejaban el enojo de ellos con nuestro pueblo. Dime, profeta, ¿seremos perdonados?

Jonás giró los ojos con desesperación. ¡No lo sabía! La voz no había hablado con él en largo tiempo. Además, ¿qué pretendía con esas cuestiones de los astros? ¿Confundirlo? ¿Exasperarlo? El Todopoderoso no se comunicaría a través de elementos naturales, mucho menos de sacerdotes paganos.

—Solo un Dios poderoso, con una inteligencia excelsa, lograría ese concierto astral que me emociona. Cada noche hay algo nuevo qué descubrir. ¡Cuántos secretos esconde nuestro mundo! Profeta, dile a tu Dios que nos dé otra oportunidad. Mi rey está arrepentido, al igual que su gente. Aún nos falta tanto por conocer.

Se levantó y Jonás se alegró de no tener que despedirlo. ¡Qué anciano tan curioso! Y aun así se preguntó qué haría el Todopoderoso con Asiria. Merecían la muerte. Jonás había sido testigo de su crueldad en todos los empalamientos de la entrada, su hechicería reflejada en cada templo donde se honraban los apetitos sexuales y la brujería, su orgullo palpado en sus edificios y su desprecio por otras naciones.

—Destrúyelos, Señor —suplicó en voz alta.

Tahu-sin apareció de la nada:

—Veo que el hombre santo se ha ido. Yo debo salir, pero volveré más tarde. Descansa, profeta. Te ves pálido.

—Ni tú ni nadie me da órdenes —se enfureció. Tomó su bastón y volvió a la sombra de la casa para dormir una siesta. Se sentía extremadamente cansado.

* * *

Cuando Jonás y el sacerdote se quedaron solos, Tahu-sin se escabulló a la casa de Zuú. Deseaba ver a su nieto y jugar un rato con el perro o simplemente charlar con él. El niño reflejaba la inteligencia de su madre. Él no supo apreciar a sus hijas, ni la sencillez de la niñez, pero Oannes le brindaba la oportunidad de rectificar su error. No había nada como un nieto, se repetía en tanto lo buscaba con la mirada. Ningún amor se comparaba con el que se prodigaba al hijo de una hija, tal vez porque no había ese mismo miedo que resultaba en la paternidad o porque el salto generacional proveía un puente mucho menos peligroso y más placentero.

Pero no fue Oannes quien salió a su encuentro, sino un hombre joven, de torso firme, mirada entretenida y aspecto agradable. Lo identificó como el marido de Zuú. Se le hacía familiar. ¿Dónde lo habría visto antes? Él también lo contemplaba con interés. Tahu-sin notó que el muchacho andaba con la seguridad de un militar, un soldado del ejército de Asur que había sorteado a la muerte en el campo de la batalla y se sabía especial. ¿Así habría caminado Tahu-sin en sus primeros años de matrimonio? Lo que más le preocupó fue suponer que Bel-kagir cometería las mismas estupideces que él había hecho, dándose libremente al vino y a las mujeres, y perdiendo así el control sobre su cuerpo y su destino.

—Así que por fin nos conocemos, Tahu-sin. Soy Bel-kagir, el esposo de Zuú.

Tahu-sin inclinó la cabeza en respuesta, pero siguió sopesando a su yerno. Lo veía demasiado confiado, con una sonrisa que derretiría a las mujeres y se ganaría el respeto de sus hombres. No le descubría muchas cicatrices, pero sí las suficientes para catalogarlo como un soldado de acción.

—Zuú no salta de gusto por su presencia, pero ¿a qué se debe su regreso?

Tahu-sin no permitiría que un joven le reclamara, así que contestó:

—Acompaño al enviado de Ea. Si vine, fue para prevenir que Níni-ve sea consumida y que mis hijas mueran.

Bel-kagir se cruzó de brazos:

—Buena respuesta. ¿Ya conoció a su nieto? Sé que mi esposa y usted no han conversado gran cosa.

—Oannes es un niño inteligente.

—Por un momento temí perderlo. La peste se llevó a muchos niños, pero los dioses tuvieron misericordia de mi familia. Supongo que ya visitó a Erishti.

Tahu-sin no había olvidado a su hija menor, pero a falta de oportunidad, desconocía su paradero.

—Yo… ¿dónde vive?

—¿No lo sabe? —Bel-kagir arrugó las cejas y meneó la cabeza—. Erishti entró al servicio del templo de Ishtar. Es una hija de la diosa.

La noticia no le agradó, pues sin menospreciar a los dioses de su tierra, consideraba a Ishtar una diosa prepotente y caprichosa. Precisamente recordó que Nin siempre había soñado con vivir en el templo, servir a Ishtar y rodearse de atención. ¿Lo habría heredado de su madre?

—Debo ir a verla —dijo Tahu-sin en voz alta, lo cual lamentó, ya que Bel-kagir lo sujetó del codo.

—Hay algo que debe saber. Erishti no es la misma de antes. La diosa, un demonio, o qué se yo, se ha robado su alma.

Tahu-sin se zafó gentilmente.

—Gracias por la advertencia —respondió entre dientes. Justo entonces le avisaron que el *maxxu* se marchaba, así que le avisó a Jonás que saldría unos instantes. Se encaminó al templo de Ishtar con un peso en el alma. ¿Qué encontraría? ¿Cómo luciría su pequeña hija? Era solo una bebé cuando Tahu-sin se marchó. No recordaba salvo sus ojos oscuros y su piel blanca. Zuú, heredera de sus ojos y un poco de su carácter, en poco evocaba a la preciosa Nin, y supuso que Erishti sería su vivo retrato.

No tardó en pisar el templo de mármol y recubierto por oro. No se entretuvo con las hijas de Ishtar que animaban al pueblo a arrepentirse, ignoró a las vírgenes que rendían su culto a la diosa y pasó junto a los sacerdotes sin armar escándalo. Rogaba que nadie lo reconociera como el servidor de Jonás. Finalmente accedió a las habitaciones centrales, donde unos eunucos le impidieron el paso. Trató de explicar su misión, pero ellos no comprendían o se hacían los tontos.

Empezó a perder la paciencia, así que gritó:

—¡Solo deseo ver a mi hija! ¡Por el trueno de Adad! ¿No debemos ayudar al prójimo para evitar el castigo de los dioses?

Esto último hizo que un eunuco de piel oscura titubeara.

—¿Qué es lo que desea?

—Mi hija está aquí. No la veo desde que era una bebé. Solo pido unos minutos con ella.

—¿Quién es su hija?

—Erishti. Soy Tahu-sin, su padre.

El eunuco se rascó la barbilla, luego llamó a otro de su misma tonalidad, pero de mirada menos severa.

—Siko, este hombre dice ser el padre de tu señora.

El tal Siko lo contempló con recelo.

—¿Cómo sé que no miente?

—Porque si miento, recibiré la ira de este Dios que nos pretende aniquilar, y no pienso morir sin antes ver a mi hija.

Tahu-sin nunca se enteraría qué había movido al eunuco a aceptar su propuesta, pero el hombre lo guió hasta un cuarto donde se quemaba incienso y se rezaba a los dioses. Dos sacerdotisas rogaban piedad a Ishtar, pero al verlo, se esfumaron detrás de una cortina. Siko condujo a Tahu-sin frente a una cama donde una mujer bella, pero demacrada, contemplaba la nada. Sus ojos abiertos no revelaban vida y su cuerpo se encontraba demasiado relajado como para pertenecer a un ser humano.

El alma de Tahu-sin se derritió. La hermosura de Erishti representaba lo mejor de Nin. Esa piel perfecta que combinaba con un cabello oscuro, ojos de ébano y labios rojizos, parecía el trabajo de un artesano con el más fino cincel sobre el mármol más puro. ¿Cómo sería su voz? ¿Qué pensaría? ¿Qué le habían hecho los dioses? ¿Acaso lo castigaban a través de su hija? Pero no permitiría que le arrebataran su futuro. ¡Él estaba arrepentido! Durante años había pedido la muerte para expiar sus culpas; ahora se humillaba consciente de su maldad. ¿Nadie pensaba brindarle una segunda oportunidad?

Se arrodilló y besó las manos de su hija, luego lloró. Por primera vez en años, Tahu-sin dejó que las lágrimas corrieran y mojaran su barba. Una fuente se rompió en su interior y tardó mucho en sacar las emociones contenidas. Siko se mantuvo distante, pero alerta, respetando su dolor y cuidando la puerta. Y aunque Tahu-sin mojó la ropa de su hija con sus lágrimas, ella no despertó.

Cuando logró controlarse, se limpió la cara y miró al eunuco.

—¿Cuánto tiempo lleva así?

—Mucho, mi señor. A veces parece que despierta, pero son tantos sus temores que debemos drogarla para que no se lastime. Los dioses le hablan; ella no tolera sus discusiones. Empezó con horribles pesadillas en las que incluso vio al enviado de Ea salir del pez. Luego le falló el habla, más tarde la cordura. Dejó de interesarle el arreglo de su persona y de sus habitaciones, uno de sus pasatiempos. Más tarde se negó a comer. Hemos hecho lo imposible por no dejarla morir, pero ella no desea luchar.

Tahu-sin se sentó junto a ella y colocó la cabecita sobre su amplio pecho.

—Mi pequeña Erishti, ¿qué te han hecho los dioses? ¿O qué has hecho tú, mi bella niña, para que te castiguen de este modo?

Siko abrió la boca, pero la cerró de inmediato.

—Erishti no le debe nada a la diosa. Empaca sus cosas ahora mismo. Tú vendrás con nosotros.

—Pero…

—Irá a la casa de su tía para reponerse. Lo último que necesitan es la carga de una enferma. ¡Anda!

Su voz resonó como cuando daba órdenes en el barco, pero surtió efecto. Siko hizo los preparativos, en tanto que Tahu-sin acunaba a Erishti rogándole perdón. El eunuco consiguió una litera, aun cuando Tahu-sin la hubiera podido cargar hasta la casa de Ziri-ya, pero no deseaba levantar sospechas o avergonzar al templo. Una vez en la casa, le pidió a la sierva egipcia que Zuú le envió para atender al profeta, que preparara una recámara. La egipcia observó a Erishti y su boca formó una mueca, luego una sonrisa. Tahu-sin no indagó por los detalles de la vida pasada de su hija, solo se entregó a su cuidado.

No se separó de ella; ni siquiera almorzó con Jonás, que por cierto dormía la mayor parte del tiempo o se dedicaba a orar a su Dios. ¿Estaría intercediendo por Nínive? Solo mandó un mensaje con Kaffe para contarle a Zuú sobre la presencia de su hermana. Quizá Zuú querría verla para encargarse de ella. Pero Zuú no pasó por allí.

3

Zuú no lo podía creer. ¿Qué hacía Erishti en su casa? Por supuesto que su padre desconocía la traición de su hermana o la infidelidad de Bel-kagir, pero ¿con qué derecho la traía para romper la paz de su hogar? En un arranque de ira despidió a Muti, que con su sarcasmo habitual le pidió permiso para encargarse de la enferma.

—Yo sé cómo traerla de vuelta, señora.

—¡Pues entonces lárgate! Ve con ella, así me libras de la molestia de ver tu cara todos los días.

Muti solo había sonreído, lo que más exasperó a Zuú. De por sí los días resultaban pesados y trágicos. Se había cansado de usar ropa áspera, de rezar a todas horas y realizar innumerables caminatas, ofrendas y cultos para reducir el castigo. Le enfadaban las exigencias de su tía, que a modo de venganza, la irritaba con quejas por la servidumbre o la comida. Para colmo, Bel-kagir se la vivía inspeccionando la ciudad, Oannes a todas horas hablaba de su abuelo, y como si no fuera suficiente, ¡Erishti había vuelto!

Menos mal que Bel-kagir todavía no se enteraba o no se separaría de ella ni un segundo, lo que solo aumentaría su frustración. ¡Qué desgracias! ¿Cuándo la dejarían en paz? Los dioses se ensañaban con ella, primero con la infidelidad de Bel-kagir, luego la plaga, la muerte de su tío y sus suegros, la noticia del desastre en Nínive y ahora la aparición de su hermana.

¿Estaría tan mal como sugería Muti? Según ella, los demonios se habían confabulado para exprimirle todo soplo de vida, pero con esa egipcia todo resultaba fantasioso. Por otra parte, Kaffe concordaba en su gravedad. Para colmo, Tahu-sin surgía como el padre devoto que no se separaba del lecho de su hija, una forma más de humillarla. A Zuú ni le dirigía la palabra, ¿o era al revés? ¡Qué dolor de cabeza!

Decidió salir al jardín para distraerse. Se sentó sobre el pasto, recargando su espalda contra el tronco de un árbol y acariciando el pelaje del perro negro que no podía estorbar a la enferma. Los pájaros cantaban y la paz del cielo contrastaba con el tumulto en su corazón. ¿Qué estaría haciendo el profeta? Lo imaginaba de rodillas, postrado ante su Dios para suplicar por una segunda oportunidad para Nínive, pero según Kaffe y Muti solo dormía. No les creía. Los hombres santos generalmente pensaban en los demás y no en ellos mismos.

Permaneció en esa posición un largo rato hasta que el cielo se tornó rojizo y la tarde cayó sobre Nínive. El perro hasta roncaba, pero Zuú dejó que la brisa vespertina la envolviera y cerró los ojos un rato. Como solía hacer, se escapó a ese mundo de fantasía que la envolvía en su abrazo protector, esas alas de la paloma gigante que la cuidaban en sueños. A veces evocaba el cielo estrellado que formaba figuras divertidas o repasaba el milagro más grande de su existencia: el nacimiento de Oannes. En otras, meditaba en aquella noche en el templo de Ishtar donde había experimentado esa presencia divina que otorgó sus deseos. Aunque por lo general, simplemente viajaba a la casa de campo donde montaba a su yegua a través de los campos de cebada y trigo.

—¿Qué te resulta tan hermoso, Zuú?

La voz de su padre la sobresaltó. Él la contemplaba con interés, con los puños sobre las caderas y en una actitud paternal. Ella lo odió por eso. Él se sentó a un lado, lo que más la incomodó, pero el mastín hizo un sonido de placer y recostó su cabeza sobre el regazo de su amo. Zuú quedó atrapada cuando Oannes llegó corriendo y le plantó un beso a su abuelo.

—Hoy aprendí más letras, abuelo. Mi papá me mandó un maestro que me está enseñando a leer y a escribir.

—Eso es bueno. Así serás un gran sabio o un escriba en la corte del rey.

Él lanzó una carcajada:

—Yo no quiero ser soldado ni comerciante.

—¿Entonces qué?

—Viviré en la casa de campo del tío Eshardón, que según mi mamá será toda mía un día de estos. Allí voy a cuidar a los animales y a vigilar los campos. ¿Sabías que mi mamá mató un león?

—No lo sabía. —Tahu-sin miró a su hija.

—No lo maté, Oannes —se sonrojó Zuú—. Eso comprueba cómo las personas tergiversan las historias.

Pero Tahu-sin se dirigió a su nieto:

—¿Te gusta la casa de campo? Yo la visité dos o tres veces. Sus viñedos son envidiables.

—Es el mejor lugar para vivir, abuelo. Mi mamá y yo somos muy felices allí.

Zuú contempló a su hijo con espanto. Oannes no había vivido en el campo salvo unos cuantos meses después de su nacimiento. No conocía la yegua, ni el pueblo. ¿De cuándo acá se interesaba por la campiña?

—Oannes, ¿quién te dijo lo de mi yegua?

Él se encogió de hombros:

—Todos lo saben. Nabussar me contaba mucho de Dos Leones, como la gente llama a ese lugar ahora.

¡Nabussar! Zuú trató de no emocionarse o ruborizarse, pero al parecer falló en las dos cosas. Sabía que Nabussar había pasado mucho tiempo con su hijo, más que Bel-kagir o la misma Zuú. Egla y él lo habían criado, la hebrea en su aspecto espiritual y Nabussar en lo intelectual. Por lo menos Muti se mantuvo alejada de su educación, si lo hubiera hecho su hijo practicaría la brujería. De todos modos, le animó saber que Nabussar apreciaba el campo y admiraba a Zuú. Quizá por eso, dejó que Oannes se marchara en busca de su nana y le pidió a un esclavo un poco de agua, por cuestiones del ayuno.

—¿Quién es Nabussar? —preguntó Tahu-sin cuando Oannes desapareció por la puertita.

—Un antiguo esclavo de Bel-kagir. Huyó hace más de un año.

¡Cómo volaba el tiempo! Y aun así, ella lo seguía recordando con cariño. Podía dibujar su rostro y su sonrisa. A veces repetía sus juegos de mesa, sus conversaciones y sus caminatas por la campiña. Pero sobre todo, lo veía sobre el carro en persecución de la leona, luciendo atlético y varonil, sin miedo a perder la vida para salvaguardar la de sus seres queridos.

—¿Por qué dice Oannes que la casa de campo será suya?

Zuú le contó sobre la herencia de su tío. La casa de campo sería de Zuú, luego de su hijo.

—Dime, Zuú —le preguntó su padre en un susurro—, ¿eres feliz?

Ella agachó la vista y dejó a un lado sus ilusiones. Su padre no tenía ningún derecho a entrometerse en su vida privada. Le había robado a su madre. Ahora le traía a su mayor enemiga bajo su techo.

—¿Amas a tu esposo?

¿Qué le interesaba? ¡Él no había querido a su madre o jamás la habría matado! Suponía que la engañó con otras mujeres, probablemente la había golpeado. ¿Que si era feliz? ¿Podía serlo si su esposo amaba a su hermana, si la golpeaba por cualquier excusa, si la detestaba y la apartaba de su lado sin razón? Zuú soñó con el día de su boda, solo para descubrir que el matrimonio no era un lecho de rosas, sino de espinas, y de las más puntiagudas. Ni siquiera la maternidad satisfacía ese vacío interior que se agrandaba con el transcurso de los días. Solo en el campo se sentía libre y dueña de su futuro. Solo allí, en contacto con la naturaleza, apreciaba las bellezas que aún existían. En medio de los plantíos y los animales entendió que el hombre echaba a perder su ambiente, pero que había esperanza, esa que renacía cada primavera en los botones de las flores, en los capullos de las mariposas y en la muerte de la semilla para dar el fruto de la tierra.

—Debo irme. Bel-kagir no tarda en llegar.

Se puso de pie y Tahu-sin la imitó. Se paró frente a ella y dijo:

—No has respondido a mi pregunta.

—Fueron dos, no una. Anda, ve a cuidar a tu hija menor. Ella te necesita más que yo.

Tahu-sin no se movió. Ella trató de rodearlo, pero él la detuvo.

—Supongo que la respuesta a ambas es: no.

—Supón lo que gustes.

Le dolió su falta de respeto, pero su padre no se había ganado su amor. Las lágrimas se agolparon en sus párpados. ¿Por qué la atormentaba? Por primera vez, rogaba a los dioses que Bel-kagir permaneciera esa noche en el palacio, en la casa del *turtanu* o en una posada, pero que no volviera a la casa. No podría confiarle que Erishti estaba allí. No soportaría presenciar cómo corría él a su lado.

* * *

—Bel-kagir, hay algo que debo decirte.

Él aspiró profundo y se repitió tres veces que debía hacer lo correcto y escuchar a Zuú. Se lo debía a los dioses y al rey. Si no cumplía, Nínive sería destruida. ¿Qué le costaba sentarse y prestarle atención? Y mientras se sentaba, se preguntó por qué ella continuaba vistiendo esos trapos viejos. Cierto que el rey lo decretó, pero Abella hacía caso omiso a las indicaciones, o por lo menos disimulaba y lucía hermosa, aun con esos velos pesados que cubrían su rostro. Para su buena suerte, ella rechazó al hijo de Ashur-dan III, lo que le causó un serio enfado al *turtanu*, pero la consentía tanto que la perdonó enseguida. Le prometió esperar a que ella propusiera un buen candidato.

—…trajo a Erishti a casa.

Solo escuchó la última frase. ¿Qué con Erishti?

—Perdona, no te escuché bien. ¿Puedes repetir lo que dijiste? —Trató de sonar condescendiente, incluso tocó su brazo para salirse con la suya.

—Que mi padre fue por Erishti al templo y la trajo a la casa de mi tía. Dice que la cuidará.

—¿Tan mal está? —preguntó con sinceridad.

—Muti y Siko la están tratando de curar.

Bel-kagir hizo un esfuerzo enorme por controlar sus expresiones. No quería que Zuú le echara en cara el pasado, pero le emocionaba la presencia de Erishti en la casa.

—Zuú…

—Debes visitarla —lo interrumpió ella y se puso de pie con tristeza—. Es lo correcto.

Salió sin hacer ruido, admirando la valentía de su mujer. Quizá por eso él y Zuú no se llevaban bien, porque a pesar de sus desplantes y problemas, ella siempre optaba por lo correcto. Su personalidad soñadora la hacía creer en las personas, confiar en ellas y darles una segunda oportunidad. Y Bel-kagir prefería ser cauteloso, dudar de todos y buscar su provecho. Eso lo aprendió de sus padres y la guerra; si uno no vigilaba su propia espalda, nadie lo haría. Ni siquiera los esclavos eran de fiar. Nabussar lo traicionó. ¿O había sido él? Ya lo había olvidado.

Atravesó el jardín que le trajo recuerdos de su niñez, cuando Erishti, Zuú y él podían charlar sin complicaciones, reír sin fingimiento y amarse sin compromiso. Tahu-sin lo detuvo en la puerta.

—Zuú me pidió que visitara a Erishti.

Tahu-sin lo miró de soslayo:

—Zuú no ha querido venir a ver a Erishti. ¿Por qué te enviaría a ti?

—Lo mismo le pregunté, pero las mujeres son un misterio.

Intentó bromear con Tahu-sin, pues algo en ese hombre le intimidaba. Siko lo reconoció de inmediato, pero disimuló bien. Bel-kagir procuraría premiarlo más tarde, probablemente con un jarrón del vino de Eshardón. Tahu-sin le informó que bajaría un rato con el profeta, así que Bel-kagir se quedó solo con Siko y Muti. Erishti se veía igual de perfecta y bella que siempre, pero dormía intranquilamente y eso lo descompuso. ¿Aún la molestaban los dioses?

—Amo Bel-kagir —lo saludó Muti con coquetería. Esa egipcia no dejaba de atosigarlo a todas horas e insinuársele de mil maneras. A él le agradaba su cuerpo, pero no su carácter. Algo siniestro en ella lo ponía en guardia.

—Veo que sigues fiel a tu ama, Siko.

Él se dobló en una reverencia:

—Ella es especial, señor. Usted no puede negarlo.

Él la contempló. Deseaba acariciarla, pero no con Muti presente. Esa mujer sería capaz de levantarle un falso testimonio o armar un revuelo.

—Mi señora sufre mucho. Muti dice que un demonio la ha poseído. Debemos sacárselo, señor.

Bel-kagir se retorció.

—¿Qué opina Tahu-sin, su padre?

—Él no confía en mis artes —contestó Muti con aire de ofendida—. Pero no impedirá sus órdenes. O más bien, no tiene por qué enterarse. Cuando su hija despierte, estará agradecido y olvidará cómo regresó de los muertos.

—Pues si no necesitas el permiso de nadie, ¡hazlo ya!

Muti se miró las uñas:

—Usted no comprende, amo. Le he servido bien desde que me compró en Babilonia, pero soy una esclava. Para realizar ciertos encantamientos se requieren ingredientes costosos —susurró clavando en él sus pupilas—. El señor Tahu-sin es un siervo más, y la señora Zuú jamás me daría dinero para ayudar a su hermana, ya que usted y la señora Erishti…

Dejó la frase incompleta con toda alevosía, lo que Bel-kagir resintió. Pero debía mantener la paz para que el Dios del profeta los perdonara. Y hablando del profeta, se le vino una idea, pero decidió masticarla lentamente antes de proponerla. Les dio la espalda al par de esclavos y contempló el jardín desde la ventana. Tahu-sin y Oannes construían un barco de madera. ¿Cómo sabía de navíos el padre de Zuú? Notó que lo tallaba con gran detalle y Oannes saltaba de un lado a otro.

Bel-kagir regresó a sus planes. ¿Y si le pedían al profeta que despertara a Erishti? Los hombres santos solían hacer milagros. Si el enviado de Ea detuvo una tormenta y moró dentro de un pez, ¿qué le costaría echar fuera a unos cuantos demonios? ¡Esa sería la solución perfecta! De ese modo, no le debería favores a Muti, ni iría en contra de Zuú, y aumentaría su fama, la que escalaba a pasos agigantados gracias a la presencia del profeta bajo su techo.

A punto de entrar y dictar órdenes, el nombre de Abella atravesó su conciencia. ¿Qué haría si Erishti recuperaba su antigua personalidad? Ella no era tan dócil como Zuú. ¿Qué tal si Erishti le exigía matrimonio? ¿O si lo seducía nuevamente y él terminaba como el amante de una hija de la diosa por segunda ocasión?

En comparación con Abella, Erishti carecía de esos modales refinados que deletreaban éxito. Si Bel-kagir podía conseguir el trono, no se conformaría con el altar. A sus ojos, el poder de un rey o un *turtanu* superaba a cualquier dios. Erishti no debía recuperar su vida o destruiría la de Bel-kagir. Sus caprichos lo hundirían; Abella lo despreciaría. Por lo poco que la conocía, aseguraba que Abella no perdonaría como Zuú, ni se haría la despistada. Si lo atrapaba con dos amores, lo divorciaría.

Se dio la media vuelta:

—¿Qué te hace falta?

Muti sonrió con malicia y mencionó una serie de objetos y animales que jamás cruzaron por su mente. ¡Bruja!, le gritó en su interior. Pero cabía la posibilidad de que sus remedios fracasaran.

—Le diré a Kaffe que te traiga unas monedas, pero tú misma deberás comprar esas cosas. Nadie debe descubrir lo que haces. ¿Tú qué dices, Siko?

—Haré lo que sea por mi ama.

Bel-kagir se despidió y se preguntó si Siko amaría a Erishti como hombre, padre o hermano. ¡Esos esclavos lo llevarían a la tumba! Primero Nabussar coqueteaba con Zuú, ahora Siko… ¡Qué le preocupaba!, se rió en voz alta. Siko era eunuco.

—Papá, ¿quieres ver mi barco?

—Ahora no, Oannes.

—Mi abuelo y yo lo construimos. Él fue capitán de un barco, ¿sabías?

Bel-kagir lo hizo a un lado. ¿Tahu-sin capitán? ¡En sus sueños!

—Llevo prisa. Otro día.

Minutos después, Bel-kagir se encontraba en una taberna aguardando al mensajero que no tardó en llegar con una carta de Abella. Ella lo citaba en una casa abandonada en el barrio de extranjeros. Bel-kagir se peinó la barba y se echó unas gotas del perfume que traía en el cinto. No se imaginó que la ocasión de verla a solas se presentaría tan pronto, pero le agradó su audacia. Sin embargo, la situación no resultó lo que esperaba. Ella, cubierta de pies a cabeza, levantó la mano para detenerle el paso.

—Solo escucha, Bel-kagir.

Él arrugó la nariz ante el intenso aroma a humedad y moho de la casucha. Por eso los extranjeros se morían de cualquier enfermedad. Seguramente ellos trajeron la peste a Nínive.

—Lo que usted ordene, señora.

—No me hables con tal formalidad. Y no finjamos. Sé que tus ojos me han transmitido más de lo que tus labios dirían, pero no quiero confusiones. Yo nunca seré la amante de otro hombre. Solo hay una manera de que tú y yo estemos juntos. Mediante el matrimonio.

—Pero, señora…

—Tampoco me interesa unirme a un divorciado. Eso no se vería bien delante de la sociedad.

—Entonces, ¿qué me queda?

—Olvidarme —respondió ella.

El estómago de Bel-kagir se comprimió. ¿Para eso había levantado sus expectativas? ¡Qué clase de mujer hacía eso! Lo dejó boquiabierto, deslizándose con su elegante ropa y su intenso perfume que solo lo mareó. Sin embargo, antes de salir por la puerta, susurró:

—Aunque dos viudos no tendrían nada que temer.

Y Bel-kagir supo que la tragedia lo perseguía. Nada le salía bien.

4

La pierna le dolía, así como la cabeza, pero Tahu-sin le advirtió que sus invitados lo aguardaban en la terraza y no admitió una negativa. Jonás cerró los ojos. ¡Qué cansancio! Faltaba poco para que los cuarenta días concluyeran, pero él había pasado la mitad del tiempo durmiendo. ¿Qué le sucedía? Suponía que el viaje y su aventura en el océano minaron sus fuerzas; ¿qué ganaba atendiendo a las visitas?

No tenía por qué quedar bien con nadie, mucho menos con un grupo de hebreos desertores que habitaban en Nínive, lejos de su Dios y su tierra por algún crimen oculto o vergüenza familiar. Pero solo porque Tahu-sin sería capaz de sacarlo a rastras, se apoyó en su bastón y empezó la caminata rumbo al lugar de encuentro. Presa de su debilidad y desconsuelo, revisó sin gran interés los alrededores. La esclava egipcia casi no lo atendía desde que la hija menor de Tahu-sin había vuelto de un templo, ignoraba cuál; tampoco sabía la causa de sus desgracias, ni le interesaba investigar.

Prácticamente se arrastró hasta la terraza, y Tahu-sin le acondicionó un asiento especial para que su pierna descansara. Jonás se preguntó si un poco de vino ayudaría a su malestar, pero su voto lo prohibía. El mismo rey de Nínive declaró un estricto ayuno que, por lo menos en esa casa, se cumplía al pie de la letra, cosa que le intrigaba. ¿En verdad Nínive se arrepentía? ¿Los perdonaría el Altísimo?

Un saludo masculino lo regresó al presente. Examinó a los cuatro varones frente a él. Por lo menos no habían tenido el descaro de traer a sus mujeres, madres o hermanas. A pesar de hallarse rodeados de asirios, los cuatro vestían túnicas a la usanza hebrea y se dirigieron a él en su propia lengua. Después de un breve discurso, en que le desearon las bendiciones del Todopoderoso, le confiaron su identidad. Dos de ellos comerciaban con telas, en el mismo negocio del finado Madic, consuegro de Tahu-sin. Los otros dos fungían como banqueros, prestando dinero y cobrando intereses a los infieles. Pero Jonás, aturdido por el dolor, no apetecía charla trivial.

—¿Cuántos hebreos hay en la ciudad?

Jacob contestó:

—Pocos libres, muchos esclavos. Pero algunos han perdido todo rasgo de patriotismo, señor. Se comportan como los paganos y adoran a sus dioses.

No le sorprendió. Aun los que pisaban la tierra prometida conservaban ídolos en las alcobas o en las alacenas, ofreciéndoles grano y libaciones de vino para no ofenderlos. ¿Debía preguntar por la tía Egla?

—Señor —continuó Jacob—, ¿qué debemos hacer ahora que nos ha traído esta profecía?

Jonás se indignó. La profecía se refería a los asirios, no a los judíos disidentes. Le costaba trabajo enfocar sus rostros y creyó que se desmayaría, pero Tahu-sin le acercó una copa que bebió al instante. No escupió su contenido a pesar del amargo sabor; solo supo que le ayudó a despabilarse un poco. Luego se enteraría que era su primer trago de esa cerveza oscura que los asirios consumían, pero Tahu-sin le juró que no había en ella ni una gota del fruto de la vid.

Tardó en responder para ordenar sus pensamientos. Empezó a marearse, incluso se recargó unos segundos en sus propias manos para no cabecear. Giró el rostro y contempló la ventana de una casa vecina. Un esclavo le rizaba la barba a su amo con una barra de hierro caliente. Ya decía que esos rizos no podían crecer naturalmente. Tahu-sin se aclaró la garganta para llamar su atención. Jonás se rascó la espalda. No le debía explicaciones a nadie, mucho menos a un asirio. Finalmente, encaró a los cuatro.

—Deben salir de aquí. De hecho, no concibo que los hijos de Abraham se mezclen con otros. ¿Dónde ha quedado su dignidad? Huyan antes que nuestro Dios descienda y desaparezca Nínive.

—Señor, toda nuestra vida hemos vivido aquí —dijo Natán, el más joven de los cuatro—. Si nos vamos, perderemos lo que hemos ganado: una posición y formas de contactar a más clientes.

—¿Tienes familia, Natán?

—Una esposa y tres hijos.

—Si los aprecias, sal de Nínive. ¿O qué legado les darás? ¿Las cenizas de Sodoma o los restos de Babel?

Los cuatro agacharon la vista.

—¡Cuán fácil les fue abandonar Samaria para tender sus tiendas en los campos de Nínive! Luego, como Lot, se han ido acercando hasta colindar con los perversos que han destruido nuestra nación. ¿Acaso ustedes adoran al Señor de Moisés? Yo creo que no, pues solo en el templo se puede uno acercar a la presencia santa, y dudo que realicen viajes constantes para rendir sus respetos al Altísimo.

—Pero, ¿y si el Señor perdona a Nínive?

—¡Doblemente insensatos! —se exasperó—. Si nuestro padre Abraham no logró salvar a Sodoma porque no se hallaron diez justos, ¿creen que en Nínive hallarán más?

—El rey está verdaderamente turbado. Ayer mismo lo vimos en el templo ofreciendo dos toros, y no ha vestido sus mantos reales ni organizado escaramuzas —se defendió el tercero.

—Además —continuó Jacob—, nuestro Dios es un Dios de misericordias. Eligió al mismo Jeroboam para recuperar más territorio. Precisamente recibimos noticias hoy por la mañana sobre una nueva victoria. El rey está recuperando los territorios de Siria para nuestro pueblo.

Jonás se sobó las sienes. No le interesaba escuchar los triunfos de ese pagano, al que él le había tenido que dar semejante profecía. El Todopoderoso ciertamente actuaba de modos extraños, pero Jonás no apreciaba su sentido del humor. ¿Por qué lo escogía para ese tipo de misiones? Quería llorar y regresar al cuarto para tenderse y dormir. Es más, debía partir de allí antes que la locura lo conquistara.

—Anden —les reclamó—, vayan a sentarse junto a este rey pagano para interceder por el pueblo que mata a nuestra gente y los vuelve esclavos. No sé por qué pierdo mi tiempo aquí.

Natán se entristeció:

—Es que…

—¡Nada! Si tanto aman a estos paganos, vayan y consuélenlos, pero dejen de llamarse a sí mismos hijos de Abraham. No puedo entender por qué han preferido esta ciudad de vicios y pecado a la santa Jerusalén en su propia tierra.

Tahu-sin lo miró con desprecio, pero Jonás lo hizo a un lado y volvió a su habitación. Ya no soportaba la debilidad en su cuerpo y su espíritu desfallecía.

—Eres injusto —le dijo al Altísimo en voz baja—. Premias a los pecadores y a los que te servimos nos maltratas.

Para su mala fortuna, otra visita lo aguardaba justo frente a su lecho. Se trataba del nieto de Tahu-sin, ese niño de facciones agradables y ojos claros que lo recibió con una sonrisa.

—¿Qué haces aquí? Vete a tu casa. Quiero descansar.

—Lo siento —Oannes colocó sus manos detrás de la espalda—. Solo quería pedirle que me contara una historia.

—¿Un cuento? No soy el entretenimiento de nadie.

Oannes negó con la cabeza:

—No lo decía por eso. Es solo que hace mucho no practico mi hebreo y temo olvidarlo. Una esclava me relataba historias hebreas todas las noches, y por eso conozco un poco del idioma.

—¿Una esclava?

—Sí, primero fue nana de mi abuela, luego de mi mamá y cuando yo nací era muy anciana, pero le gustaba mucho sentarme sobre su regazo. Ella me hablaba de Abraham, Isaac, Jacob, José y Moisés. A veces se refería a David o a Salomón, pero nuestro favorito siempre fue Noé. Bueno, a mí también me agradaba José. ¿Sabía usted que lo metieron a la cárcel injustamente? ¿Y que sus propios hermanos lo traicionaron?

Jonás se apoyó sobre la pared para descansar su pierna, pero escuchaba realmente fascinado.

—Fue vendido a un grupo de ismaelitas y terminó en casa de un funcionario importante del faraón. La mejor parte es cuando interpreta los sueños del faraón y salva a los egipcios de la hambruna que también afectó a Jacob y su familia. Ellos finalmente descubrieron que José vivía. Lloré cuando imaginé lo que los hermanos sintieron. Supongo que mucha vergüenza, ¿no cree?

—¿Y qué pasó con tu esclava?

—Murió, pero no en la peste, sino por vieja. Si usted desea dormir, me voy. Mi mamá dice que no debemos importunar a los demás.

Jonás se limpió la frente sudorosa.

—Tráeme ese banquillo.

Oannes obedeció y Jonás lo encaró:

—¿Has oído de Eliseo?

—No, señor.

—¿No? Fue el profeta más grande de todos, o quizá fue Elías, pero da igual. Mi padre conoció a Eliseo, ¿sabes? Un hombre calvo, pero con gran poder de parte del Altísimo.

Oannes se cruzó de piernas frente a él. Jonás se preguntó qué hacía. Unos minutos atrás había corrido a un grupo de compatriotas de modo grosero e insultante, y de pronto se encontraba con un niño pagano, dispuesto a contarle la vida de Eliseo. ¿Debía detenerse? Los ojitos del niño brillaban y Jonás suspiró. Definitivamente la vida daba giros inesperados, y si hacía bien o mal no lo discutiría. Solo sentía ganas de ser escuchado.

—En cierta ocasión, Eliseo visitó a una mujer que le había construido una alcoba especial para que reposara cuando pasara por la región. Ella tenía un hijo, supongo que de tu edad, o más chico. El caso es que esa mañana el niño sintió un fuerte dolor de cabeza…

* * *

Tahu-sin salió a dar una vuelta. Se sentía molesto por la actitud de Jonás ante sus compatriotas. Además, el profeta había casi asegurado que su Dios no perdonaría a Nínive, lo que lo angustiaba. ¿Qué acaso el Dios hebreo no se daría cuenta de que los hijos de Asur estaban realmente arrepentidos? ¿No aceptaría sus sacrificios de días pasados? Tahu-sin reconocía los esfuerzos de la población; no bebían cerveza, las tabernas estaban casi vacías y los sacrificios se realizaban a cada hora con regularidad. Hasta se rumoraba que las hijas de Ishtar habían sugerido que las vírgenes pospusieran sus votos hasta que los cuarenta días culminaran.

Pero según las palabras del profeta, su Dios no los perdonaría. No borraría su condena y lanzaría el fuego de su ira contra ellos. Caminaba sin rumbo fijo, sumido en sus pensamientos, así que no reconoció la casa hasta que se detuvo frente a ella con un nudo en la garganta. Sus pies lo habían traicionado, conduciéndolo al último lugar en la tierra en que desearía estar.

Se trataba de su antigua casa, el hogar que él y Nin construyeron después de su matrimonio. Sus padres vivieron allí, luego él. Pero un día, seducido por el alcohol, poseído por demonios, irritado con la vida y loco de violencia, clavó su daga en el pecho de su esposa destruyendo en el proceso a sus hijas. Rozó la madera de la puerta, la cual se abrió sin que él se lo propusiera. Nadie lo saludó, de hecho, la casa estaba vacía y adivinó el porqué. Seguramente los vecinos le contaban a todo prospecto que quisiera comprarla sobre el crimen que teñía sus paredes, de modo que ese lugar resaltaba como un lugar de fantasmas.

Pero Tahu-sin entró. La luz de unas antorchas en la calle lanzó tenues destellos sobre los muebles viejos que se pudrían debido a la humedad y el descuido. Muchos de ellos continuaban en el mismo lugar, incluso había manchas oscuras en el piso, probablemente de la sangre de Nin. Luego alzó el rostro y se topó con sus talismanes, los que Nin colocó en cada esquina para ahuyentar a los malos espíritus, los que resultaron poco efectivos dadas las circunstancias.

A su mente acudieron las imágenes de su pasado: Nin y él abrazándose con ternura, la pequeña Zuú jugando con el perro, Erishti durmiendo placenteramente sobre una manta. Todo se había esfumado en una noche, en un momento de pasión y demencia. Tahu-sin era el único culpable de sus desgracias. Debía salir de allí, no fuera que lo atraparan los genios por segunda ocasión.

Trastabilló en la calle y por segunda ocasión terminó en el sitio incorrecto. Se encontraba frente a la taberna de Innana, una mujer de Ur que conocía bien a Tahu-sin. Y para su mala fortuna, había bajado los escalones hasta el sótano donde las paredes de lodo seguían sin pintar. Pero las mesas y las bancas, de madera oscura y rasposa, continuaban reuniendo a hombres de todas las edades. El aire olía a rancio y en el fondo tres hombres tocaban instrumentos musicales. Sin embargo, faltaban las bailarinas, quizá debido al edicto del rey, así como las mujeres semidesnudas que ofrecían vino y sus servicios. Más bien se topó con simples muchachas que le ofrecieron cerveza ligera y un poco de fruta. Tahu-sin aceptó una copa, la que contempló durante varios minutos.

Aunque la bebida no había vuelto a tumbarlo, supo que si comenzaba, no lograría detenerse. Desde su naufragio no había probado mucho vino, mucho menos en la presencia de Jonás. Pero si, según el profeta, sus privaciones no servían de nada, ¿a quién le afectaría que Tahu-sin se emborrachara? Se le antojaba un trago como nunca antes. Solo uno. A nadie dañaría, es más, ni siquiera se enterarían. Pero a punto de alzar el vaso, su conciencia le advirtió precaución. Le seguirían dos o tres copas más, luego cuatro o cinco, y su corazón se alegraría y su cuerpo se relajaría, pero también su visión se trastornaría y arrastraría las palabras, para finalmente desear a una mujer a toda costa y cometer barbaridades.

La voz lo distrajo:

—¿Tahu-sin?

Él giró el rostro y se encontró con Innana, años mayor que la última vez que la había visitado, pero igual de atractiva, si acaso un poco más gorda. Pero los kilos de más le sentaban bien, y su rostro maquillado aún le revolvía el estómago con una sensación de placer. Innana lo conocía mejor que nadie, quizá incluso que Nin, ya que la visitaba mucho antes de conocerla y casarse. Innana le había enseñado el arte del amor y del vino. Innana nunca lo había censurado, ni tachado de mediocre. Aun más, Tahu-sin corrió a sus brazos después de matar a Nin, y ella le sugirió marcharse de Nínive para no sufrir el castigo.

—¿Qué haces aquí?

Tahu-sin sonrió como un muchachillo de trece años. Innana era mayor por cinco, y siempre lo hacía sentir un inexperto.

—He vuelto.

—Eso veo.

Innana se acomodó a su lado y su mirada le embotó los sentidos. Hacía tanto que no experimentaba ese tipo de emoción.

—No has bebido nada. ¿Qué ya no te gusta mi cerveza?

—Me alegra verte. —Cambió el tema para evadir el de la bebida.

—Y a mí también. Esa cicatriz te sienta bien. Sigues igual de apuesto, querido extranjero.

Innana lo apodaba así debido a sus ojos, unos que a ella le fascinaban pero que Nin había temido.

—Vamos arriba —le sonrió—. Recordemos viejos tiempos.

Tahu-sin respiró con dificultad. Nada le agradaría más que volver a las habitaciones de Innana y perderse en su abrazo. Le platicaría sobre sus días sobre el mar, sus pleitos y aventuras, sus hazañas y su fama de hombre rudo. Le hablaría de sus pocos años como capitán, de su encuentro con el profeta y de la sabiduría que había adquirido en sus andanzas. Ella lo escucharía como nadie en su propia casa lo había hecho. Ella le prestaría la atención que Ziri-ya, Zuú y el mismo Jonás le negaron. Pero algo lo incomodaba. No se trataba de una repentina piedad o moralidad, pues su viudez le brindaba ciertos privilegios, más bien reflexionaba en aquella tormenta que casi le quita la vida. El Dios de Jonás era de cuidado.

—No ahora, Innana.

—¿Tienes miedo, querido Tahu-sin? Eso no va contigo.

—Soy siervo del enviado de Ea.

Ella alzó las cejas con sorpresa.

—¿Y te ha prohibido divertirte?

—Más bien, he visto el poder de su Dios. Falta poco para que terminen los cuarenta días.

Ella suspiró con sarcasmo:

—Ya decía que te veía diferente. Seguramente te has vuelto religioso, como tu hija la sacerdotisa. He seguido de cerca las vidas de tus hijas, Tahu-sin. Les has hecho falta, pero poco les ayudarás con esta repentina santidad. Tengo mucho trabajo. No puedo perder el tiempo en viejas amistades.

Se puso de pie y se marchó. Tahu-sin la contempló con asombro. Jamás la había visto de esa manera, pero de pronto fue como si por primera vez leyera su personalidad. Innana era frívola, distante y persuasiva. No lo había amado, sino que se divertía con él. En ese instante se agachó para besar a un chica de catorce o quince años, y con asco Tahu-sin recordó que corrían rumores de que Innana favorecía a las jovencitas más que a los varones. Se cubrió el rostro y lanzó un gemido. Jonás tenía razón. Su Dios no los perdonaría. Por más que el ejército patrullara los alrededores, detrás de las cortinas y las puertas los ninivitas continuaban su forma de vida, donde todo se centraba en uno mismo y en el placer que se pudiera conseguir. Tahu-sin era uno más de los muchos que en realidad adoraban su «yo» en el altar, más que a Ishtar o a Asur. Mientras consiguieran satisfacción, alabarían al dios que más les atrajera.

Dejó la copa de cerveza intacta y se marchó. Pero antes de perderse en las sombras, observó a un grupo de soldados entrar a la taberna. Entre ellos estaba su yerno, el apuesto Bel-kagir, que no solo se empinó una copa de vino, sino que llamó a una de las chicas que atendían las mesas y le susurró algo al oído. Ella asintió. Tahu-sin no se quedó para enterarse. Se marchó susurrando, bajo las estrellas, plegarias de perdón al Dios desconocido que amenazaba con destruirlos con justa razón.

Hubiera deseado esconderse del mundo o volver por más cerveza y olvidarlo todo, pero el Tahu-sin nuevo, aunque ignoraba cuándo se había transformado, se deslizó por la puerta y se dirigió al jardín. Bajo un sicómoro elevó un rezo al Dios Altísimo, pidiéndole que no tomara en cuenta a los insensatos como Innana y Bel-kagir, sino que se apiadara de los inocentes como Oannes y Zuú. En eso, Siko apareció a su lado.

—Señor, mi ama, la señora Erishti, está despertando.

Tahu-sin saltó de su asiento y corrió a la habitación de su hija. Una lámpara iluminaba a la bella muchacha que se frotaba los ojos con desconcierto. Muti y Siko la atendían con alegría. Tahu-sin la tomó de las manos y la besó con cariño.

—Hija… has vuelto.

Ella lo contempló unos segundos, luego arrugó la frente:

—¿Papá?

Él cerró los ojos y dio gracias a los dioses.

5

—Señora, su hermana Erishti ha despertado —le dijo Kaffe.

Zuú dejó a un lado el tablero de los veinte cuadros y fijó su vista en el egipcio. ¿Qué esperaba de ella: que organizara una fiesta o corriera al templo de Ishtar a danzar? Pero la curiosidad ganó.

—¿Cómo está?

—No como antes, o eso dice Siko. Reconoció al padre de ustedes, pero no recuerda muchos detalles.

¿Debía visitarla? Se echó un manto sobre los hombros y cruzó el jardín. No valía la pena posponer lo inevitable; tarde o temprano la debía enfrentar. Muti sostenía un platón con fruta, Siko le llevaba uvas a la boca. Erishti lucía igual de hermosa que siempre, y Zuú la odió por ello. Buscó a su padre con la mirada. Tahu-sin mordía un trozo de pan y se alegró de verla.

—Los dioses son buenos, hija mía. Nos han devuelto a tu hermana.

Muti hizo una mueca que Zuú detectó. ¿Habrían sido los dioses o su magia negra? Siko también esbozó una cínica sonrisa que no tranquilizó su corazón. Se acercó a su hermana y ella la contempló con alegría.

—Zuú, ¿cómo estás?

Ella se mordió el labio. Deseaba echarle en cara su traición o gritar que la odiaba porque había destruido su matrimonio, pero la inocencia en las pupilas de su hermana la confundió. ¿Qué tanto recordaría?

—¿Cómo estás, Erishti?

—Muy cansada, pero estos buenos sirvientes me atienden bien. ¿Dónde está la tía Ziri-ya y el tío Eshardón? Tampoco he visto al perro. Debes traerlo para que caliente mis pies.

Zuú trató de hacer memoria. ¿Le había avisado sobre la muerte del tío? Para esas fechas Erishti ya deliraba, así que cabía la posibilidad de que no se hubiera enterado.

—La tía Ziri-ya está descansando. Mañana le diré que venga a verte.

Erishti se encogió de hombros:

—Está bien. Quizá podamos salir al jardín. ¿Crees que Bel-kagir venga a visitarnos?

Zuú intercambió miradas con Muti, Siko y su padre. Muti le acercó un poco de agua que Erishti bebió pausadamente.

—El amo Bel-kagir está ocupado en los asuntos del rey, señora Erishti —le dijo Muti con esa voz grave que Zuú detestaba—. ¿Qué se le ofrece? Podemos darle un mensaje de su parte.

—¿Asuntos del rey? Querrás decir de la casa de guerra. Bel-kagir se entrena para soldado, ¿verdad, Zuú? Solo quería que platicáramos un rato. A él le gusta oírme cantar.

Zuú exhaló con tristeza. Erishti había regresado al pasado, a sus días de juegos infantiles y niñez descuidada bajo la tutela de sus tíos. No había mencionado al templo ni a la diosa, ni reconocía a Siko como su fiel sirviente. Tahu-sin se aproximó con cautela.

—¿Cuántos años tienes, Erishti?

Ella se cruzó de brazos.

—No quiero hablar contigo. Mataste a mamá.

—Pero…

—Dile que se vaya, Zuú —susurró con los ojos anegados de lágrimas. Los hombros de Tahu-sin se desplomaron y Zuú le indicó que lo mejor sería que se marchara.

—Ve a darle algo de comer —le ordenó a Muti. Siko y Zuú se concentraron en la enferma.

—¿Quieres dormir, Erishti?

—No tengo sueño. Más bien me gustaría salir al mercado y comprar unos collares. ¿Podemos ir?

—Es de noche, Erishti. Tal vez mañana. ¿Te acuerdas de Siko?

Arrugó la frente:

—¿Es amigo tuyo o esclavo de mi tía?

—De hecho, es tu mejor amigo, Erishti.

Siko le agradeció el detalle con una inclinación de cabeza y dijo:

—Debe recostarse, señora. ¿Quiere algo más de comer? Puedo prepararle un té especial para dormir.

—Como quieras.

Siko salió de la habitación y Zuú tomó las manos de Erishti entre las suyas. No podía odiarla, por más que lo deseara. No veía en ella a esa mujer astuta y coqueta del templo, sino a la niña huérfana que había crecido a su lado, esa pequeña vivaracha y alegre que cantaba todo el tiempo.

—Zuú, perdóname —murmuró Erishti.

Los ojos de ambas se engancharon y Zuú trató de leer algo en ellos. ¿Quién le hablaba: la niña o la mujer? ¿Acaso Erishti se refería a su aventura con Bel-kagir? En ese instante sus pupilas negras no simulaban las de una criatura inocente, sino a los de la hija de Ishtar que amaba los lujos y el poder.

—Erishti…

—Di que me perdonas, Zuú. —Apretó sus manos y Zuú sintió el calor de sus palmas. Se trataba de Erishti, su hermana de veintitantos años que le había robado el amor de su marido, pero la presión en sus nudillos la precipitó.

—Te perdono.

Erishti suspiró y cerró los ojos. A los pocos segundos, Siko volvió con una bebida caliente y Erishti regresó a sus niñerías. ¿Estaría fingiendo? Zuú se apartó a una esquina dedicándose a doblar las ropas de su hermana mientras meditaba en lo ocurrido. Tahu-sin y Muti regresaron, y

Muti se dedicó a masajear la espalda de Erishti, en tanto Tahu-sin, después de pedir perdón, le hacía preguntas que Erishti respondía con la simpleza de una chiquilla.

De repente, el cuerpo de Erishti se contrajo y lanzó un grito. Zuú soltó las telas y se arrodilló junto a ella. Los ojos de Erishti lucían desorbitados, sus labios escurrían saliva y sus músculos se tensaron.

—Déjenme en paz.

—¿Quieres dormir, hijita?

—¡Váyanse! ¡No me torturen de nuevo!

—Pero no podemos dejarte sola —insistía Tahu-sin.

Sin embargo, Siko lo detuvo:

—No se refiere a nosotros. Ellos han vuelto.

—¿Quiénes? —preguntó Tahu-sin con desesperación.

Muti meneó la cabeza:

—Debemos sedarla o se hará daño. Iré por las hierbas.

Zuú sujetó las piernas de su hermana que empezaban a temblar, Siko la abrazó para que no se echara a correr.

—¡Largo! ¡No quiero saber nada de ustedes! ¡No me persigan! ¿Qué quieren de mí? Les he dado todo lo que tengo. ¡No me molesten!

Su violencia aumentó, de modo que lanzó una patada que hirió el rostro de Tahu-sin. Este ayudó a Zuú para que Erishti no se levantara, pero entre los tres a duras penas contenían la increíble fuerza de aquella delgada mujer. Erishti berreaba y lanzaba maldiciones; acudía a la Dama del cielo y a los demonios del inframundo. Hasta que Muti la forzó a tomarse una copa de un brebaje amargo, Erishti empezó a relajarse y terminó dormida.

—¿Qué fue eso? —quiso saber Tahu-sin.

—Es lo que mi señora ha padecido durante meses.

—Quizá debimos dejarla dormida —añadió Muti con verdadera preocupación.

—Algo debemos hacer, pero no hoy. Es noche. Vuelve a tu casa, Zuú. Nosotros vigilaremos a tu hermana.

Zuú le hizo caso, pero su mente no dejaba de repasar los acontecimientos. Erishti la niña, Erishti pidiendo perdón, Erishti luchando contra espíritus invisibles. ¿Cuál era la verdad? ¿Qué perdón le había ofrecido a su hermana y por qué? ¿La amaba o la odiaba? ¿Deseaba su salud o su miseria?

Pero desde que cruzó la puerta, el aroma rancio llegó a su nariz y junto con él cientos de recuerdos que había sepultado durante semanas. Bel-kagir había bebido. Se encontraba sobre los almohadones, roncando con la boca abierta y con el cabello despeinado. Despertó al oír sus pasos.

—¿Dónde andabas?

Ella deseó correr a la casa de su tía, cerca de los brazos de su padre y la autoridad de Siko.

—Erishti ha despertado.

Él escupió al suelo.

—¿Y eso qué? Tu deber es recibir a tu marido con los brazos abiertos. Por eso uno debe ir a otros lugares en busca de amor y comprensión. ¿Dónde está Oannes?

—Dormido. Es noche, Bel-kagir.

—¿Me estás llamando estúpido? Por supuesto que sé la hora. Pero veo que contigo es imposible sostener una conversación. ¿Qué dijiste sobre Erishti?

—Que ha despertado.

—Entonces voy a verla. Ella sí sabe consentir a un hombre.

Dando tumbos se dirigió a la puerta y Zuú se quedó paralizada. Debía detenerlo ya que Erishti no necesitaba a un borracho para espantar sus sueños. Además Tahu-sin se enfadaría con la imprudencia de su yerno, pero estaba cansada. Que Muti y Siko se las arreglaran como pudieran. Ella haría lo que fuera por evitar más insultos. Los había enterrado en el cofre de su memoria, pero al parecer, a pesar de las muestras de piedad de su marido, las cosas no cambiaban. Y tal vez nunca lo harían.

* * *

Tahu-sin lo interceptó en el patio, pero afortunadamente el estanque de agua estaba entre ellos así que no adivinó su borrachera.

—Erishti ha vuelto —le informó con una sonrisa—. Los dioses son buenos, Bel-kagir. No dudo que han visto nuestro arrepentimiento y nos darán una segunda oportunidad.

Dentro de su nebuloso cerebro avanzaron las ideas, pero no las profirió. ¿No que era solo un Dios y no varios? ¿En verdad creía que todo Nínive se cubría de cenizas? Le constaba que el rey no cesaba de ayunar y realizar sacrificios, al igual que los religiosos que tomaban en serio las predicciones de las estrellas, pero esa misma noche había sido testigo de que durante el día muchos fingían devoción para darse por la noche a sus antiguos vicios, de lo que él mismo era culpable, y eso le provocó una punzada en el costado, en una de sus antiguas heridas.

—Voy a verla —susurró.

—Está dormida. Pero si no piensas despertarla y no tienes sueño, harías bien en relevar a Siko o a Muti. Esos dos no han descansado.

Tahu-sin se encaminó al sicómoro, donde últimamente reposaba o hablaba con los dioses, así que Bel-kagir continuó su trayecto. Entró a la recámara sin grandes pretensiones, pero al contemplar a Erishti comiendo, su alma dio un vuelco. La viveza en sus pupilas lo alegró. Seguía hermosa, pero con un aspecto más infantil e inocente, diferente al aura de poder que la había afectado en el templo de Ishtar. Ella lo reconoció de inmediato.

—¡Bel-kagir! ¡Has venido! ¿Cómo te va en la casa de guerra?

Siko le envió una mirada de advertencia; él trató de comprender el mensaje.

—Me va bien, pero no tanto como a ti. ¿Cómo te sientes?

—Feliz de estar en casa, con mi hermana y con mi papá. ¿Sabías que ha vuelto?

Él asintió y Muti le hizo un lugar cerca de Erishti. La joven lo tomó de las manos, esbozando una encantadora sonrisa que lo atrapó de nuevo. A pesar de la fineza de Abella, nada se comparaba con la musicalidad de la voz de Erishti.

—Trae un poco de vino —le ordenó a Siko—, y luego puedes irte a descansar. Yo me quedaré con Erishti. Tú también Muti.

Ella meneó la cabeza:

—Aún debo vigilarla, señor, pero Siko no ha dormido en días.

El eunuco, preso del sueño, aceptó la propuesta y trajo del mejor vino de Eshardón, para luego despedirse y recluirse en las habitaciones de los esclavos. Muti se fundió con las sombras dándoles su espacio. Bel-kagir sirvió dos copas y bebió la suya de un solo trago. Erishti se negó a compartir la bebida.

—Me siento demasiado mareada como para agregar más confusión. Lo siento.

—No tienes que disculparte. Me da gusto verte bien, Erishti.

Ella lanzó una risita:

—¿Quieres que te cante, Bel-kagir? Siempre te ha fascinado mi voz.

—Hazlo, por favor.

Erishti cerró los ojos y entonó una de las melodías de su esclava hebrea. Bel-kagir no entendió una sola palabra, pero la prefirió a algún canto a Ishtar. De algún modo el Dios hebreo se había metido en sus mentes durante los últimos treinta y tantos días, así que le pareció atinada la elección. Mientras ella cantaba, Bel-kagir acarició su brazo. Pero de la nada, sin previo aviso, el cuerpo de Erishti se puso rígido. ¿Habría hecho algo mal? Muti saltó de su rincón y corrió a mezclar ciertas hierbas en un poco de agua que empinó sobre la boca de Erishti. Ella empezó a adormilarse y no tardó en perderse en la inconsciencia.

—¿Qué pasó?

—Lo siento, señor. Pero aún no está repuesta. Sus pesadillas continúan y si no la drogamos, se hace daño o grita de un modo aterrador.

Bel-kagir lamentó lo ocurrido. ¿Qué habría pasado si Erishti hubiera respondido a sus caricias? ¿Se habría atrevido a engañar a Zuú en la casa de su propia tía? No lo sabría, así que se sirvió una copa más de vino. Empezaba a delirar, como de costumbre, pero no deseaba volver a su casa ni a una taberna. De hecho, no quería separarse del lecho de Erishti por si ella despertaba.

—Usted la ama —dijo Muti.

Bel-kagir no pensaba responderle, pero la soledad y la bebida controlaron su lengua.

—Supongo que sí. Pero ¿qué es el amor, Muti?

Siempre le insistía que la llamara por su nombre, cosa que él solía evitar. Pero ¿acaso importaba? Solo sabía que el vino de Eshardón era muy superior a la cerveza de la taberna de Innana, y que Erishti dormía placenteramente frente a él.

—El amor es un misterio, señor.

—¿Y puede uno amar a dos mujeres al mismo tiempo? ¿Lo crees posible?

Muti se abrazó las rodillas. La lámpara empezó a tintinear por falta de aceite, pero ninguno de los dos la atendió, y la incipiente oscuridad compuso un ambiente de misterio que aflojó la lengua de Bel-kagir. Años después se preguntaría si habría confiado en Muti de haberse encontrado sobrio, pero por el momento, los secretos afloraron entre ellos, con Erishti reposando a la distancia de un brazo.

—Se dice que el amor es como un fuego, señor, una llama que alimenta la hoguera pero que puede destruir un campo. Los grandes hombres y reyes han amado a muchas mujeres. Nuestros faraones lo hicieron, también los monarcas de Asur e incluso los hebreos.

—Creo que amo a dos mujeres.

—Y para su mala fortuna son hermanas.

Bel-kagir se sorprendió y carcajeó un buen rato antes de otro sorbo de vino.

—No es lo que piensas, Muti. A Zuú no la amo.

Él mismo se asombró de su declaración. Muti lucía interesada.

—Supongo que a la señora Zuú no le agradará la noticia. Pero ella no lo merece. Siempre he dicho que es poca cosa para un hombre de su clase, señor. Usted necesita una mujer con fuego y decisión.

—Zuú es decidida. ¿No la has visto montar?

—Entonces, ¿quiénes son las dos afortunadas?

—Dos imposibles —se dijo con tristeza—. Erishti, la hermana sacerdotisa de mi esposa, y Abella, la hija del *turtanu*. Si Zuú no existiera, por lo menos podría intentar alcanzar la felicidad con alguna de ellas dos. Pero mi situación es patética, ya que no puedo ni siquiera luchar por esta hermosa enferma.

Los dos guardaron silencio. Bel-kagir besó la mano de Erishti y se acabó el contenido de la vasija que Siko le trajera. Muti esperó hasta que él se recostó al lado de Erishti, abrazándola con ternura.

—Hay maneras, señor.

—¿Maneras?

De pronto tuvo mucho sueño y ganas de olvidarse de la vida.

—Si la señora Zuú es un estorbo, Muti sabe cómo quitarla del camino.

—¿Me propones que la mate? No seré como mi suegro, esclava.

Muti frunció las cejas ante la última palabra. Su rostro se endureció:

—La espada no es el único método para arrancarle el aliento a una persona. Existen algunos más sutiles que se usan en las cortes, en las tabernas y en los barrios sin causar revuelos ni acusaciones. Muti podría ayudarle.

—¿A cambio de qué? —Bel-kagir se exasperó. No le agradaba la insinuación, ni tampoco que Muti tomara ventaja.

—No pido nada a cambio, señor. Nunca lo he hecho.

Pero Bel-kagir no olvidaría las admoniciones de Nabussar ni de la sabiduría popular. Alguna vez Nabussar le comentó que Muti esperaría años para volverse su única amante, e incluso su esposa. No llevaba prisa. Sin embargo, desechó las premoniciones de un esclavo traidor, que seguramente lo dijo para quedarse con Zuú. Entonces imaginó a Zuú con sus ojos verdes y su amor por el campo. ¿Sería capaz de permitir que Muti la matara? Si Zuú moría, él podría conquistar a Abella o dedicarse a Erishti. Ya ni le interesaba conservar a Oannes puesto que tanto Erishti como Abella podrían darle hijos, verdaderos herederos que no soñaran con barcos y leyendas hebreas. Y aun así, la duda lo aturdía. Faltaba poco para que Nínive fuera destruida. ¿No le daba miedo? ¡Por supuesto! Por eso mismo había ido a la taberna esa noche y se había embriagado. Sus soldados lo convencieron de que pronto todo acabaría; Nínive sería reducida a cenizas y nada valdría la pena.

—No harás nada —le ordenó con severidad—. Nadie morirá en esta casa.

—Señor, jamás le propuse matar a su esposa. Solo le recordé sus opciones.

Bel-kagir la echó de su presencia. Muti salió en silencio, pero con una expresión que no supo descifrar. Él también debía marcharse antes que amaneciera y Tahu-sin descubriera su presencia y provocara más altercados. Le plantó un beso en la frente a Erishti, y antes de salir, creyó advertir que ella abría los ojos. ¡Alucinaba! En definitiva, se arrepentía de haber bebido esa noche. Algo le decía que había sido un gran error confiar en Muti.

6

Desde que Jonás despertó supo que algo distinto se captaba en el ambiente. Se lavó el rostro con el agua que conservaba cerca, luego se asomó al jardín. No había nadie; de hecho, aún no amanecía del todo. Así que se deslizó por la puerta sin llamar la atención ni hacer ruido, tratando de que su bastón no golpeara una piedra. Se acomodó bajo un árbol con flores blancas cuyo nombre desconocía; solo escuchaba el zumbido de las abejas que al lado de los primeros rayos del sol, chupaban el néctar de los diminutos capullos.

Le dolía la espalda, pero trató de no pensar en sus males, sino en saber qué sucedía. El rocío había dejado una estela de frescura que absorbió el pasto y las hojas de las muchas plantas que la cuñada de Tahu-sin atendía de lejos ahora que no podía ingresar a su propia casa. Pero Jonás observó el cuidado con que los esclavos trataban cada arbusto y cada flor.

Bostezó sin hacer ruido. No se debía haber levantado, pero algo en su interior se removía con insistencia. Anoche había escuchado mucho movimiento en la casa, personas entrando y saliendo de la habitación de la hija de Tahu-sin y se preguntaba si la actividad le había provocado insomnio. Entonces empezó sus oraciones matinales y escuchó la voz. ¡La voz! Sus sentidos se agudizaron y su corazón latió con fuerza. El Señor se comunicaba con su siervo.

—¿Has visto lo que han hecho los asirios?

Jonás asintió:

—Sí, Señor. Son perversos, tal como lo suponía. Empalan a la gente, roban y timan, y sobre todo, hacen cosas vergonzosas en nombre de la religión.

—Han dejado sus malos caminos, Jonás.

—¿Qu... qué? —tartamudeó.

A él no le engañaban las muestras de piedad de Tahu-sin y los suyos. Unos cuantos sacrificios no cambiaban toda una vida. Además, que el rey mostrara aflicción, no implicaba que estuviera dispuesto a honrar al Dios hebreo para siempre.

—Se han arrepentido. Así que he cambiado de parecer y no llevaré a cabo la destrucción con que los amenacé.

Jonás tardó en reaccionar. El canto matinal de las aves lo irritó pues no permitían que escuchara con claridad. Tal vez había malinterpretado el mensaje y el Altísimo llevaría a cabo la destrucción. Pero reconocía que por mucho que lo intentara, el Todopoderoso había hablado. Faltaban tres días exactos para que los cuarenta se cumplieran.

—Señor...

—Dime, Jonás.

Entonces un ardor en su vientre creció hasta quemarle la garganta. ¿Por qué? ¿Por qué? Nuevamente sería el hazmerreír, el profeta que traía noticias que no se cumplían, el traidor que predicaba buenas nuevas a los más crueles de la tierra. ¿Quién lo respetaría? En Samaria le cerrarían las puertas, su familia se avergonzaría de él y Jonás no se podría comparar con Elías ni con Eliseo. Su nombre se desvanecería con el tiempo; nadie tomaría en serio su existencia. Pero él amaba a Dios. A diferencia de los muchos hebreos que ante las tragedias mentían con sus labios al hacerle votos al Dios de Abraham, Jonás tomaba en serio su fe. Le había dedicado su vida, aun sacrificando una familia, una descendencia, una heredad, para oír la voz del Dios Altísimo y proclamar sus mensajes.

—Señor, ¿no te dije antes de salir de casa que harías precisamente esto? —estalló sin pensar en que alguien lo escuchara. Se puso en pie y empezó a dar vueltas apoyado en su bastón—. ¡Por eso huí a Tarsis! Sabía que tú eres un Dios misericordioso y compasivo, lento para enojarte y lleno de amor inagotable.

Algo que él no tenía, se dijo. Podía imaginar los rostros de los israelitas cuando supieran que sus enemigos no murieron, sino que con el tiempo adquirirían más fuerza hasta aplastar a sus vecinos con la furia que los caracterizaba. ¡Y Jonás era el culpable! ¿Acaso el Señor creía que se habían arrepentido? ¡Eran una raza de ladrones y prostitutas, asesinos y mentirosos!

—Tahu-sin mató a su propia esposa. ¿No te dice algo? ¿Y qué de la hija que se dedicaba a la prostitución en el templo de Ishtar o de su esclava egipcia que practica la magia? ¿Qué del yerno borracho o el eunuco con tendencias enfermizas? ¿Qué de la hija mayor que no le habla a la menor?

Pensó en el *maxxu*, en los judíos desertores y en los hipócritas que se echaban cenizas sobre la cabeza. ¡A Jonás no lo engañaban sus espectáculos piadosos que seguramente dirigían a sus dioses y no al Todopoderoso!

—¿Estás dispuesto a perdonar a esta raza de malvados? Si no destruyes a esta gente, ¿qué de nosotros?

El silencio lo enfadó. Con su bastón golpeó una rama y se escuchó el crujido de las hojas. Jonás repitió su acción y unas avecillas huyeron volando.

—Ya lo decía yo. Predije que esto sucedería. A veces me molesta ser tan perceptivo. No debí venir. Debiste quitarme la vida en medio del mar. Sería más fácil para todos.

Recordó su angustia ante la posibilidad de asfixiarse y su lucha por sacar la cabeza para tomar una bocanada de aire. Pero quizá hubiera sido mejor que sus pulmones explotaran a padecer la humillación que se avecinaba.

—¡Quítame la vida, Señor! Prefiero estar muerto que vivo, si lo que predije no sucederá.

—¿Te parece bien enojarte por eso?

¿Parecerle bien? ¿Qué sucedía con la justicia divina? Aun los paganos reconocían que si uno asesinaba, debía ser castigado. ¿Por qué de pronto el mundo perdía toda perspectiva? Solo faltaba que el sol o la luna dejaran de salir. Los asesinos como Tahu-sin andaban por las calles como si nada, las prostitutas sonreían y criaban hijos, los paganos recibían el perdón de Dios. ¡Qué locura! ¿Cuándo cambiaron de órbita los astros que no le avisaron a él? Hasta el sacerdote pagano había sugerido que el Altísimo le hablaba a través de las estrellas. ¡Qué herejía!

En verdad deseaba morirse; desaparecer para no contemplar tales contradicciones. En tiempos de Moisés todo había sido claro. Faraón endureció su corazón así que el Todopoderoso hirió a Egipto con diez plagas. Cuando Josué entró a Canaán, los reyes fueron aplastados por un ejército imparable. Aun el rey David derrotó a sus enemigos y cuando un hebreo tocó el arca del testimonio, murió en el proceso. ¡Esa era justicia! Causa y consecuencia, infracción de la ley y castigo, rebelión y muerte, pecado y destrucción. Pero de pronto la Roca de los siglos trastornaba el universo con una nueva modalidad, y ¡Jonás era parte de la catástrofe! ¿De cuándo acá se premiaba al malo?

Samaria, esa ciudad rebelde y de más altares que la misma Nínive, no recibía el azote de la ira divina, sino la oportunidad de que un rey, uno de los más pecadores, recuperara los territorios perdidos delante de los sirios para librar a los israelitas de su opresión. ¿Merecían tal consideración quienes un día decidieron construir unos becerros de oro para suplantar el templo de Jerusalén? ¿Servían los sacrificios de esos orgullosos que se jactaban de tener mayor sagacidad que sus hermanos del sur?

Ahora Nínive, la soberbia cuna de tantos instrumentos de tortura, de tanta guerra infundada, de tanta prostitución en nombre de la religión, armaba una muestra de penitencia y quedaba exonerada del juicio que se había decretado sobre ella. ¡Y su padre! Jonás se quedó de pie frente al estanque de agua donde unos lirios flotaban con la mayor tranquilidad. ¿Qué tenía que ver Amitai con todo esto? ¡Mucho! Su padre iba cada año a Jerusalén cargado de regalos para aliviar su conciencia, mientras que en Gat-hefer se adoraba a Astarté y a Baal, a Quemos y a Moloc, no en la medida de muchos de los pueblos vecinos, pero sí en una considerable escala que aún le revolvía el estómago.

Jonás jamás perdonaría a su padre por haber permitido que su esposa acudiera a ritos idolátricos, ni por dedicar una parte de sus cosechas a los dioses locales, ni por embriagarse de vez en cuando, ni por burlarse de su discapacidad física, ni por preferir a sus hermanos, ni por fingir devoción al Dios de dioses, ni por haber sido su padre.

Estaba enojado, ¡muy enojado! Así que volvió a su habitación para recoger sus pertenencias. No se quedaría allí para atestiguar las celebraciones de los asirios una vez que comprendieran que cuarenta días después seguían vivos. Aprovecharía que todos dormían. Tampoco le inquietaba no despedirse de Tahu-sin. No eran amigos, ni siquiera compañeros de viaje. Eran enemigos. Solo eso.

Un manto, su bastón y Jonás se encaminó a la puerta más cercana. No levantó sospechas ni nadie lo reconoció. Hasta parecía que un fantasma, y no Jonás, caminaba entre ellos. Muchos ni siquiera voltearon a verlo, aunque Jonás se creía más que visible por el ardor de su coraje y el odio que bullía en su interior. Atravesó la puerta mientras una caravana entraba, lo que provocó menos atención a su persona. Pero una vez en la planicie, Jonás contempló de nuevo las murallas de piedra. ¿Y si el Señor aceptaba sus argumentos y optaba por destruirlos? Aún cabía la posibilidad de que el Altísimo enviara fuego del cielo. Por esa razón, decidió quedarse en los alrededores para vigilar la decisión final del Todopoderoso. Detectó una loma desde donde descansaría y observaría. Quizá todavía había un poco de esperanza.

* * *

La noticia de que el profeta se había marchado se extendió como la niebla. Para algunos, eso significaba que el Dios hebreo ciertamente castigaría Nínive y Jonás pretendía escapar de la tragedia; para otros, Ea lo había raptado por la noche para llevarlo a las aguas tranquilas de su hogar. Pero para Tahu-sin, la actitud de Jonás dolía como la traición de un amigo. Tahu-sin sabía que Jonás no había sido arrebatado por seres misteriosos, pues se había llevado su manto y su bastón, los cuales no utilizaría en el paraíso de los dioses. Así que se inclinaba por la primera propuesta. Jonás se había enterado de algo que no quiso compartir.

Le extrañaba que no se despidiera. Pero sólo fueron viajeros cuyos caminos se habían cruzado, y como ninguno de los dos presumía lazos de apego a su tierra o familia, no debía asombrarle su forma de actuar. Desafortunadamente, lo echaba de menos. Había querido darle la noticia de que su hija Erishti estaba mejor.

Todo eso pensaba en el jardín mientras esperaba que Muti bañara a la muchacha y la vistiera con una túnica limpia. Tahu-sin debía alegrarse y reír por tan buena suerte, pero en el fondo temía que todo terminara en tragedia. A pesar de la distancia y la ausencia, leía en sus hijas la más profunda infelicidad. Ninguna de las dos mostraba plenitud, satisfacción o pureza. Las dos cargaban pesos que él solo podía adivinar, pero que no le hacían sonreír.

En Zuú leía la desdicha matrimonial, el estigma de saberse no querida. Él mismo había experimentado esa sensación con Nin y no se la deseaba a nadie. En Erishti advertía un misterio. Juraría que la Erishti adulta había vuelto y que se escondía tras una fachada de niña pequeña, pero ¿cómo comprobarlo? Y para colmo, había detectado que Belkagir bebía más de lo que debía. Si esos jóvenes planeaban engañarlo, se equivocaban gravemente. Tahu-sin conocía todos los vicios y desvíos. Lo que vivió en su juventud y conoció en sus viajes lo prepararon para toda clase de situaciones. Nada le robaba el aliento, solo le afligía que sus hijas no fueran felices. La amargura de Zuú y el egoísmo de Erishti no combinaban.

En eso, una voz atravesó el jardín y el revuelo se armó.

—¡Fuera de mi casa! —Ziri-ya gritó escoltada por sus sirvientes. Su cabello despeinado le daba un aspecto aterrador y Tahu-sin se estremeció. Zuú venía detrás, seguida de Kaffe. Por el otro lado salieron Muti, Siko y Erishti.

—Ya me enteré de que el profeta se marchó, así que no hay pretexto para que te quedes aquí. Vete con tu maestro o múdate a otra casa, pero aquí no te quiero. ¡No deshonrarás la memoria de mi difunto marido!

—Pero, Ziri-ya, ¿no recuerdas que debemos arrepentirnos y mostrar un cambio de corazón para que el Dios de los cielos nos perdone?

Ella examinó su jardín y señaló una rama en el suelo:

—¿Quién se atrevió a arrancar esa rama? ¡Es como si me quitaran la vida! Y sí, te escuché, Tahu-sin, no estoy sorda. Pero por lo mismo que respeto la ley de mi rey no te mando a decapitar. Así que te vas ahora mismo. Yo vuelvo a mi casa. ¡Erishti!

Corrió para abrazarla y Erishti se dejó consentir.

—Mi niña, has vuelto. ¿Qué esperas, Tahu-sin? —le devolvió su atención—. Erishti es mía. Yo la crié, no tú. Me la trajeron cuando era una bebé, así que es mía, más que nadie en este mundo.

Tahu-sin miró de reojo la palidez de Zuú.

—Ziri-ya, son mis hijas. No me apartes de ellas.

—Tú mismo lo hiciste cuando mataste a mi hermana. Perdono, pero no olvido. Vamos, entren y limpien todo —le ordenó a su tropa de esclavos.

—Papá, puedes quedarte conmigo —Zuú le informó con timidez.

—Gracias, hija. Supongo que no tengo opción.

Zuú le pidió a Kaffe que acondicionara la habitación de su suegro. El esclavo se alejó con el ceño fruncido. Tahu-sin supuso que aún faltaba la autorización de Bel-kagir, pero si su yerno se ponía altanero, Tahu-sin lo chantajearía con el tema de la bebida.

—Erishti, yo te cuidaré —le decía Ziri-ya—. Ya no dejaré que cometas tonterías. Nada de regresar al templo. Te casaré con un hombre de tu alcurnia, como debí hacerlo antes. Serás la futura reina, ya lo verás. Los hijos de Ashur-dan son jóvenes y necesitan esposas.

Tahu-sin se encontraba atado de manos, y en lugar de oponerse, Erishti sonrió con inocencia.

—¡Fuera todos! No los quiero en mi jardín. De ahora en adelante, tienen prohibido el acceso.

—Pero, tía…

—También tú, Zuú. Y tu niño travieso. Seguramente él arrancó esa rama. Hoy mismo mandaré que clausuren esa puerta que nunca debí abrir.

Ziri-ya sujetó a Erishti del codo y la condujo adentro. Muti las seguía, pero Ziri-ya se dio la media vuelta:

—Tú también, egipcia. No me gustan las brujas y Erishti no te necesita. Vuélvete con tu ama. Son tal para cual.

Los ojos de Muti se oscurecieron y sin abrir la boca se dirigió a la casa de Bel-kagir con la cabeza en alto. Tahu-sin no sabía qué hacer, pero Zuú le tocó el hombro y ambos salieron por la puerta que unas horas después quedó sellada. Tahu-sin se ahogó en la casa de Zuú. La partida de Jonás y la reacción de Ziri-ya lo habían aturdido. Por ese motivo, salió por la tarde a caminar por la ciudad con la esperanza de encontrarse a Jonás.

¿Y si había salido a dar un paseo para luego perderse y no encontrar el camino de regreso? Preguntó en las puertas que pudo para ver si alguien observó a un hombre con un bastón abandonando la ciudad, pero nadie le supo dar razón. Era como si una mano gigante lo ahorcara, como si todos sus esfuerzos fueran menos que basura ante el Dios hebreo que lo dejaba a su suerte.

Sus pies le exigían visitar la taberna de Innana para ahogar sus penas, su mente le exigía vengarse de Ziri-ya para darle una lección, pero su corazón lo guió al lugar más silencioso de ese momento, uno de los zigurats más antiguos donde Tahu-sin preguntó por el hombre santo que había visitado a Jonás unos días atrás. El hombre de la barba larga, consejero del rey y sabio de sabios, no rechazó al hombre de mar que carecía de fama o renombre.

Tampoco indagó por el profeta, si acaso lo reconoció como su sirviente. Lo invitó a subir escaleras y más escaleras hasta la cima del templo. La noche anunciaba su venida y permanecieron en silencio hasta que todo se cubrió de negro. Tahu-sin jamás había visto cómo trabajaban los sabios, así que le intrigaron sus anotaciones exactas, sus instrumentos para contemplar las estrellas y sus cantos a los dioses para recibir augurios

De pronto, el hombre lo guió a la orilla y se sujetó de la pared de piedra.

—¿Ves allá, hombre de mar?

Tahu-sin no le había contado su oficio. ¿Cómo había adivinado? El anciano apuntaba hacia el horizonte poblado de estrellas. Él asintió.

—No moriremos, marinero. Se nos dará una segunda oportunidad. Los hijos de Asur aún no desaparecerán de la tierra.

¿Cómo podía descubrir todo eso con tan solo ver unos puntos brillantes que se parecían los unos a los otros?

—Pero un día nuestras maldades colmarán la copa de su ira y Nínive será borrada del recuerdo de los hombres. No tendremos hijos que perpetúen nuestro nombre. —El anciano cerró los ojos y tembló—: Veo a nuestros soldados con sus uniformes rojos, los carros de guerra en posición, pero todos morirán. Las aguas del río que nos parió nos arrasarán con venganza. Robarán nuestros tesoros, nuestro oro y nuestra plata. El cachorro de león morirá desangrado. Como un borracho nos tambalearemos, si es que no es nuestra perdición precisamente la cerveza que tanto nos enorgullece. Hoy nos dolemos y nos volvemos de nuestros malos caminos, pero mañana se llenarán de orgullo y ambición. Pero no todavía. Por lo pronto, seremos perdonados.

—¿Puedes estar seguro?

—Nunca se puede estar seguro. Tal vez los profetas hebreos reciban más certeza, pero es lo que leo en los astros. Puedo equivocarme. A veces me ha pasado. Así que sigue rezando y usando ropa humilde. Aún no podemos celebrar. Y lo que te he confiado, no lo digas a nadie. Debemos mantener al pueblo en vigilia.

El *maxxu* se alejó y Tahu-sin se quedó sin habla. ¿Podría confiar en las palabras de un viejo? ¿Por qué se había marchado Jonás?

7

¿Por qué nadie la amaba? Después del anuncio de Ziri-ya, Zuú se encerró en sus habitaciones; allí las lágrimas brotaron sin control. Ni su tía ni su padre se peleaban por ella sino por Erishti. Siempre Erishti. Hasta su esposo la prefería, sin olvidar a casi toda la servidumbre. ¿Qué había en Zuú que nadie la quería? Su corazón amenazaba con romperse en dos, pero trató de ser valiente. Escuchó a Tahu-sin en el corredor pero no se asomó. No deseaba ver a nadie.

Para colmo, temía morir. ¿Cómo los mataría el Dios de Jonás? ¿Con fuego o un terremoto? ¿Un eclipse o una manifestación diferente? Echaba de menos a Egla, la única que la había apreciado. Nadie en todo ese vasto mundo la trató como aquella hebrea sin vista.

Se hubiera quedado tendida toda la tarde sobre el lecho, si no entra Oannes con su carita compungida.

—Mamá, se rompió mi barco.

El barco de madera que Tahu-sin talló se encontraba zafado y Zuú no supo cómo componerlo.

—Busca al abuelo.

—Ya lo hice. Kaffe dice que salió hace una hora y no ha vuelto. Además, unos esclavos pusieron una tabla de madera y no puedo salir al jardín.

Zuú lo abrazó:

—No podremos salir al jardín en mucho tiempo.

—¿Por qué?

—Porque la tía Ziri-ya nos ha prohibido la entrada. Pero no te preocupes; todo se solucionará.

Y aun así, las lágrimas volvieron a correr por sus mejillas y Oannes la imitó. Ambos lloraban cuando Bel-kagir, sobrio y vestido con ropa de tela áspera entró y arrugó el entrecejo.

—¿Qué sucede?

—Mi barco se rompió y ya no puedo ir al jardín —dijo Oannes corriendo hacia su padre. Bel-kagir le tendió los brazos y lo cargó con cariño. Zuú se sintió peor. No le pedía a Bel-kagir su devoción total, ni siquiera su dinero o sus victorias en el ejército. Únicamente anhelaba su protección y que la abrazara como a Oannes, que le repitiera que todo estaría bien y que ella no tenía por qué temer.

Bel-kagir soltó al chico y tomó el barco entre sus manos.

—Dile a Kaffe que me traiga un martillo y unos clavos de madera. Todo tiene solución, Oannes. Ya deja de llorar.

El niño asintió y se marchó por el encargo. Bel-kagir no contemplaba a Zuú, si no que se concentraba en el barco de madera, pero ese era el Bel-kagir que le agradaba, sobrio y con un propósito en la mirada.

—Debo salir esta noche —dijo Bel-kagir sin dirigirle la mirada—. El rey ha convocado a hombres del ejército y de los templos para que nos dediquemos al ayuno y a la oración hasta que se cumplan los cuarenta días. También me contaron lo que Ziri-ya hizo. Supongo que Tahu-sin podrá quedarse con nosotros mientras tanto. Me sentiré más tranquilo si él está aquí en tanto yo cumplo con el rey.

Oannes volvió y Bel-kagir se dedicó a martillar, lijar y armar el barco, incluso propuso una modificación que emocionó a Oannes.

—Al abuelo le encantará. Me ha contado mucho de los viajes en mar. ¿Un día podrías llevarme a pasear en un barco de verdad?

Bel-kagir se encogió de hombros:

—Todo es posible, hijo. Debemos ir al río para que empiecen tus lecciones de natación.

—Lo mismo dice el abuelo. Uno debe aprender a flotar. ¿Cuándo podemos ir, mamá?

Zuú no contestó. Todos los sueños de su hijo desaparecerían a la par que la ciudad. Pero el Dios hebreo debía perdonarlos. Realmente se habían arrepentido, a pesar de todo lo que aún sucedía en su hogar.

—Debo irme —dijo Bel-kagir poniéndose de pie.

—Confío en ti —declaró Zuú con valentía—. Sé que harás lo correcto y el Dios de los cielos nos perdonará.

Bel-kagir la contempló con una expresión enigmática, pero terminó dándole un abrazo a ella y a su hijo. Supuso que podría tratarse de la despedida en caso de que en tres días el fuego cayera del cielo o un ejército invasor aniquilara sus esperanzas. Una vez que se marchó, Zuú se dedicó a ordenar la casa. Obligaría a los esclavos a rezar toda la noche, ofrecer sacrificios a los dioses y a no bajar la guardia. No se cruzaría de brazos.

Así que se dedicó a revisar las bodegas, los negocios que había desatendido en las últimas semanas y a pasar tiempo con su hijo. Una vez que lo arropó y lo dejó con su nana, que velaría su sueño, Zuú volvió a sus habitaciones. ¿Dónde andaría su padre? ¿Habría huido con el profeta? Tahu-sin regresaría. No las abandonaría dos veces sin una explicación. Entonces Muti asomó su cabeza.

—Señora, ¿me necesita?

—No, Muti. Puedes marcharte y quemar incienso a tus dioses.

Pero la egipcia entró con altanería.

—¿Y qué sucede con el amo Bel-kagir?

—Pasará la noche en el palacio. El rey los ha llamado para ofrecer los últimos sacrificios.

Muti hizo una mueca con la boca:

—¿No habrá mentido para buscar a la señora Erishti?

Zuú quería lanzarle un jarrón.

—Es una pena que su hermana continué siendo tan hermosa. Pero no olvide que Muti sabe muchas cosas, ella conoce los secretos de los dioses y de los mortales. Unas cuantas gotas de un líquido especial y la señora Erishti podría dormir para siempre.

Los ojos de Zuú se desorbitaron.

—Le haría un bien, señora. Su hermana sufre mucho. Los dioses han sido crueles con ella.

—¡Vete de aquí! ¿Cómo te atreves a insinuar semejante cosa? ¡Largo!

Muti, igual que una serpiente, se arrastró fuera y Zuú arrancó unas plumas de un cojín para desquitar su coraje. ¡Qué mujer tan malvada! Aun si Erishti la engañara de nuevo, ella no la mataría. Aunque con Erishti fuera del camino, conquistaría a Bel-kagir otra vez. Serían una familia feliz, tal como lo soñara de niña. Quizá se embarazaría, más hijos jugarían en los campos de cebada, Zuú les enseñaría a montar, Bel-kagir a usar una espada. Sus hijos crecerían para convertirse en guerreros de renombre que librarían a la tierra de Asur de todos sus enemigos. Pero nada de eso sucedería si el Dios de Jonás los castigaba.

Con o sin Erishti, la amenaza real era una profecía que en cuarenta días se cumpliría, así que Zuú se colocó frente al altar que había erigido al Dios de Egla y le suplicó piedad.

* * *

Bel-kagir se arrodilló y empezó sus oraciones, pero su mente daba vueltas sin control. El murmullo a su alrededor subía y bajaba al compás de los ruegos y las plegarias que los hombres del rey ofrecían. El salón principal del palacio se encontraba repleto de soldados, generales, comerciantes, nobles y hombres comunes que habían sido convocados para implorar por su ciudad.

¿Qué diría el rey si supiera lo que Bel-kagir sabía? Este y aquel habían sido sus compañeros de bebida un día antes, aquellos continuaban promoviendo su negocio de tabernas de mala fama, unos más habían matado a tres esclavos sin ningún motivo. Reconocía a los que comerciaban con pesas falsas, a los que vendían niños para cuestiones viles, a los que preferían hombres y realizaban todo tipo de fiestas escandalosas. Unos más compraban esclavas jóvenes para sus deleites, otros abusaban de niños o golpeaban a sus mujeres y a sus esclavos. Y el mismo Bel-kagir no carecía de culpas.

Pero en medio de tanta barbaridad, Bel-kagir se contagió de un sentimiento general, uno similar al que hacía que sus hombres se juraran lealtad antes de una batalla: el miedo a la muerte. Elevaban sus rezos y se cubrían de cenizas, conscientes de que una nube de destrucción flotaba sobre Nínive, dispuesta a consumirlos si no cambiaban de vida.

Él lo había intentado, pero no lograba por completo abandonar la bebida o evitar rendirse ante los encantos de las mujeres de la taberna. Todo se confundía en su interior y ansiaba la guerra. Echaba de menos sus campañas, sus batallas y sus días entre soldados. Solo allí sentía que tenía el control y que no era un incompetente. En su hogar se consideraba un extraño o un invitado. Zuú lo censuraba con sus ojos verdes, lo presionaba de alguna u otra manera, y ni siquiera se creía un buen padre. Le atemorizaba ese niño tan parecido a sí mismo que hacía preguntas, que lloraba o reía con libertad, y que lo abrazaba con una aceptación tan perfecta que solo agrandaba su culpabilidad.

Jamás sería un buen esposo o un buen padre, solo sobresalía con una espada en la mano, en medio de la tensión de un campo de sangre. El *turtanu* empezaba a planear su venganza contra Guzana. Los atraparían dentro de sus fortalezas e incendiarían sus ciudades para que su pasada derrota se borrara de los registros y las memorias. Bel-kagir ayudaba proponiendo estrategias, y esa tarde, antes de ingresar al palacio, sugirió el uso de los carros de guerra con una formación diferente. El *turtanu* alabó su sagacidad, lo que infló el pecho de Bel-kagir. Ese día la vida le sonreía. Primero Zuú le dijo que confiaba en él y sus palabras lo alegraron en gran manera. Luego el *turtanu* aprobó sus propuestas, un punto más a su favor para ascender, ya que en la corte asiria nadie estaba a salvo. No había día en que Bel-kagir no temiera caer en desgracia ante sus superiores para ser rebajado, encarcelado o decapitado.

Sin embargo, las cosas empeoraron cuando se topó con Abella. Ella, en vez de prestarle atención, le coqueteó al sobrino del rey, uno de sus primos de quien se rumoraba haría grandes cosas en el ejército. Bel-kagir lo había visto en batalla, y no ignoraba que el muchacho prometía destreza, pero ¡era un jovencito! Aún no pasaba de los dieciséis, lo que no pareció importarle a Abella. Bel-kagir se sintió humillado y no tardó en enterarse por la propia boca del *turtanu* que ambas familias ya discutían un enlace matrimonial conveniente para todos. El ardor en su estómago aumentó debido al estricto ayuno que el rey impuso, y con la frente sobre el piso y sus labios moviéndose, Bel-kagir se entristeció.

Había sido usado por esa mujer. Bien le había dicho su madre que no se metiera con el harem del rey ni con su familia, ya que solo encontraría la desilusión o la muerte. ¡Y pensar que la misma Abella le hizo meterse en la cabeza la idea de matar a Zuú para quedarse con ella! ¡Cómo había caído en la trampa! Rogaba que ninguno de sus compañeros o subordinados se enterara jamás de sus sueños de conquistar a Abella o perdería su estima. ¡La muy cínica le había coqueteado! ¡Malditas mujeres!

Y de momento poco importaban Erishti o Zuú, esas mujeres que lo atontaban con sus palabras y acciones. No había otra prioridad salvo rogar que el Dios hebreo los perdonara. Si no lo hacía, poco valía su vida amorosa o las ganas de vencer a Guzana. Si Nínive no era perdonada, todos morirían. Así que se puso a repetir las oraciones que recordaba y pidió perdón por sus pecados.

* * *

Tahu-sin volvió a la casa de Zuú de madrugada. Un esclavo lo reconoció y solo por eso le abrió la puerta. No deseaba despertar a nadie, así que con las artes que aprendió en sus tantas correrías, anduvo sin que sus pasos se escucharan ni se proyectara su sombra. Esquivó la luz de las lámparas y eligió el camino más tortuoso pero incógnito que lo depositaría en el cuarto que Zuú le asignara.

Sin embargo, se detuvo a recuperar el aliento y escuchó voces. Provenían de una habitación oscura, perteneciente a los esclavos de mayor rango y reconoció la lengua. Hablaban en egipcio. Supuso se trataba de Muti y Kaffe, pero no podía estar seguro.

Hubiera seguido su trayectoria, pero la voz femenina mencionó el nombre de Zuú y él se detuvo enseguida. ¿Qué con su hija? Esa mujer no le simpatizaba. Sospechaba que no recuperó a Erishti mediante la medicina formal que se practicaba en todos lados, sino a través de la brujería, esa que ni los sacerdotes de Ea ni de Ishtar aceptaban ya que recurría a prácticas viles.

Su egipcio era muy rústico. Uno de sus capitanes de antaño lo hablaba, y por esa razón conocía bastante vocabulario, pero no el suficiente para comprender la totalidad de lo que esos dos rumoraban. Sin embargo, por lo poco que pudo armar, concluyó que ese par no traía nada bueno entre manos.

—Alguien… dos… debe morir.

—… saber cuál…

—… servirá… propósito… esposa… no su esclava…

—¿Y si… descubre…?

—Solo tú… si hablas…

—… venden… veneno…

—En el mercado… otros egipcios… ayudarán.

—¿Cuándo…?

—Pronto.

Tahu-sin se limpió los oídos. ¿Y si había alucinado? ¿A quién deseaban esos egipcios asesinar? ¿A otros esclavos de la casa? ¿A la esposa de quién? ¿De Bel-kagir? ¡Entonces se referían a Zuú!

Después de esa noche, Tahu-sin los observó de cerca pero ellos se comportaban con normalidad y solicitud. Las horas transcurrieron entre plegarias, incienso, miedo y dolor. Zuú y Tahu-sin se sentaban hombro con hombro para rezar y esperar. Y todo ese tiempo, Tahu-sin se preguntaba dónde andaba Jonás.

* * *

Una bendición añadida, se dijo Jonás. Desde su lugar en lo alto contemplaba la ciudad; había construido un refugio con unas ramas para protegerse del sol. Ya ni en Gat-hefer el sol lastimaba con tal furia. Hasta se preguntó si el Altísimo pensaba utilizar el fuego abrasador del sol para calcinar a los pecadores. No lo dudaría, ya que nunca antes se había sentido tan deshidratado y fastidiado por el clima como en esos dos días.

Sin embargo, un día antes del juicio esperado, una planta brotó y cubrió su cobertizo. Jonás no se interesó por los olivos ni las higueras, sin embargo, las plantas no podían crecer con tal rapidez. Una noche estaba en un punto, a la mañana siguiente se extendía a lo largo del refugio.

Tal vez el Todopoderoso se congraciaba con él a través de esa muestra de afecto. Solo él podría lograr que un árbol apareciera de la nada. ¿Acaso no envió un pez para proteger a Jonás? Así que esa noche se prometió dormir bien. No más pesadillas ni reproches de conciencia, no más calor ni miedo. A la mañana siguiente abriría los ojos y vería cómo rocas de hielo o de fuego caían sobre Nínive. O tal vez la tierra se abriría y se tragaría sus edificios. ¿O sucedería algo como en los días de Noé? Pero ciertamente Nínive desaparecería, Jonás lo vería todo debajo de esa sombra acogedora que disfrutó durante horas y luego volvería a casa como un héroe.

Los asirios no molestarían a su pueblo nunca más. Jonás se llenaría de honores y el respeto de hombres y mujeres por igual. Nadie señalaría su cojera. Todo terminaría mejor de lo que deseaba. Solo unas horas más. Cerró los ojos y no pensó en su padre ni en su pueblo, en Jeroboam ni en Tahu-sin. Simplemente repasó un salmo que le vino a la mente.

«Los malvados se pervierten desde que nacen; desde el vientre materno se desvían los mentirosos. Su veneno es como el de las serpientes, como el de una cobra que se hace la sorda para no escuchar la música del mago, del diestro en encantamientos. Rómpeles, oh Dios, los dientes; ¡arráncales, Señor, los colmillos a esos leones! Que se escurran como el agua entre los dedos, que se rompan sus flechas al tensar el arco, que se disuelvan como babosa rastrera, que ardan como espinos y el viento los arrastre».

8

Jonás abrió los ojos. Se sacudió un poco de tierra y lamentó que el calor hubiese empezado tan temprano. El clima le avisaba que empeoraría con el transcurso del día, pero estaba agradecido con la planta cuyas anchas hojas lo protegían. En eso, oyó un ruido inquietante. Se levantó para mover las piernas y notó con desesperación que la planta estaba marchita. Sucedió igual de rápido que su crecimiento, cosa que lo enfadó. Para colmo, el sol arreciaba. Se agachó en busca de una respuesta y halló un gusano. ¡Un gusano! El ingrato se había comido el tallo de la planta privándola de toda vida. ¡Maldito animal! Lo hubiera matado allí mismo, pero le provocó asco. Seguramente se ensuciaría con esa sustancia babosa de la que estaba formado.

Se sentó de nuevo bajo su intento de refugio, molesto por la carencia de sombra, pero abrigando la posibilidad de que todo concluyera pronto. Sin embargo, las horas pasaron y lo único que sucedió fue que el sol acrecentó su poderío. Su sed no se saciaba, y de hecho ya no tenía ni una gota de agua. Si regresara a la ciudad, alguien le regalaría una vasija, pero Jonás no tocaría Nínive nuevamente. Su misión había finalizado en esa parte del mundo.

Aun así, la falta de alimento y de líquido, de sueño y de alivio por esos rayos fulminantes, empezó a torturarlo. Le dolía la cabeza y sentía los labios paspados. Trató de esconderse debajo de esas maderas podridas que en nada ayudaban, logrando más inconformidad. Sin embargo, trató de distraerse. ¿Cómo haría el Señor para castigar a Nínive? El día transcurría y no se veían señales de fuego o un ejército enemigo.

Imaginaba a Tahu-sin rogando al cielo una segunda oportunidad. ¿Acaso la pidió después de asesinar a su esposa? ¡Qué crueles eran los asirios! Desde su punto en alto veía los palos que anunciaban la muerte de sus enemigos así como los techos de los curiosos templos triangulares que tenían. Sus murallas se levantaban orgullosas, pero su Dios los consumiría en unos minutos y no habría más de qué gloriarse.

El sol continuó su curso hasta colocarse justo encima de él. Jonás empezó a ver borroso. ¿Dónde podría conseguir agua o una fruta? Recordó la abundancia en el jardín de Tahu-sin, al igual que los mercados que presumían variedad y frescura. Pensó en el pozo de Gat-hefer y en el estanque de bronce de Jerusalén. ¡Jerusalén! ¡Qué daría por encontrarse hundido en su seno, lejos de esa gente pagana y de esa encomienda monstruosa. ¿Por qué lo trataba así el Todopoderoso? ¿Qué había hecho para merecer tal humillación?

De pronto, se levantó un viento recio que recorrió las laderas. Se movía en una especie de torbellino que se dirigía directo a Jonás y él solo pudo cubrirse el rostro con los brazos y aguardar a que pasara. Escuchó su aullido salvaje que acompañó con un sonido aun más aterrador. ¡Su refugio! El viento lo tiró como un juguete que voló por los cielos, lejos de Jonás y sus alrededores.

Cuando se limpió los ojos del polvo, comprendió que se había quedado sin ningún modo de resguardarse, y eso lo preocupó. El sol le pegaba en la cabeza directamente. Parecía que su corazón latía en el cuello, donde percibía sus insistentes golpes irregulares que se mezclaban con liviandad y mareos. Hubiera vomitado a no ser porque no había nada en su estómago que sacar. Un poco de agua, unos metros de sombra. ¿Pedía mucho? En esos momentos, exclamó:

—¡Es mejor morir que vivir así!

No creía haber llamado a la voz, pero ella llegó.

—Jonás, ¿qué te pasa?

—¿Qué me pasa? —preguntó con su garganta seca—. Estoy enojado. Primero me mandas esa planta para que luego muera debido a un gusano. ¡Un gusano! Y ahora estoy aquí, en medio del desierto, sin agua ni respuesta de tu parte. ¿Por qué no te ocupas de Nínive y me dejas en paz?

Jonás reconocía que no era forma de dirigirse al Todopoderoso, pero ya no podía más. Estaba cansado, harto, fastidiado. Toda esa experiencia la equiparaba con una de las peores pesadillas: la inaceptable comisión, luego la furia de una tormenta, su encierro en el vientre de un pez, el viaje con Tahu-sin, sus días en Nínive y de pronto un calor insoportable.

Mejor sería dormir y no despertar nunca más. ¿Por qué el Altísimo no lo había matado mucho antes? ¿No hubiera sido mejor morir ahogado? Es más, ¡hubiera sido un abortivo! Jamás debió salir del vientre de su madre, pues desde ese día empezaron sus problemas. Ese día los asirios raptaron a la tía Egla y cortaron los olivos. Si hubiese muerto entonces su familia habría sido más dichosa. Se habrían librado de Jonás, el malhumorado y cojo profeta que censuraba sus fiestas y trivialidades.

—¿Acaso tienes razón de enojarte porque la planta murió? —le preguntó el Omnipotente.

—¡Claro que la tengo! Y estoy tan molesto que quisiera morirme.

Que de una vez le permitiera marcharse al más allá. ¿Por qué no había elegido a un Elías o a un Eliseo para ir a Nínive? ¿Por qué Jonás? ¿Por qué no otro? No olvidaría el rostro de sorpresa de Jeroboam al escuchar su profecía. El rey corrupto se volvería un héroe para su pueblo.

—Sientes lástima por una planta, aunque tú no hiciste nada para que creciera.

Por supuesto que no había hecho nada para que creciera. Jonás no era agricultor ni marinero. ¡Era profeta! Además, no había pedido una planta.

—Creció y murió rápido.

Demasiado pronto para su gusto, refunfuñó en su interior. Si tan solo hubiera durado un día más. Él planeaba marcharse al día siguiente. ¿Qué le costaba al Creador mantener la planta sobre su cabeza un día más? Entonces comprendió la mala noticia. Seguramente el Altísimo pensaba perdonar a esos infieles. Por eso le quitaba la planta. Jonás no tenía nada más que hacer allí. No habría catástrofe ni escándalo, diversión ni espectáculo. Nínive sobreviviría.

—Jonás, Nínive tiene más de ciento veinte mil habitantes que viven en oscuridad espiritual, sin mencionar a todos los animales. ¿No debería yo compadecerme de esta gran ciudad?

¿Oscuridad? Sí, Nínive vivía en las tinieblas, igual que la esclava hebrea de Oannes. Y de inmediato evocó a la tía Egla. ¿Cómo habría pasado sus días en Nínive? ¿Atormentada o resignada? ¿No debía el Señor compadecerse de cada habitante del mundo? Entonces, ¿dónde quedaba su justicia? ¿Qué de la ley? ¿Cómo se salvarían?

Jonás no deseaba enterarse de nada. Que el Altísimo lo matara por medio de la deshidratación, las fieras salvajes o un rayo. No le interesaba el cómo, solo el cuándo. Si Nínive no desaparecía, no valía la pena seguir respirando. Los asirios seguirían matando y lastimando, hurtando y conquistando, y Jonás habría sido el encargado de darles esa segunda oportunidad. ¿Por qué?, se repitió hasta quedarse dormido. Solo rogó no tener que despertar otra vez.

* * *

No empezaron a celebrar hasta que el sol se puso. Entonces toda Nínive gritó con júbilo y las calles se llenaron de algarabía. La cerveza fluyó de los barriles, las canciones brotaron en los templos, en las casas, en los palacios y en las tabernas; se dio rienda suelta a las pasiones, en respuesta a la certeza de que por lo menos en esa ocasión, Nínive había sido absuelta de sus crímenes.

El rey era el más conmovido y en lugar de caer en excesos, se apartó del salón de banquetes donde sus hijos y sus capitanes se dedicaron a festejar, y se tendió sobre su piso de mármol para agradecer profundamente al Dios de los cielos por su misericordia.

El ambiente contagió la casa de Ziri-ya, y esta ordenó que sacaran mesitas y bancos al jardín. Se encendieron antorchas que iluminaron el lugar de reunión, se buscaron las jarras del mejor de vino de las cavas de Eshardón y se guardaron las ropas de tela áspera para volver a lucir las telas finas de oriente. Los esclavos iban y venían con platones que presumían todo tipo de pescados, caldos y verduras, y el pan recién horneado que se producía en los hornos que habían cobrado vida una vez más regaba su aroma. Ziri-ya extrajo sus platos, copas y almohadones para amenizar el ambiente. Siko contrató a unos músicos, Erishti se arregló el cabello y se puso un vestido de lino blanco que la embelleció en gran manera.

Zuú se trenzó el cabello y maquilló un poco sus ojos verdes que relucieron de alegría. Oannes se tuvo que someter a un baño y un cambio de ropa que no le causó la mayor gracia. Bel-kagir celebraba en el palacio, pero no tardaría en unirse a su familia. Tahu-sin no albergaba grandes esperanzas de ser incluido en la fiesta, pero Ziri-ya, en un gesto de amabilidad o movida por la locura nacional, lo invitó por medio de un esclavo.

Así que Tahu-sin contempló todos los preparativos desde su ventana, consciente de que él solo necesitaba unos minutos para lavarse y que un esclavo le rizara la barba. Había decidido lucir asirio esa noche, en honor a sus padres y la ciudad que lo albergó durante años. Imaginaba la fiesta en el templo de Ishtar. ¿Qué haría el hombre santo esa noche? ¿Correría en busca de sus astros o se daría un pequeño respiro? ¿Cómo se comportaría Innana? ¿Invitaría a hombres y mujeres a emborracharse y divertirse? ¿Pensaría en él o en sus muchos clientes que la solicitaban? Sin embargo, la pregunta que realmente latía en su interior carecía de respuesta. ¿Dónde estaba Jonás? ¿Se habría marchado? ¿Por qué no le había anticipado el perdón de su Dios?

Conocía a Nínive de fiesta, así que no dudó que las telas de colores brillantes adornarían las plazas y las calles en señal de victoria. El rey proclamaría un festival y compartiría a todos de su abundancia, colocando bancos y reclinatorios, con cientos de esclavos para complacer a los invitados con toda clase de delicias. Mujeres, niños y hombres serían admitidos a las festividades. Matarían bueyes, ovejas, cabras y aves para satisfacer el apetito del público. Los vinos de Asiria y Caldea, de Elam y de Siria, de Egipto y de Fenicia, llenarían bota tras bota para aliviar la sed de un pueblo que durante cuarenta días sufrió la incertidumbre de su destino.

En el palacio, Bel-kagir disfrutaría lo mejor de lo mejor. Se sentaría en una silla doble, quizá a la derecha del *turtanu*. A diferencia del populacho, comería pasteles y frutas, desde uvas, dátiles y manzanas, hasta peras e higos. El rey guardaría su mejor vino para sus nobles, y lo serviría en copas de oro y de plata, la mayoría grabadas con la forma de un león. Todas esas copas, hurtadas de los templos sagrados de Caldea, Babilonia, Tiro o Menfis, darían pie a que los asirios profanaran a esos dioses extranjeros que les deseaban mal.

Los eunucos vigilarían la distribución de los alimentos y la bebida, pero sobre todo, supervisarían la preparación del vino, ya que sería mezclado con sustancias aromáticas y herbales que producían poderosos narcóticos que abrían el corazón. Tahu-sin los había probado muchos años atrás y conocía sus efectos. Nadie podría levantarse a la mañana siguiente, pero por la tarde, el ritual continuaría hasta vaciar las bodegas.

El harem también se vestiría de gala. La casa de las mujeres abriría sus jardines repletos de sicomoros, cipreses y álamos. Las reinas, condenadas al encierro, se gratificarían con las bellezas de su cárcel, las fuentes saltarinas e incluso la presencia del rey, que elegiría a una o a algunas para compartir su lecho esa noche. Las mujeres tocarían sus arpas y compondrían canciones que circularían por Nínive encendiendo los ánimos y dejando testimonio de los héroes de antaño.

Y tal como Tahu-sin lo predijo, dos días después, ningún hombre o mujer en Nínive se había privado de vino y comida. En el jardín de Ziri-ya seguía el banquete, y Tahu-sin continuaba en su misma esquina, cual estatua, siendo testigo de la superficialidad de Ziri-ya, la arrogancia de Erishti y la libertad de Zuú. Las tres conversaban de los chismes del palacio, de los precios en los mercados y lo que pedirían a las siguientes caravanas. Ziri-ya brindaba por las ventas exorbitantes de los últimos días, mientras que calculaba cuánto vino pediría de la casa de campo pues sus reservas se agotaban.

Todo esto acontecía bajo el efecto tranquilizador de la tarde y la huída de los calores, la actitud festiva de los mismos esclavos que se aprovechaban también para beber de las glorias de Nínive, y la música hipnotizante de las flautas y los tambores. Ziri-ya invitó a varias amigas, esposas de soldados y comerciantes que no habían ido al palacio del rey. Algunas observaban a Tahu-sin de reojo, incluso con coquetería. Si por Tahu-sin fuera, correría a sus habitaciones, pero un presentimiento lo mantenía pegado a su asiento. Tal vez se debía a que Oannes jugaba con un niño que le simpatizaba poco.

La noche iba aumentando el vigor y la charla femenina. Notó que Zuú empezaba a aburrirse, pero que Erishti se engrandecía ante los invitados al entonar una canción un tanto provocativa que hizo que su padre se ruborizara. Desde que se hallaba bajo la tutela de su tía no actuaba con la misma inocencia de antes. ¿Habría recuperado la memoria? A su padre le dirigía la palabra solo lo necesario, de preferencia en monosílabos.

A Tahu-sin le dolía la cabeza y no había tomado una sola gota de cerveza, a sabiendas de que una vez que comenzara, no sabría controlarse, cosa que le costaba un enorme esfuerzo y una disciplina férrea. Solo el recuerdo de Jonás lo detenía. Cuando empezaba a salivar por el olor de la bebida, cerraba los ojos y recordaba la tormenta que había provocado el profeta. En otras ocasiones, evocaba sus pocas conversaciones o saboreaba la brisa marina durante la bonanza.

Sin embargo, para no levantar sospechas o causar problemas, pretendía beber cualquier cantidad de vino que él mismo se preparaba, y les alegaba a los esclavos que no sabían combinar ciertos ingredientes que él apreciaba de los puertos. No soltaba su copa dorada que Ziri-ya le había asignado y se paraba de vez en cuando con la farsa de rellenarla de cerveza, pero acudiendo a los barriles de agua. En una de tantas ocasiones, vio a los esclavos egipcios conversando, lo que le recordó aquella charla nocturna que le había intrigado.

Muti atendía celosamente a las dos hermanas y no se separó de ellas desde el inicio de las fiestas. Sin embargo, tampoco bebía. Otros esclavos se empinaban las copas una vez que desaparecían de la vista de Ziri-ya, pero Muti se mantenía sobria. Enviaron a Siko por otros músicos, así que el eunuco se marchó con renuencia. Tahu-sin arrugó la frente. ¿Qué pasaba con los músicos? La egipcia declaró que tocaban lo mismo una y otra vez, y Ziri-ya aceptó su versión despidiéndolos de inmediato. Necesitaban algo más rítmico.

Tahu-sin se entretuvo con Oannes y el perro, pero vio que Muti volvía con una copa diferente, una de color cobrizo que no había visto antes. La colocó frente a las dos hermanas y luego cruzó una mirada con Kaffe. Tahu-sin comprendió el escenario enseguida, pero algo impidió que actuara con rapidez. Justo cuando se incorporó, Ziri-ya se atragantó con una uva y empezó a toser. Las muchachas golpearon su espalda, y finalmente Ziri-ya escupió el hueso que se había atorado en su garganta. Pidió su copa, pero la encontró vacía, así que Zuú le acercó el recipiente cobrizo que Ziri-ya bebió con presteza.

Los ojos de Muti se velaron, Kaffe escapó sigilosamente y Tahu-sin gritó:

—¡Escúpelo!

Demasiado tarde. Ziri-ya empezó a sofocarse y a palidecer. Sus piernas cedieron bajo su peso y los gritos tiñeron la noche. Los esclavos la trasladaron a su habitación seguidos por Zuú y Erishti. Las invitadas se desbandaron, prometiendo enviarles un médico, si alguno se encontraba suficiente sobrio para atenderla. Entonces Tahu-sin buscó a Muti con la mirada. Envió a Oannes con su nana y corrió a casa de Bel-kagir, donde descubrió a Muti que se ocultaba en el cuarto de su amo.

—¿Qué has hecho? ¿A quién querías matar?

La sujetó por los brazos y la clavó contra la pared. Sus instintos asesinos resurgieron, y lo que lamentó fue no tener un arma cerca para hundirla en el pecho de esa traidora.

—Mi amo Bel-kagir me lo ordenó.

—¡Mientes!

Muti lloraba.

—Se lo juro, señor. Yo solo sigo órdenes. Él quería deshacerse de Zuú para casarse con Erishti. Fueron amantes durante muchos años.

Tahu-sin aflojó su apretón. ¿Erishti había engañado a Zuú? ¡Eran mentiras de la esclava para encubrirse!

—Pagarás por esto.

—Yo solo cumplí órdenes.

Tahu-sin la arrojó contra el suelo y se marchó. Después atendería ese asunto, primero debía ver por Ziri-ya y confirmar las acusaciones de la egipcia. Atravesó el jardín en unos cuantos pasos. A la primera que vio fue a Erishti, pues Zuú seguía con su tía. Su hija menor murmuraba con Siko, pero al verlo, dejó de hablar. No más «papá» ni sonrisas, sino que lo atravesó con gélidas pupilas.

—¿Es verdad que eres la amante del esposo de tu hermana? —gritó Tahu-sin. Ya no se contendría ni guardaría las apariencias. Además, no había bebido así que nadie lo controlaba, salvo su propio corazón.

—No me vengas a insultar.

—¡Y tú no me mientas! Ese veneno era para Zuú. ¿Sabías algo de esto?

—¿Para Zuú? Bel-kagir también tiene aspiraciones para la nobleza, ¿no sabías? Ama a la hija del *turtanu*, lo que le daría un matrimonio conveniente. Quizá el veneno era para mí o para las dos.

—¿Cómo te atreviste a lastimar a tu hermana de ese modo?

—¿Cómo te atreviste a matar a mi madre? Déjame en paz. No quiero tener nada que ver contigo. ¡Márchate!

—¿Quién eres, Erishti?

Ella se enderezó:

—Soy la hija más bella y amada de Ishtar, a quien sirvo y serviré mientras me reste vida.

Entonces Tahu-sin comprendió que Erishti se había vendido a los dioses y ellos no dejarían su presa. Erishti amaba las comodidades y la fama, el poder y la belleza. No se desprendería de ellas mientras pudiera. No pudo ver a Zuú ya que Siko lo echó fuera. La confusión lo atormentaba, así que se refugió bajo su sicómoro preferido. Los platillos y los muebles continuaban desperdigados en el jardín, dándole un aspecto tétrico y desolador. No bien el Dios hebreo los perdonaba, ellos corrían a hacerse daño. Si tan solo pudiera hablar con Jonás.

Supuso que se quedó dormido, pero cuando reaccionó, el silencio reinaba en la casa, no así en la ciudad. Contempló a los esclavos roncando bajo el efecto del vino y la cerveza, otros susurraban junto a la puerta de Ziri-ya, y uno le confesó que el médico no pronosticaba buenas noticias. Entonces un grito lo alertó. Provenía de la casa de Zuú, y Tahu-sin se apresuró a las habitaciones de su hija. Abrió la puerta en el momento que Bel-kagir golpeaba a Zuú con el puño cerrado. Zuú cayó al suelo con los labios sangrantes.

—No es verdad, Bel-kagir. Yo no ordené que mataran a Erishti.

—¡Mentirosa! Muti me lo confesó todo. Querías deshacerte de tu hermana.

La pateó con tal vileza que una descarga de ira subió por el cuerpo de Tahu-sin hasta hacer que su cabeza vibrara. Entonces se abalanzó contra Bel-kagir y lo tumbó.

—¡Jamás volverás a tocar a mi hija! ¡Nunca más le pondrás una mano encima!

9

Oannes reía al ritmo de la carreta que golpeaba contra las piedrecillas del camino. Zuú absorbió el aire matinal y se vigorizó. Se dirigían a la casa de campo, a un nuevo comienzo y una segunda oportunidad. Su padre tiraba de las riendas que sujetaban a los dos mulos, los únicos animales que lograron conseguir con lo poco que tenían. En realidad estaban en la pobreza total, pero una vez que pisaran las propiedades de su tío, las cosas mejorarían.

La tía Ziri-ya había muerto debido al envenenamiento. A raíz de ello, la vida en la casa se alteró. Bel-kagir no soportó la intervención de Tahu-sin en sus asuntos, pero aceptó que su matrimonio jamás mejoraría, así que le extendió una carta de divorcio. Erishti se quedó con la casa de la tía, tal como el testamento de Eshardón estipulaba. Se rehusó a despedirse de Tahu-sin, y a Zuú solo le brindó un tenue abrazo. A Oannes lo ignoró y Zuú se preguntaba si correría a los brazos de Bel-kagir.

Sin embargo, Zuú deseaba apartarse de todos ellos. Bel-kagir se había quedado con su propia casa, sus esclavos y su rango en el ejército. Erishti conservó a la servidumbre de su tía y a su eunuco Siko, así como el dinero del tío y su posición. No le interesaba el negocio, por lo que Zuú pensaba vender sus productos a otros comerciantes. De cualquier modo, sus caminos se separarían para siempre. Erishti lo dejó claro.

—Tú y yo nos distanciamos hace mucho —le había dicho con su voz musical—. No es hora de llorar ni de reclamar nada. Te deseo lo mejor, Zuú. Pero será mejor que no nos veamos más.

¿A qué se dedicaría? ¿Volvería al templo o se casaría con Bel-kagir? Zuú prefería no enterarse. Para ella resultó un alivio contemplar la casa de piedra. Su corazón latió con fuerza y se bajó de la carreta antes que Tahu-sin se detuviera totalmente. Los esclavos la recibieron con alegría.

—La hemos echado de menos, señora.

—Y yo a ustedes. Preparen todo porque viviremos aquí de ahora en adelante.

Dos de las mujeres sonrieron y los hombres asintieron con solemnidad. Zuú ayudó a bajar sus pertenencias, evocando sus memorias como el nacimiento de Oannes y sus conversaciones con Egla bajo el cielo estrellado. Tahu-sin y Oannes discutían sobre la ubicación de sus futuras habitaciones, pero a Zuú le daba lo mismo si dormía sobre la piel de león o en un rincón. Estaba en casa.

El resto de la mañana se la pasó ordenando sus asuntos, dando instrucciones sobre la alimentación y la ubicación de los pocos muebles que traía. Por la tarde se sentó con el administrador para repasar el estado de las cosechas, la producción de vino y las ventas. Tahu-sin sugirió comprar una barca para transportar los barriles a través del Tigris y así ampliar su mercado. En Babilonia, dijo, harían buenos negocios.

—Yo he visto esos barcos, Zuú. Son curiosos, como una canasta redonda de juncos tejidos y cubiertos con pieles cosidas. Cargan hasta el peso de cinco mil talentos. Se les pone una cama de paja en el fondo para empacar los jarrones de vino. Por lo menos necesitaremos dos remeros y un asno. Una vez que vendamos la producción, se desmantelan los barcos, se vende la paja y los canastos, y cargamos el asno con las pieles para volver a casa.

—¿No es peligroso? —preguntó ella.

—Todo tiene sus riesgos. El Tigris es caprichoso y en algunas partes cuenta con torrentes violentos. Los habitantes a las orillas del río son ladrones, además, los oficiales son corruptos y avaros. Pero he pasado por cosas peores. No tengo miedo.

—Piensa en los impuestos, los sobornos, todo lo que hay que pagar.

Tahu-sin lanzó una carcajada que le agradó.

—Hija mía, después de tantos años en el mar, ¿crees que mantendrás a tu padre atado a una casa? No se me da la vida sedentaria. Dame por lo menos un negocio. Prometo no meterme en problemas.

Zuú confiaba en su padre. No podría precisar cómo o cuándo, pero aseguraba que se había arrepentido y que la quería a su manera. Jamás olvidaría cómo la defendió de Bel-kagir y cómo conversaba con Oannes. En ciertos momentos Zuú temió el divorcio, pues Oannes necesitaba un padre y ella un esposo, pero Tahu-sin tomaría el lugar del hombre del hogar, siendo un ejemplo para su hijo y un apoyo para ella. Nadie la volvería a molestar mientras él estuviera cerca.

¿Y si desaparecía nuevamente? ¿Si el mar lo llamaba o las mujeres lo seducían? ¿Qué haría en caso de que tomara más de la cuenta y su violencia resurgiera? Zuú sacudió la cabeza. Viviría el hoy, no el mañana. Por fin se encontraba en el lugar que más amaba en el mundo y no lo echaría a perder con sus miedos.

Hasta la siguiente mañana, buscó a su yegua. El perro de Tahu-sin correteaba a Oannes entre el trigo.

—¿Dónde vas, mamá?

—Quiero revisar nuestras propiedades y pasear un rato. ¿Quieres venir?

—Me quedaré con el abuelo. Además, Trueno todavía no conoce bien la casa.

Con un beso, Zuú montó la yegua y cabalgó a campo abierto. Su cabello flotaba, sus ojos bebían la belleza del paisaje y su alma cantaba. Logró desechar sus malos pensamientos, como su intriga por las decisiones de Erishti y de Bel-kagir, sus angustias de los últimos meses y sus pérdidas irreparables. De algún modo sentía que Egla viajaba a su lado y que le sonreía desde su remanso de paz.

Su Dios también la acompañaba. No solo la había librado de aquella noche del ritual, sino que la salvó de la peste, del castigo y de un futuro incierto. ¿Qué más podía pedir? Uno de sus más grandes deseos se cumplió: sacar alas como de paloma y encontrar un sitio tranquilo. Repitió uno de los cantos que Egla le enseñara en tanto trotaba en dirección al río para visitar a su gente.

«Dios, escucha mi clamor y atiende mi oración. Tú eres mi refugio, mi baluarte contra el enemigo. Anhelo habitar en tu casa para siempre y refugiarme debajo de tus alas».

Supuso que el rumor de que la señora había llegado se extendió un día antes ya que las mujeres, entre ellas la madre de aquella criatura destrozada por los leones, la recibieron con regalos de toda clase. Le dieron gallinas, canastas, frutas y vasijas de barro. Ella agradeció sus presentes, luego saludó a los cazadores.

«No hemos visto leones en meses, señora. Pero ya no importa porque usted está aquí y nos ayudará en caso de que aparezcan».

Zuú no estaba tan segura de conservar el valor, pero a Tahu-sin no le caería mal una cacería con su pompa y peligro. Una vez que concluyeron sus negocios, después de un ligero almuerzo de pan y verduras, decidió dar un último paseo antes de dar marcha atrás. Sabía que Oannes la ataparía y la obligaría a jugar veinte cuadros; su padre quizá querría continuar su conversación sobre los barcos y los esclavos y hacerle propuestas o indicaciones.

Su yegua se comportó cariñosa y cooperadora, así que anduvieron hasta un arroyo para beber agua y refrescarse. Luego Zuú se ubicó en el mismo lugar donde presenciara la matanza de la leona por Nabussar. Aspiró profundo y las lágrimas resbalaron por sus mejillas.

Su soledad la embargó sin previo aviso. Lo único que deseó era ser amada. No había pedido más. Solo anhelaba el cariño de sus tíos y de su esposo, de su hermana y de su hijo. Y de algún modo, siempre había perdido. Todas sus ilusiones antes de la boda no valieron de nada. Ni el matrimonio, ni la maternidad ni la prosperidad económica le trajeron felicidad.

«¿Qué es lo que quiero entonces?», se preguntó en voz alta.

Alzó la vista y el cielo azul la sobresaltó. De niña había preferido soñar con las estrellas, pero el firmamento despejado lucía más excelso y prometedor. Las nubes aborregadas recorrían sus caminos constantes; el sol salía y se ponía en su eterna ruta. Y entonces las palabras de Egla resonaron en el silencio.

«La vida se va formando a través de decisiones. Nuestro Dios nos castiga o premia de acuerdo a nuestras resoluciones. Él pregunta, nosotros respondemos, y eso va marcando nuestro destino».

Zuú había tomado malas decisiones, aunque algunas buenas. Y el Dios de Egla había respondido.

«Alguien te ama, Zuú».

Sí, el Dios con alas de paloma la amaba. Inspiró hondo para llenarse de su presencia, la que sentía con mayor claridad que si apareciera frente a ella en alguna de sus formas. De repente, abrió los ojos y supo que debía volver. Se montó sobre su yegua, pero antes de darse la media vuelta, un punto negro en la distancia llamó su atención. Solo se trataba de un jinete, probablemente un hombre del pueblo que había ido a pescar.

La yegua relinchó, pero Zuú no cedió a sus caprichos. Algo en esa silueta la atraía. No permitió que el caballo avanzara, sino que se quedó rígida unos minutos. Al irse acercando, la figura empezaba a tomar forma, a pesar de su posición elevada y la distancia. ¿Qué se le hacía familiar? Tal vez se trataba de algún esclavo que no había visto en la casa de campo o algún agricultor que se parecía a su tío.

El hombre fijaba la vista al frente, pero sus ropas no pertenecían a las de un esclavo ni a las de un pobre. Tampoco eran las de un soldado de la tierra de Asur o de un egipcio. Entonces reconoció los patrones babilónicos y el peinado característico. Su corazón dio un vuelco. ¿Podría ser? Azotó las cuerdas y la yegua despertó de su letargo. Evadió árboles y arbustos carrera abajo para interceptar al jinete. ¿Acaso sería? No debía elevar sus expectativas o le dolería mucho, pero la esperanza ardía en su corazón.

Entonces se lanzó en dirección al jinete y este se detuvo para evitar una colisión. Zuú se quitó el cabello de la frente.

—Sabía que vendrías —le dijo él.

Ella jamás habría imaginado que él la estaría esperando y se tachó de tonta. Pero allí estaba Nabussar, frente a ella, y supo que el Dios de Egla contestó una más de sus plegarias.

* * *

Al siguiente día saldría a la guerra. Tenía preparado su uniforme y lustrada su espada. En unas horas despertaría, se encaminaría a la casa de guerra, organizaría a su gente y partiría al norte en busca de venganza. Increíble que solo en batalla encontrara tranquilidad o una razón de existir. Estaba en la casa de sus padres, en el salón principal donde compartieron los alimentos durante su niñez y su juventud. Los echaba de menos. Extrañaba la conversación, ya fuera sobre el negocio de las telas o la moda en cierne. De niño detestaba esos temas, pero de pronto le entraba una gran nostalgia por aquellos días.

Si cerraba los ojos, podía imaginar a Madic bebiendo cerveza de su copa de oro, observando de reojo a las esclavas más guapas, en tanto Bashtum, recostada sobre almohadones y atendida por sus esclavos, comería con lentitud o compartiría los chismes del harem. Sin embargo, esa noche Bel-kagir se encontraba solo. Kaffe vigilaba a las esclavas desde la puerta. Dos de ellas lo abanicaban, una cortaba su carne y otra tocaba el arpa. Pero Bel-kagir se sentía infeliz.

No diría que necesitaba de Oannes o de Zuú, pero algo faltaba: la presencia de una mujer a quien amar. No se arrepentía del divorcio, pero sí de la ausencia de su único hijo. ¿Tendría más hijos en el futuro? Debía procurarlos, aunque fuera con concubinas o con la misma Muti, de lo contrario se quedaría sin descendencia y avergonzaría a sus antepasados. Cuando despidió a la servidumbre, Muti entró.

—Señor, ¿quiere un masaje?

Él asintió. Los masajes de Muti eran los mejores. Esa egipcia sabía cómo destensar los nudos en el cuello. Se desvistió y se tumbó sobre una plancha especial que Muti pidió en el mercado meses antes. Muti se untó aceite y empezó a trabajar con precisión y seriedad. Él continuaba enfadado con ella por la escena del veneno. Agradecía que fuera Ziri-ya y no Zuú o Erishti quien hubiera muerto, pero se preguntaba qué habría sucedido si una de las hermanas fallecía.

En uno de los casos no sería un divorciado sino un viudo; aún conservaría a Oannes. En el otro, lamentaría la muerte de la mujer más hermosa a la que había amado. ¿Por qué Erishti lo apartaría de su lado? Primero se había encerrado para llorar la muerte de su tía, negándose a recibir visitas y compitiendo con las plañideras en los funerales. Más tarde, se mostró distante durante la partida de Zuú, así que Bel-kagir respetó su silencio y su retracción para no complicar las cosas. Pero Zuú había desaparecido de sus vidas y Erishti todavía no le concedía una entrevista.

—Debía permitir que Muti lo acompañara a la guerra, señor.

La esclava interrumpió sus pensamientos y Bel-kagir gruñó.

—Muti podría darle masajes, cuidarlo y sanarlo en caso de heridas. Además, calentaría su lecho por las noches y lo alimentaría correctamente. Kaffe puede atender los negocios del amo mientras tanto.

Bel-kagir saboreó la propuesta. ¡Qué delicia recibir un masaje cada noche sobre todo después de atestiguar sangre y descomposición! Además, Bel-kagir ya no era un soldado más, sino el hombre de confianza del *turtanu*. De algún modo debía demostrar su posición privilegiada, y ¿qué mejor que con sus esclavos?

—Me parece bien, esclava. Prepara tus cosas esta noche.

Muti hundió las yemas de sus dedos aun más y Bel-kagir suspiró. Esa mujer no se detendría nunca. Eso lo llevó a pensar en Abella. La muy descarada todavía le coqueteaba, pero su compromiso con el nuevo gobernador de Babilonia, un hijo bastardo del rey Ashur-dan III, se anunció unos días atrás. Por alguna extraña razón el hijo de Ashur-dan, en quien todas las apuestas por el trono se vertían, rechazó a su prima. A Bel-kagir le daba gusto; había sido una probada de su propio veneno para esa engreída que lo traicionó.

—Detente —le ordenó a Muti—. Ve a preparar tus cosas que mañana salimos temprano y no quiero que olvides tus hierbas.

Ella obedeció con presteza y Bel-kagir se vistió. Tenía una cosa más que hacer antes de dormir. Erishti ordenó clausurar la puerta que comunicaba a ambas casas, pero para Bel-kagir eso no era problema. Subió a la azotea y contempló el jardín con sus árboles frutales y su estanque. Detectó la enredadera y empezó a bajar por ella como en su niñez. De hecho, resultaba más divertido que abrir la compuerta y simplemente entrar. Representaba un mayor reto y Bel-kagir amaba lo imposible.

Una vez abajo examinó los alrededores. Nadie rondaba por el jardín y predijo que Erishti lo destruiría con el descuido. Tal vez algunos de los siervos de Ziri-ya recordarían las enseñanzas de su ama, pero tarde o temprano ese lugar perdería el encanto que solo Zuú heredara de su tía.

Bajo la luz de unas cuantas teas se encaminó a la casa. Una vez allí, se detuvo al escuchar la voz de un hombre. Pegó su oreja a la madera y su vientre se contrajo. ¡Era el hijo de Ashur-dan! Los sonidos que oyó le comunicaron que la relación entre el príncipe y la hija de Ishtar no se enmarcaban en la amistad o lo religioso. ¡Eran amantes! Su ira ascendió con el transcurso de los segundos, pues las memorias de sus escapadas con Erishti se burlaron de él. Aun así, aguardó hasta que el príncipe se marchó, consciente de que un escándalo truncaría su carrera militar o lo limitaría en la futura contienda. Una vez que Erishti se halló sola, sin sus esclavos, Bel-kagir hizo su aparición.

Ella rezaba frente a dos estatuillas, Ishtar y una diosa egipcia. Bel-kagir no hizo ruido, sino que se quedó pensando. ¿Debía estrangularla? ¿Cómo demostrarle el intenso odio que sentía por ella? Oyó la voz suave y musical entonando sus cantos religiosos, esa voz que lo hechizara desde niño. Si Zuú no hubiera estado de por medio, se habría casado con ella. Erishti no habría ingresado al templo donde los sacerdotes y las sacerdotisas solo la llenaron de miedos y tabúes, de ideas y sueños que la enloquecían.

Y como si hubiera invocado a los dioses, Erishti se detuvo. Bel-kagir juraría años después que había visto una sombra posarse sobre ella. Pero lo cierto fue que un aire frío lo atravesó, obligándolo a recluirse detrás de la cortina.

«No, por favor…» decía Erishti. «Otra vez no».

Bel-kagir trató de escuchar las voces o comprender qué sucedía, pero Erishti lloraba y se retorcía sobre el suelo en una danza espeluznante.

«He hecho lo que me han pedido. Ya no, por favor».

Entonces su voz se hizo gruesa, como la de un hombre que empezó a reír: «Eres mía. Solo mía y de nadie más».

Bel-kagir no lo soportó y saltó por la ventana. Escaló la enredadera lo más rápido que pudo y luego se sentó jadeante sobre unos almohadones. Todo el rencor contra Erishti se esfumó dejando únicamente una profunda compasión por esa presa de los dioses. Toda la noche no pudo dormir por el debate interior que lo atormentaba. Cada quien cargaba con sus propios demonios, pero estos habían abusado de Erishti. Así que de madrugada, antes de que otra cosa sucediera y se arrepintiera, buscó a Muti.

—¿Qué sucede, amo?

—Es hora de que hagas lo que no terminaste el otro día en el jardín.

Ella entrecerró los ojos:

—No sé a qué se refiere.

—Ve y haz que Erishti descanse; que los dioses la dejen en paz.

Muti asintió y Bel-kagir regresó a su habitación. Quizá la culpa lo perseguiría mucho tiempo, o tal vez sus celos lo empujaron a esa vergonzosa acción. Pero siempre alegaría que había sido amor, el amor que no permitiría que el objeto de su afecto fuera atormentado de ese modo.

Amor, odio, odio, amor. Zuú, Abella, Erishti. Se llevó la cara a las manos y rogó a los dioses un poco de paz. Desafortunadamente no atendieron su petición y Bel-kagir los maldijo. Solo la promesa de la guerra lo ayudó a ponerse en pie. Trató de ignorar los gritos de lamento y dolor que emergían de la casa contigua. Tiró el amuleto de Ea que conservaba, seguro de que los dioses no se interesaban por él. Y con eso, se marchó a la casa de guerra, el lugar del que nunca debió salir.

10

Solo cinco años habían pasado y la historia de Jonás ya corría como una leyenda o un cuento para niños. Los asirios se encargaron de minimizar su culpa, incluso borraron todo indicio de aquellos días de dolor para no perder su importancia y continuar atemorizando y gobernando a sus vecinos. Un nuevo rey, Asshur-nirari II gobernaba en Nínive y sus días de buscar al Dios verdadero se fueron a la par de la juventud de Jonás.

Aunque no un viejo, el cansancio lo embargaba. Su cojera aumentó, su cabello encaneció y le costaba trabajo recordar las cosas. Por eso mismo, se refugió en las montañas con un siervo, un jovenzuelo que en Gat-hefer lo buscó para aprender de él. En medio de la soledad y el silencio, Jonás le contó su verdadera historia, hasta que la voz le llamó una mañana en que meditaba en una cueva.

—Jonás, ve a Jerusalén.

Sabía que la desobediencia acarreaba severas consecuencias, así que murmuró un sí.

—De paso, detente en Samaria.

¿Samaria? Las preguntas atropellaron su mente nuevamente. ¿Para qué? ¿Otro mensaje al rey Jeroboam II? ¿Más humillaciones? ¿Una nueva encomienda para dar buenas noticias o para atestiguar cómo el Altísimo cambiaba de parecer? Pero sacudió la cabeza y lanzó una carcajada.

—Perdona, Señor. No haré preguntas en esta ocasión. Ya aprendí la lección.

Así que con la bendición del Todopoderoso, Jonás inició el viaje. Algo en su interior le decía que sería el último de su existencia. Quizá en esa oportunidad el Dios de Abraham prosperaría su camino, y una vez que viera el templo, respiraría por última vez. Así que le pidió a Jair que lo acompañara y el muchacho aceptó.

—¿Y no ha pensado en escribir su historia? —le preguntó a unos metros de Samaria.

—Realmente no. Supongo que no a muchos les interesa.

—A los levitas sí. Ellos cuidan celosamente las palabras de los profetas.

Jonás se encogió de hombros ya que a él mismo le sonaba descabellada su aventura en Nínive. Cuando le narró a Jair la parte del pez, el chico había abierto los ojos con sorpresa, y el mismo Jonás se preguntó si no lo habría soñado. Pero las manchas blancas en su piel eran testigos fieles de aquellas maravillas perpetuadas por el Dios de dioses.

Le hubiera gustado detenerse en el monte Tabor como de costumbre, pero tuvo miedo. ¿Y si se le aparecía otra vez el Altísimo para una nueva misión? ¿Y si le daba malas noticias? Así que continuó directo a Samaria. La ciudad roja lo recibió con prosperidad y algarabía. Los israelitas vestían bien, el mercado presumía una gran variedad de mercancías que lo dejó impresionado y no cesó de contemplar oro y plata decorando las casas, las calles y las literas que transportaban a la gente noble.

Al templo pagano ni siquiera se acercó. Seguramente seguía al frente el corrupto de Amasías, ese sacerdote desvergonzado que profanaba la santidad del Señor. Más bien decidió esperar las instrucciones del Señor, por lo que se sentó junto a un estanque. Unos niños jugaban cerca, y Jonás recordó al nieto de Tahu-sin, ese curioso pequeño que le preguntó por las historias de su pueblo. Nunca se enteró del paradero de la tía Egla, pero algo le decía que ella estuvo bien y que el Todopoderoso la había cuidado.

Los niños lo miraron de reojo, sobre todo contemplando la pierna que se sobaba continuamente. No era amante de los niños por naturaleza, pero Jair le simpatizaba a todo mundo y empezó a sonreírles con su típica alegría natural. El niño mayor se acercó y Jair le propuso un juego; Jonás se encogió de hombros y observó a los niños y a su siervo corriendo, tirando de unas piedras y riendo. En eso, un hombre, seguramente su padre, salió con el ceño fruncido.

—Ya es noche, niños. A la cama.

—Pero…

Notó la presencia de Jonás y se ruborizó.

—Lo siento, señor. Si lo estaban molestando…

—Nada de eso. Era mi siervo quien no cesaba de alborotarlos —dijo con una mirada de advertencia a Jair—. Buenas noches.

El hombre titubeó:

—Veo que están de viaje. ¿Tienen dónde pasar la noche?

—Buscaremos una posada —contestó Jonás apoyándose sobre su bastón.

—No, por favor, hágame el honor de una visita. No cocino muy bien y no tengo siervos, pero…

—Jair prepara un delicioso pan y podemos freír el pescado que compramos esta mañana. ¿No lo crees así, Jair?

El chico asintió con entusiasmo. Hasta la noche, después de que los niños se fueron a la cama y Jair limpió la cocina, Jonás y el hombre llamado Oseas, se sentaron bajo la luz de la luna sobre el terrado para conversar.

—Perdone que no le ofrezca vino, pero soy nazareo.

—Yo también —se alegró Jonás.

—Entonces, ¿es usted el Jonás del que tanto hemos oído?

Jonás no supo si preocuparse. ¿Qué habrían escuchado de él?

—Los siervos del Señor solo cumplimos órdenes. Todo lo que he hecho ha sido por instrucciones del Omnipotente.

Oseas agachó la cabeza y unas lágrimas rodaron por sus mejillas.

—¿Qué sucede, buen hombre? ¿Puedo ayudarte en algo?

—No es nada, señor. Es solo que el Altísimo actúa de modos que no comprendo. Hace unos meses, mi mujer me abandonó. Se fue con otro, o más bien con otros. Hay días que no quiero despertar, que preferiría quedarme en la cama. Es tan profundo mi dolor —se llevó la mano al pecho—. Yo la amaba tanto. Pero supongo que así se siente nuestro Dios cuando contempla las infidelidades de Israel. Hay más altares a Astarté o a Baal que recordatorios de Jehová. Nadie piensa en él. Unos años atrás vino un profeta de Judá, un pastor de Tecoa que proclamó la ira de Dios sobre nosotros, pero no hemos atendido a sus palabras. Él describió a la perfección la superficialidad de nuestras mujeres y nuestros hombres, la vanidad tras la que hemos corrido ahora que nos va bien. Pero, Gómer… ¿Por qué se fue? ¿Qué vio en otros que yo no le di? ¿Era así o se volvió mala? ¿En qué me equivoqué? Todas las noches me lo pregunto y no encuentro respuestas. Dígame, señor, ¿qué me sucede?

Jonás jugó con sus dedos. ¿Qué podía contestar? Él nunca se había casado, así que ignoraba los dilemas sentimentales de los hombres comunes y corrientes. Por otro lado, tampoco comprendía al Todopoderoso. Sus caminos eran un misterio. Pero la angustia en los ojos de aquel hombre, las sonrisas de sus hijos, la futilidad de la vida, pesó sobre sus hombros y lo transportó a las colinas cercanas a Nínive, donde había perdido aquella planta. Un gusano se la robó, pero él aprendió una lección importante.

—Podría repetirte las palabras del gran Job: «Jehová dio, Jehová quitó, sea su nombre bendito». Pero sé que en poco aliviarían tu pena. Y aun así, lo único que sé es que Dios es bueno.

Oseas lo contempló con extrañeza.

—El profeta Amós anunció su juicio con severidad. Decía:«¡El Señor ruge desde su templo en el monte Sión; su voz truena desde Jerusalén! De repente, los abundantes campos de los pastores se secan. Toda la hierba del monte Carmelo se marchita y muere». Aunque también dijo que no hace nada sin antes advertirlo a sus siervos los profetas. Pero no entiendo qué tiene que ver mi vida familiar con Israel. ¿Dónde está su bondad?

Los ojos de Jonás se humedecieron. La vejez seguramente le afectaba o la desesperación de aquel hombre joven que se parecía a él mismo en sus primeros años de celo por Jehová. Dejó que las lágrimas corrieran y los dos hombres lloraron juntos. Para otros quizá habría sido una muestra de debilidad, pero a Jonás ya no le importaba lo que otros pensaran.

—Dios es misericordioso, muchacho. Él mira los corazones y perdona a los que son sinceros. Yo mismo lo vi con estos dos ojos cansados. Perdonó a los asirios y a un asesino. ¿Por qué habría de hacerte un mal?

—El Altísimo juega conmigo. Cuando me habló por primera vez me ordenó buscar a una prostituta, pero me enamoré de ella. Cuando la tuve entre mis brazos por primera vez no pensé en su pasado, solo la amé con sinceridad, le hablé al corazón y le di un lugar que no habría tenido con otros hombres. Y luego de concebir a mis hijos se marchó. Se fue con sus amantes y regresó a esa vida de la que traté de rescatarla.

Jonás se frotó los ojos. Faltaba poco para Jerusalén, para terminar su caminata por ese mundo cruel y despiadado. ¿Por qué había mujeres malas que engañaban a los hombres buenos? ¿Por qué había mujeres buenas que sufrían a manos de borrachos y traidores? ¿Por qué los asirios fueron perdonados? ¿Qué había visto el Altísimo en ellos? Tal vez iría a la tumba con la duda para siempre.

Entonces sujetó el hombro de Oseas y lo obligó a mirarlo:

—Nunca fui un siervo ejemplar como Elías, Eliseo o el rey David. Pero el Altísimo me ha enseñado que no se trata de hacer, de lo contrario nadie sería digno de entrar a su presencia. No se trata de saber, pues ninguna mente es capaz de abarcar la profundidad del corazón humano, la inmensidad de la historia que forjan las naciones o la complejidad de la naturaleza. Se trata de creer, muchacho. Solo de creer. Si en algo te son útiles mis palabras, toma mi consejo: solo obedece. No huyas, no te quejes, no te enojes. Solo cree, y tal vez un día se te dará el regalo de la comprensión. Pero si aun se te negara, ¿acaso importa?

—Hablas como si no te interesara el propósito de las cosas.

—¿Se le dijo a Job las palabras de Satanás? ¿Se le confió a Abraham lo que sus nietos harían? ¿Supo Moisés cómo viviría su pueblo en Canaán? Y sin embargo, en la obediencia y en el creer, así como a Enoc, se les concedió el regalo más grande de todos: dialogar con el Todopoderoso. Te lo dice alguien que luchó, debatió y agredió a esa voz divina, pero que no podría vivir sin ella. Es el misterio del amor: no podemos vivir con él, pero tampoco sin él.

—Gómer no pudo vivir conmigo y ha podido vivir sin mí.

—¿Lo sabes a ciencia cierta? ¿Y si ella está sufriendo y lamentando el haberte dejado? ¿Si pasa un mal rato al lado de sus amantes? Dime, Oseas, ¿serías capaz de aceptarla de vuelta?

—¡Jamás! ¡Ella me ha herido y también a mis hijos!

Pero Jonás supo la verdad. Oseas correría y abriría la puerta. Le perdonaría todo.

—Yo pensaba que Dios era solo juicio, ahora sé que es amor. Y en estos últimos años, su amor ha sido todo para mí. Es un Dios misericordioso, muchacho, y si no lo fuera, yo no me encontraría frente a ti, sino en el fondo del mar. Debo irme a descansar.

—Entonces ¿es cierto lo del pez?

—¿Lo ves? Aun para escuchar una historia se necesita creer.

Oseas se cruzó de brazos y Jonás contempló la noche estrellada. Comprendía por qué el Altísimo lo había enviado a Samaria y se recriminó las muchas ocasiones en que debatió con la voluntad divina. Si hubiera obedecido sin reclamos, su vida quizá habría sido menos complicada. Sin embargo, aprendió la lección.

¿Qué sucedería el día de mañana? Lo ignoraba. Tal vez moriría antes de pisar Jerusalén o quizá adoraría en el atrio. ¿Escribiría Jair su historia?

¿Se conservaría para generaciones futuras? No le tocaba a él organizar ni entrometerse con los designios del Todopoderoso. Él solo era un siervo, y le alegraba ser solo eso.

—Dios misericordioso, ayuda a Oseas —susurró en su interior.

Entonces Oseas se retiró a su lecho, Jonás repitió un salmo y antes de darse la vuelta, creyó ver que las estrellas formaban en el firmamento la figura de una paloma. Pero seguramente había visto mal. Podría estarse quedando ciego, como tantos en su familia. ¡Qué locuras las de la vejez! Tomó su bastón, se apoyó en él y se dirigió a la casa. Esa noche, dormiría bien.

* * *

—¡Abuelo!

A Tahu-sin siempre le gustaba volver a casa con más monedas e historias que contar, le agradaba saludar a Zuú y conversar con Nabussar, su nuevo yerno, pero nada se comparaba a compartir algo con Oannes. Su nieta más pequeña de cuatro años, Nin, en honor a su difunta esposa, le parecía demasiado inquieta y preguntona, Oannes, en cambio, ya era un jovenzuelo de doce años que pronto partiría a su primera travesía comercial.

Abuelo y nieto se retiraron a su lugar favorito para conversar, un sitio entre los viñedos donde la sombra de un árbol los cobijaba del sol. Mientras caminaban, Tahu-sin repasó los años pasados. El negocio de vinos prosperaba, y la mano firme de Zuú combinada con la mente sagaz de Nabussar le brindaban al pueblo un mejor nivel de vida.

Ya no viajaban a Nínive, sobre todo porque a raíz de la muerte de Erishti, terminó su interés por esa cruel ciudad. Le vendieron la casa de Ziri-ya a Bel-kagir, y el padre de Oannes, aunque de vez en cuando se comunicaba con su hijo mayor, prefería atender sus asuntos frente al ejército, soportar a sus dos nuevas esposas y continuar bajo la influencia de aquella egipcia de mala fama.

Pero no tenía ganas de amargarse el día, así que se acomodó sobre una roca y Oannes se tendió sobre la hierba. ¿Qué sería de Jonás? Siempre se lo había preguntado. ¿Viviría? ¿Habría muerto? A pesar de andar en la misma edad, Jonás siempre aparentó más años, por lo que no dudaba que ya se encontrara reposando bajo la tierra.

—Abuelo, ¿crees que algún día me puedas llevar a Jerusalén?

Tahu-sin arrugó la frente:

—¿Para qué querría un hijo de Asur ir a esa tierra de hebreos fanáticos?

—Egla me contaba esas historias. A mi mamá también le gustaban y ahora se las platica a Nin por las noches. Siempre repite un verso que Egla le enseñó: «Con sus plumas te cubrirá, y debajo de sus alas estarás seguro».

—A tu madre le encantan las cursilerías.

—Pero el Dios de Egla es poderoso, y nos perdonó. Yo nunca lo olvidaré, aunque el rey insista en borrar todo indicio de su presencia entre nosotros. ¿Sabías que hasta los sacerdotes de Ea niegan que Jonás fuera su mensajero?

—Y no lo era. El Dios hebreo lo mandó.

—¿No es lo mismo?

—¡Cuántas veces tengo que explicarte! Ese Dios que yo conocí en el mar y luego aquí es más poderoso que todos los demás.

—Egla diría que era el único.

—De eso no estoy muy seguro, pero que era superior, eso sí. Ya te he contado de cómo detuvo aquella tormenta y cómo guardó al profeta en el vientre de un pez. ¡Yo vi cuando lo vomitaba!

Oannes se apoyó en sus codos y contempló las uvas.

—Aun así me gustaría visitar el templo de Salomón y caminar por donde anduvieron Abraham e Isaac.

—No digas eso en voz alta o los hijos de Asur te desollarán vivo.

—¿No te parece una extraña coincidencia?

—¿Que te arranquen la piel vivo? —se angustió Tahu-sin.

—No, abuelo, los nombres de mi mamá y del profeta.

—¿Qué con ellos?

—Zuú significa paloma. Ella era la paloma de Ishtar, pero ahora solo quiere que la conozcan por Zuú. Y Jonás, en hebreo, también significa paloma.

—¿En serio?

—El perro nos anda buscando.

Oannes corrió para interceptar a Trueno, que ladraba frenético en busca de su amo. Tahu-sin aprovechó la distracción para masticar lo que acababa de escuchar. ¿Coincidencias? ¿Por qué no? Zuú y Jonás, dos palomas indefensas, una por su debilidad de carácter, el otro por una discapacidad física. Dos palomas con mensajes, Jonás con el anuncio de destrucción, Zuú con el de perdón, pues le concedió una segunda oportunidad a su padre. Dos palomas que, como en días de Noé, vagaron durante muchos años en busca de tierra seca, Zuú anhelando el amor, ¿y Jonás? ¿No habría, en el fondo de su ser, deseado lo mismo? Dos palomas que un día alzaron el vuelo y se elevaron a los cielos para encontrar la libertad. Veía a Zuú como esa paloma que engendraría hijos y viviría en paz con Nabussar, montando su yegua, velando por la aldea a su cargo y adorando al Dios de Egla. Y Jonás un día emprendería el vuelo final a la presencia del Dios al que había servido, donde quizá todos ellos se encontrarían y, bajo las alas del Todopoderoso, estarían a salvo para siempre.

—¡Ven, abuelo! Debemos ir a cortar los higos que mi mamá nos pidió para el almuerzo.

Tahu-sin se puso de pie y estiró los brazos. ¿Podría volar algún día? ¡Cómo envidiaba a las palomas! Pero si un profeta fue tragado por un pez, todo era posible. Y con una sonrisa en la boca, corrió hacia las higueras donde Oannes lo esperaba.

Acerca de la autora

Keila Ochoa Harris es una autora nueva y joven de México.

Su primer libro, *Los guerreros de la luz*, dirige un mensaje de esperanza a la juventud y fue publicado por Ediciones Milamex en México. Su segundo libro, *Retratos de la familia de Jesús*, publicado por Verbo Vivo en Perú, explora creativamente lo que la vida de algunos de los antepasados de Jesús podría haber sido, sus esperanzas, dificultades e interacciones diarias.

Vive en la ciudad de México, donde da clases de inglés y escribe.

El blog de Keila, www.retratosdefamilia.blogspot.com, se lee ampliamente en la comunidad de escritores.